經典現代化

詩經的智慧

呂珍玉 主編

呂珍玉　林增文　黃守正
王安碩　施盈佑　等著

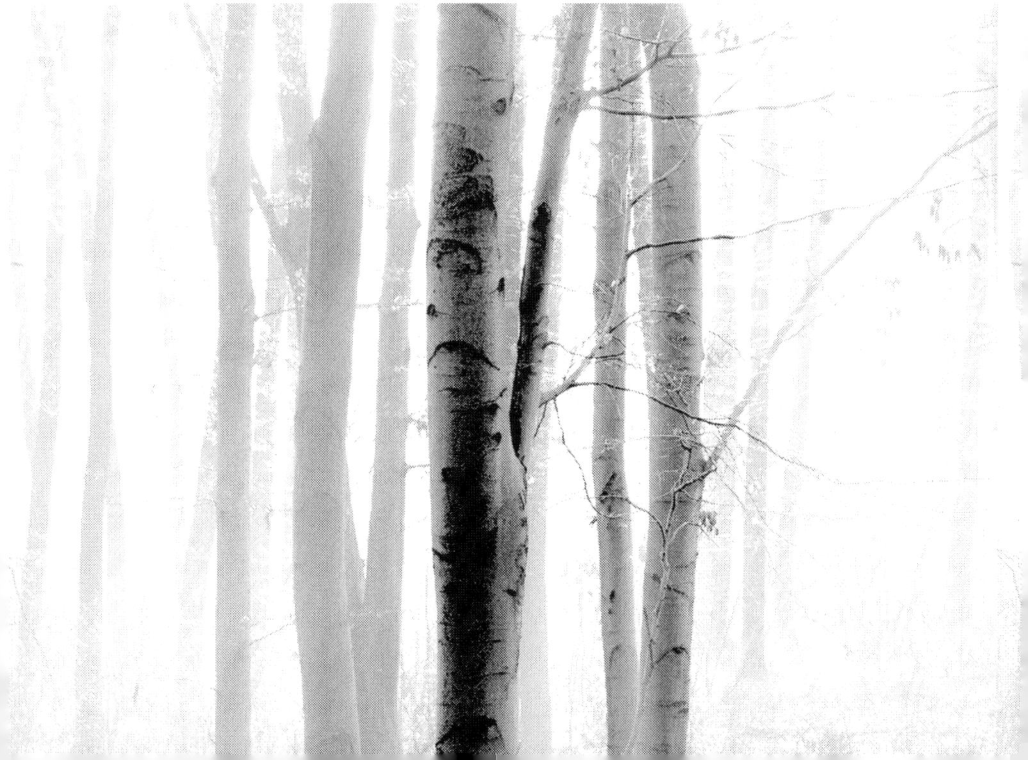

目次

三 婦女篇

四　倫理篇

五 政治社會篇

六 價值觀篇

莊序．取之不盡的寶藏——《詩經》

莊雅州

在現代學術分類中，《周易》屬哲學，《尚書》、《春秋》屬史學，《詩經》屬文學，《三禮》屬社會學，《樂經》屬藝術學，當它們被編輯在一起，以儒家教科書的身分問世之後，就成為中國文化的百科全書，中國學術的源頭。尤其是漢代，武帝立五經博士，罷黜百家，更使得他一躍而為人們思想行為的圭臬，科舉仕進的敲門磚，對中國歷史文化產生無與倫比的影響力。到了近代，由於時代激烈變化，經學曾經遭遇強烈的批判、質疑與污衊，有的要把經書丟到廁所，有的宣布經學已經死亡。但在臺灣，在中國文化復興的旗幟下，經學始終保存一線生機；而大陸，歷經波折，也幡然改圖，重新肯定經學的價值。所以近些年，在新方法、新材料、新觀念的指引下，海峽兩岸，甚至東亞漢文化圈的日本；韓國、經學研究又蓬蓬勃勃復興起來，繼漢、唐、宋、清之後，呈現另一個經學研究的黃金時代，這是多麼振奮人心的事。

群經之中，《詩經》應該是老少咸宜，最普遍為知識分子所鍾愛的一書，因為它是中國第一部文學總集，也是後代辭、賦、詩、詞、曲等文體的鼻祖。在形式方面，顯現詞彙豐富、句法靈活、章法多變、韻律自然；在內容方面，包含民生的反映、愛情的抒發、歷史的吟詠、政治的寫照、鬼神的頌讚。千百年來，它還是可與人們的生活密切連繫，能在情感上引起共鳴，發揮興、觀、群、怨的效用。就學術研究而言，《詩經》所提供的豐富史料，對我們研究先秦文學、史地、思想、科技、社會、禮俗、語言文字等，都是取之不盡的寶藏，這從近、當代學者琳瑯滿目的著作不難得到印證。

今日，大學中文系裡幾乎都會開設與《詩經》相關的課程，從選課之踴躍，可以略窺莘莘學子興趣之一斑。像我過去在中正大學講授「詩經研究」，每次都有十幾位研究生選修，在元智大學講授「詩經」，選課的同學有時會超過百名，這在選修課程中是絕無僅有的。東海大學呂珍玉教授專攻《詩經》學，著作等身。她所講授的「詩經」課程，當然更是受到同學們的歡迎，但是，最難能可貴的是，她非常重視學生研究興趣的啟發、研究成果的發表。繼去年《閱讀詩經》出版之後，今年又編輯《詩經的智慧》一書，收集了十類八十二篇論文，除了呂教授自己的十二篇研究成果外，其餘七十篇都是同學們精心撰寫的心得。正如枝頭青澀的果實，他們容或不盡成熟，卻充滿生命的喜悅，洋溢發展的希望。今日學術界卓然有成的學者，只要回想自己年輕時發表論文的不易，當不難體會呂教授這種苦心安排，對年輕的朋友具有多麼鉅大的鼓舞力量。希望呂教授持之以恆，每年都有這樣的論文集推出，更希望年輕的朋友繼續努力從事學術研究。那麼，幾十年後，有人在翻閱這些論文集時，可能會發現一些名學者的少作，而感嘆說：「唉呀！他們這麼年輕就開始研究《詩經》，怪不得有這麼好的研究成績。」

莊雅州序於臺北

民國一〇二年九月

魯序・絢麗奪目的豐宴美饌

《詩經的智慧》讀後

魯瑞菁

那是天微微亮的清晨，一個勤奮的小伙子在黃河河中捕魚，耳邊傳來魚鷹「關」「關」的叫聲，他不自覺又想起前幾日在河畔邂逅的採荇菜少女，窈窕淑女，君子好逑。自從那天驚鴻一瞥，此後他就陷入半夢半醒的狀態，滿腦子都是那少女倩麗的身影，怎麼拂都拂不去，真是輾轉反側，寤寐思服呀！

似乎是同樣一個早晨，白色蘆葦上還滋潤著昨夜的露水，一個憂鬱的小伙子划著一葉扁舟，在渭河朦朧的河面上尋尋覓覓。他逆流而上，依稀彷彿，佳人宛在水中央；他順流而下，彷彿依稀，所謂伊人，在水一方呀。

仍舊是同樣的清晨，一個健朗的小伙子想要泳渡寬廣的漢水，因為他心怡已久的女孩子要嫁人了，他卻一直沒勇氣跟她告白。原來世界上最遙遠的距離，不是海角天涯，而是我站在你面前，你卻不知道我愛你。

《詩經》距離我們並不遙遠，《詩經》言志，《詩經》抒情，或許詩人之志有古代生活的時空背景，但是詩人思慕、歡欣、苦澀、守護之情，一如今日我們。我在靜宜大學教授、研究《詩經》多年，教授《詩經》的內容主要是以《國風》的篇章為主。因為《國風》的篇章多有男生愛女生、女生愛男生的內容，對於情竇初開的少女、少男而言，這些敦厚溫柔的內容不啻是年輕人最好的兩性情感陶冶教材。我確信，這些情致、韻味皆厚重的內容可以在古代「學詩以言」、「事君事父」、「多識蟲魚鳥獸之名」的《詩》教外，開啟、興發現代《詩經》教育的另類可能。

東海大學中文系呂珍玉老師長年精研、教授《詩經》，是我的師友兼同好，我經常向他請益關於《詩經》的各種問題。對於呂老師認為應當將《詩經》經典現代化，多元闡釋《詩經》的價值，使之成為一般大眾感同身受的情蘊資源的看法，我深表認同。我更欽佩呂老師能將上述的理念付諸實際行動，在繁重的教研工作之餘，積極組織同學、運籌分類、安排進度，於去年出版《閱讀詩經》一書後，呈現在讀者眼前的這本《詩經的智慧》是第二本集眾學生之力的成果；而日後呂老師還將再接再厲，配合《詩經》的授課，陸續規畫、進行「詩經的生活」、「詩經的愛情」、「詩經的寫作藝術」、「詩經的人物」、「詩經的人生哲學」、「詩經之河」等主題的現代化闡釋《詩經》工作。

收錄在本書中的八十多篇文章，作者有呂老師任教的大學部學生，有研究所的碩博士生，而呂老師自己也以身示法，馳騁彩筆，撰寫相關內容數篇。這些文章率多流暢優美，各抒情感，想像豐富。全書分為情感、生活、婦女、倫理、政治社會、價值觀、人際關係、人物典範、態度、寫作藝術等十個主題，從多元面向闡述《詩經》的現代智慧，正是「（《詩經》）可以興，可以觀、可以群，可以怨」古語最佳的示範與寫照。相信這八十多篇文章，就像八十多粒種仔，未來將育生出無限的可能。

年輕學子最寶貴的素質就在於那份純真靈慧之情，在閱讀本書時，我最大的開心與感動是，今日年輕學子用純粹美心與三千年前《詩經》「思無邪」的智慧碰撞、激盪，所產生的層次多元、內蘊豐富的甘美滋味。在此誠摯邀請您來享受這絢麗奪目的豐宴美饌！

魯瑞菁序於靜宜大學

民國一〇二年九月

編序・智慧的寶庫

呂珍玉

現在絕大多數大學中文系學生害怕閱讀經典，去年《閱讀詩經》的誕生在我「詩經」課堂引起莫大的迴響，同學們於是相信原來他們也可以合作寫一本書，既然要寫書就得先好好讀書，對於詩意有所體會，才能寫下自己獨特的閱讀心得，無形中也帶動了同學們學《詩》的興趣。為了鼓勵他們親近經典，將《詩經》這部難讀的經典現代化，多元闡釋這部書的價值，或許更容易讓他們接受，然後透過他們優異的文筆，轉化成普遍大眾能吸收的知識，一則訓練他們讀經，一則訓練他們寫作，可說是兩全其美。在這樣的構思下，我設定一個如何將《詩經》現代化的教學目標，繼全面性的《閱讀詩經》之後，陸續要開出「詩經的智慧」「詩經的生活」、「詩經的愛情」、「詩經的寫作藝術」、「詩經的人物」、「詩經的人生哲學」、「詩經之河」（詩經對中國文學的影響）等不同主題的閱讀，配合大學部授課，逐年完成一系列的閱讀寫作。

《詩經》是中國文學的源頭，是周文化的精華，其中充滿著周人的智慧結晶。這些寶貴的老祖宗智慧可以給我們怎樣的啟發？我們應該如何看待其中的思想內涵？隨著課堂講解闡發詩義，同學們依據自己所喜好的議題，撰寫閱讀體會，我把所收到的八十二篇文章，歸納為情感、生活、婦女、倫理、政治社會、價值觀、人際關係、人物典範、態度、寫作藝術等十個主題，從這些主題就可看出《詩經》不愧為智慧的寶庫，在許多不同面向綻放周人的才智，而這些靈慧的訊息在舊注中是如此的難讀，甚至被僵硬刻板解釋，如果不賦予它現代的意義，重新加以詮釋，這部經典將被束之高閣，甚至被誤解為封建的遺物。

挖掘《詩經》智慧寶山的主力部隊是中文系三年級選修「詩經」課程同學，其次是碩博班、碩專班修習「詩經專題」課程同學，外加以前修過「詩經」課程的舊生，他們的年齡、學經歷不同，理解詩義的深度因之有所差異，正可借收切磋學習之效。既然諸生如此熱衷，我也不能落後，於是也奮力寫了十二篇，大家同心協力，深入寶山挖掘，經過披沙撿金淘洗，打製成現代新潮式樣，有不少可喜的發現。有人從愛情詩中發現無悔的愛，有人從婦女詩中看到沉睡千年的女性，有人從人際關係中看到真心超越物質，有人從生活中看到如何卸除壓力，有人從知識中看到環保，有人從價值觀中看到不為物質所囿，有人從人物典範中看到完美的人物形象，有人從寫作中看到多元的寫作技巧，大家一一揭露了《詩經》寶庫的秘密，這樣的閱讀與寫作，期望能誘引更多還未入門，望寶山興嘆的讀者勇敢進入，隨手取幾件自己喜愛的寶物，伴隨一生賞玩。

《詩經的智慧》一書能夠順利出版，要特別感謝教育部教學卓越計畫教材教具經費補助，萬卷樓編輯部副編輯張晏瑞、編輯的辛勞，以及莊雅州、魯瑞菁兩位教授撰寫序言加持勉勵，希望經典現代化的構想能帶動中文系經典教學，傳承文化並另開生面。全書撰者多為年輕學子，思想深度厚度不足在所難免，期望博雅君子不吝賜教是幸。

呂珍玉

撰於東海大學人文大樓H五四一研究室

民國一〇二年端午節

楔子・深淺隨所得，誰能識其全

黃守正

閱讀經典時，我總愛查閱歷來注家們的詮釋，先參考眾多前賢哲人的說法，從中汲取養分，歸納分析後，再整理出自己的看法。我的心態說穿了也不是特別好學，倒有點像逛菜市場心理，一定要先貨比三家，看看哪家的貨色好、價格合理，再完成交易。這個挑剔的習性久了，卻得到許多好處。多看幾家商店，有時一些不起眼的地攤，反而能找到自己想要的食材。大量的閱讀，除了增長知識，也能看到各種不同的意見。對於那些不能接受的詮釋，更能激盪我的腦力，經常不自主的探索著他人的思考模式，逐漸的，也更能理解或同情他人的抉擇立場。如同小說家阿城所說：「明白的越多，就越容易明白。」

「智慧」並非單純的聰明才智，佛教所說的「般若」、「菩提」都可翻譯成智慧，那可有一大套說不完的義理。我認為「智慧」是一個人存在於天地間最重要的指導原則。消極的說，那是善巧處理生命困境的態度；積極的說，那是讓自己不斷提昇達到圓滿境界的方法。簡要而言，「智慧」就是一個人處理困境、提昇自我時最佳的執行策略。

「智慧」不會憑空而來，所謂「讀萬卷書，行萬里路」，是要我們從書本中去學習，從生活中去歷練。《詩經》這一部古老的經典，其中所蘊含的「智慧」，無須我再贅言強調，孔子的一番話已言簡意賅的指出方向：

子曰：「小子！何莫學夫《詩》？《詩》可以興，可以觀，可以群，可以怨。邇之事父，遠之事君。多識於鳥獸草木之名。」〈論語・陽貨〉

「多識於鳥獸草木之名」是知識的增長，「事父、事君」就是人倫應對的智慧了。除了「事父、事君」，當然還有「夫婦、兄弟、朋友」等，這是人在日常生活中與他人的相處之道。至於「興、觀、群、怨」，朱熹說「感發志意、考見得失、和而不流、怨而不怒」，說白些就是「培養聯想、提高觀察、學習合群、抒發情緒」，這些更是處理困境、提昇自我的重要原則。

《詩經的智慧》是呂珍玉老師推動《詩經》教學的第二本師生合集創作，這對於《詩經》的普及化、現代化又向前邁進了新的一步。近年來呂老師在《詩經》的研究、教學上可謂不遺餘力。尤其鼓勵學生寫出心得，讓學生有發表空間；提拔後進，更讓學子們銘感於心。我忝為老師的學生已十多年，算是老師的資深學生，能參與此次寫作，不僅深感榮幸，更是萬分的欣喜。

這本師生們的集體創作，雖不是嚴謹的學術論文，但請不要看輕它。禪宗六祖慧能大師曾說：「下下人有上上智，上上人有沒意智。」每個人的心性都有無限的潛力，只要能真心去感受體會，並沒有高下的區別。權威注家的解釋，不見得完全正確。純真的學子，有時更能流露出自然的生命光彩。就像高級蔬果店的食材不一定新鮮；蹲在市場街角，阿婆自家種的地瓜反而香甜。

況且從「接受美學」的角度來說，對美的真實感受，是在閱讀之間產生的，一百個人閱讀《詩經》，就會出現一百種不同的體會。智慧的激發，更是在不同人身上顯現的。一百個人書寫《詩經》心得，就會看到一百種不同的人生智慧。智慧沒有標準的尺碼，只能在閱讀經文與諸家解釋後，為自己量身訂作屬於自己的智慧。這讓我想到蘇東坡的《懷西湖寄晁美叔》詩：

西湖天下景，遊者無愚賢。深淺隨所得，誰能識其全。

西湖是天下的美景，遊湖之人並沒有愚賢之分。隨著個人觀賞的感受有不同領略，有誰敢誇口完全了解西湖的美好呢？因為角度的差異，所望見的景色自有分別。《詩經》的學問浩瀚，亦如同西湖之美，沒有人敢妄稱自己掌握了《詩經》裡所有的智慧。

親愛的朋友啊，好好閱讀這本書吧，不一定要高深註解，你就能分享《詩經》的智慧。你會興奮的發現，在菜市場街角不起眼的地方，有批鮮美的食材，正等著你帶回家，快樂的做一頓美味的菜餚啊！

守正序於東海大學中國文學系
民國一〇二年七月溽暑

一　情感篇

循序漸進的愛情

施盈佑

現今社會常見的愛情觀，可謂種類繁多，而我最無法苟同的則是，「速食愛情」或「一夜情」。這些愛情名詞，著實令我頭皮發麻，甚至摧毀我對愛情的美好認知。至於我心所屬的愛情，必須如《詩經・關雎》所描繪的那般樣貌：

關關雎鳩，在河之洲。窈窕淑女，君子好逑。
參差荇菜，左右流之。窈窕淑女，寤寐求之。
求之不得，寤寐思服。悠哉悠哉！輾轉反側。
參差荇菜，左右采之。窈窕淑女，琴瑟友之。
參差荇菜，左右芼之。窈窕淑女，鐘鼓樂之。

《詩序》認為此詩是讚美后妃之德，但我個人喜好直接關注在「愛情」上。君子先婉轉以河洲雎鳩為喻，然後才道出仰慕淑女之思。然而，我為何心屬此詩的愛情？且觀這河洲雎鳩之喻，不僅賦予「君子好逑」的視覺美感，更呈現出一種真摯且含蓄的愛情追求。再與後文一併閱讀，即知君子對淑女的追求，實因情深思綿。如「寤寐求之」與「輾轉反側」，刻劃出君子情思不斷湧出，且難以自拔。但，這樣澎湃的情思，卻未使君子昏昧妄動，而是從「求之」至「思之」，從「思之」至「友之」，再從「友之」至「樂之」，顯然是循序漸進，非是強迫的趕鴨子上架。換句話說，倘若從「求之」，直接跳至「樂之」，非是君子追求愛情的方式。或如在「琴瑟友之」的階段上，倘若君子沒有得到淑女的善意回應，亦不會冒失地轉進至「鐘鼓樂之」。所以，愛情的真諦，應當是合宜面對當下所愛之人，可求即求，可思即思，可友即友，可樂即樂。顯然地，《詩經・關雎》雖有君子主動追求淑女的積極性，但循序漸進則又保有含蓄。相對於現代社會的速食愛情，這難道不是真摯且含蓄？速食愛情只在那一瞬間，就將「愛情」肆無忌憚地塞入對象，這既非真摯，亦缺含蓄。

所謂循序漸進的愛情，還有一項優質元素，即為自我與他者保留空間。因為，人們一旦陷入愛情，有時會衝昏了腦袋，容易無法合宜對應，甚至逾越最基本的尊重。若有循序漸進的過程，自我與他者之間，可以保留一點空間。這個空間的保留，除了能夠提供他者去認識自我，自我也能重新檢視愛情的真實性，彼此不必因為「愛情」而感到壓力。或許，淑女並無「既見君子，云胡不喜」的心情，又或許，君子突然明白並不是真正愛著淑女，這個空間也就提供退路。總之，無論從愛情兩端的何者，皆不希望是曇花一現的愛情，而是真正能夠「執子之手，與子偕老」的愛情。而這種真摯的愛情，就必須要循序漸進，就必須彼此保有空間，就必須要彼此尊重。我想，《詩經．關雎》的循序漸進，即說明愛情醞釀過程的保留空間，這才是愛情，這才是真摯的愛情。真摯的意涵在於，君子知曉愛情必須是相愛的兩個人，並不能只是一個人深愛著另一個人。反觀現今社會的新聞頭版，為愛傷人，甚至因情殺人，這難道是愛情嗎？殊不知奔放狂熱有餘，但真摯含蓄不足。

總之，我認為《詩經．關雎》所展示的愛情，固然依情而追求淑女，但卻能循序漸進，具備一種收放恰到好處的情感真摯。反觀現代的愛情觀，泰半是毛毛躁躁地愛上他人，這令我覺得可惜，情感流動的深刻，卻未能被真正體會，甚至還沒有將自我情感檢視清楚的愛情，反倒是一種浮濫的「愛」。無可諱言的，在愛情這個區塊上，我是個守「舊」的人，但「舊」絕非是食古不化，而是明白古老智慧的愛情觀，既是如此美好，為何不能守「舊」？

作者小傳

施盈佑，一九七六年生，臺灣臺南人。現為東海大學中國文學系博士班研究生，並於東海大學、靜宜大學、臺中教育大學、朝陽科技大學等校兼任授課，主要研究領域為王船山義理。

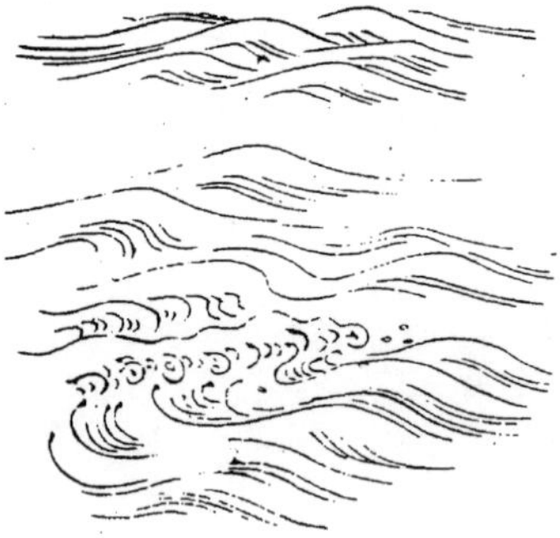

〈邶風．燕燕〉給我們的情感教育

許慧玲

〈燕燕〉

燕燕于飛，差池其羽。之子于歸，遠送于野。瞻望弗及，泣涕如雨。
燕燕于飛，頡之頏之。之子于歸，遠于將之。瞻望弗及，佇立以泣。
燕燕于飛，下上其音。之子于歸，遠送于南。瞻望弗及，實勞我心。
仲氏任只，其心塞淵。終溫且惠，淑慎其身。先君之思，以勗寡人。

相遇、同行，如雙飛的燕兒飛上飛下、唱和歡暢；離別、哭泣，如鳥飛遠去、空留天際，故事是這樣開始的……

女子要出嫁了。

有此一說，〈燕燕〉是「衛莊姜送歸妾」的詩，今多採宋代王質的說法——國君送妹妹嫁往他國的詩。依照周代禮法，諸侯女子出嫁，無大故不能返國，父母皆歿，就再有沒有回家的理由。周代是禮教初形成的時代，平民的感情生活其實還蠻自由的，「靜女其姝，俟我於城隅。」「遵大路兮，摻執子之手兮。」（〈鄭風〉）但貴族的女子就沒那麼自由了，出嫁的女子「今生恐無緣」再見娘家的人，難怪送嫁的哥哥會如此難分難捨！

依依不捨的「送別」，一步一步，隨著空間的移動，由「野」至「南」，把握相聚的最後一秒，捕捉背影的最後一丁點，直至「瞻望弗及」，再也看不到對方。

（一）

「別」即是「斷」，只有真正在「斷」的氛圍中的人，才會不自主的「泣涕如雨」。從「初斷」的「泣涕如雨」到「對方越離越遠」的「佇立以泣」，以及將對方永遠「懸掛在心上」的長久心理準備……在在讓人無法承受。王安石〈相送行〉：「但聞馬嘶覺已遠，欲望應須上前坂；秋風忽起吹泥塵，雙目空回不見人。」同樣的登高瞻望，同樣的「能見」與「不見」，同樣的一幕發生在現代：

那年，網路還不發達，我的親人要到美國密蘇里州讀書，我先陪他飛到美國西岸的洛杉磯，再轉機到美國內陸的密蘇里州。十天之後，我準備回臺灣了，聖路易士機場，排隊通關的隊伍中，我頻頻往後捕捉「他」的臉，他立在原處不動，我卻得一步步往前挪，漸行漸遠，他的臉被人潮遮住，如同月兒由望變朔。在長長的隊伍中我踮起腳尖，但美國人高大的身影終於讓我「瞻望弗及」，一上飛機，我的淚水撲簌而下。

家人出國留學，還可以再見面，箇中之苦自然比不上姐妹遠嫁他國的沉痛。但這難忘的生離別鏡頭，常常無預警的浮現，難怪歐陽修說：「離歌且莫翻新闋，一曲能教腸寸結。」（〈玉樓春〉）

（二）

〈燕燕〉的最後一章，從「腸寸結」的情緒跳出。離開的二妹是心地誠懇且見識深遠的人，「任」是說二妹誠懇篤實、足以信賴，「終溫且惠」是說二妹既溫和且柔順，難得的是二妹還要哥哥想念已經去世的父親，不忘勉勵他要繼述先人之志。雖說是因對方的好，才如此不捨，但也因為想了對方的好，才讓自己準備溫暖幸福的盒子來收藏這一段感情。「先君」二字，更有「不忘本」之義，思念「先君」，將兩人之間的情誼，擴充到「群體」當中，將個人有限的生命，表現出為家國負責的精神，情更深更濃更敦厚。

現今社會常提醒剛遭受生離死別或失意消極的人，要多跟別人談話，以免孤單的落入死胡同而想不開。〈燕燕〉一詩由傷悲到溫柔敦厚的轉折，是極佳的情感教育的教材。兩人世界的哀傷濃得無法化解時，加入第三方（如詩中的「先君」），將思維導向任一團體，轉動心念，有助於走出情感的傷痛。

(三)

「實勞我心」並非傷痛的「好轉現象」，輔廣說：「『實勞我心』，既去而思之不忘也。」（《童子問》）不能忘記、隨時想起，像陰暗角落的濕地沾滿頑固的青苔，這種「懸掛之心」是較不鼓勵的情感模式。

明末清初的學者王船山曾在《詩廣傳》批評〈采葛〉為淫詩：「〈采葛〉之情，淫情也；以之思而淫於思……」重點在於詩人相思之情「過了度」，達到足以搖蕩性靈的地步。「一日不見，如三月兮。」「一日不見，如三秋兮。」「一日不見，如三歲兮。」〈采葛〉這首詩的相思之情，相信是許多熱戀的男女所熟悉的，何以王船山無法欣賞這樣的感情？原因在於失魂落魄的思念一個人，勢必影響正常生活。

對照〈燕燕〉這首詩，船山肯定了它的最後一章：「燕燕之卒章，慕而思也。」不管船山如何看待這首詩的送別雙方，〈燕燕〉的情感是被稱許的，但我們仍不妨將詩中的懸掛之心一點一滴的學會放下。

（四）

《詩經‧燕燕》這首詩是情感教育的好材料。

〈燕燕〉第一二章是鼓勵毫不保留宣洩個夠的情感，「悲莫悲兮生別離……」（屈原〈少司命〉）「執手相看淚眼，竟無語凝噎。多情自古傷離別……」（柳永〈雨霖鈴〉）。既然傷離別是千古共有的悲歌，筆者認為這種真情無須堵塞，甚至鼓勵送別雙方盡情的表達。

第三章「勞心」就不鼓勵了，「勞心」是占據時間的，這種情感如同「一日不見，如三歲兮」般，足以影響日常生活，所以希望能逐漸淡化，有朝一日能以智慧讓它放下。

我們要學習第四章的智慧。離別，千萬別沉浸在「此生無緣、只待來生」的陰霾當中，多想想彼此的好，多想想兩人世界之外，能讓你擁有生命意義的家庭或國家等團體。鏡頭寬廣了，自然就看見晴空萬里！

作者小傳

許慧玲，東海大學中國文學系博士生，現任國小教師，長期將「中國心性思想」應用於學生的輔導工作。曾獲鳳凰樹文學獎古典曲組貳獎、臺南市自製電腦多媒體（《童詩寫作教學》）優選等韻文類相關獎項。

愛，也是一種介入

〈江有汜〉、〈遵大路〉的情感糾結

許瑞誠

每當少男少女情竇初開的時候，他們是如此地渴望愛情，並且都期待能擁有一段美好的回憶，臻至「有情人終成眷屬」，這更是大夥所樂見的結果。但是，每個人的戀情並非都能如此順利發展，或失敗而返；或乘風破浪，各種的愛情路都有人走。不論是古人或是今人都必須修練「愛情」這門課程，在《詩經》裡就存在著一種愛情失敗的悔恨，筆者先以〈江有汜〉為例，原詩如下：

江有汜，之子歸，不我以；不我以，其後也悔。
江有渚，之子歸，不我與；不我與，其後也處。
江有沱，之子歸，不我過；不我過，其嘯也歌。

此詩以江水喻情，首章將江水的支流終將回歸本水，被遺棄的一方自作多情的以為離開的愛人終將後悔回頭。次章、三章更換興語，複沓加深抒情，被遺棄的一方仍深情款款，堅信離開的愛人終將會明白，終將會長歌而哭。

此詩道出了男女情愛之間的糾葛，屈萬里《詩經詮釋》以「此蓋男子傷其所愛者捨己而嫁人之詩」為其詩旨，如此看來這個男子還真是一個多情的人，女子已經無情另嫁他人了，可是他還全心放在她身上，以為她另嫁別人，只是一時錯誤的決定，她將來還是會後悔，會明白我對她最好，因此而痛哭涕零。他如此癡心妄想的面對失去愛情的沉痛，真是令人心疼那份癡傻單純，將愛全部放在一個無情的人身上，等著她的後悔。如果對方將來不後悔，那麼這個人對愛情的癡，豈非更令人不捨與同情嗎？

也許是他甘心情願為愛等待，我太過於替他操心了，愛情是什麼？原本不是我這個外人所能了解，但是如果真愛是這樣的話，不禁要讓人感歎愛情果然是苦果，只要品嚐它，才能真正了解什麼是愛情囉！

在古典文學裡，情節為圓滿結局的愛情好像不多，在每一段感情路結束，原本相愛的兩人在岔路分手，總會有人因此而受傷。除了〈江有汜〉之外，〈遵大路〉上演的是一幕大馬路上的拉扯圖，一對原本相愛的戀人，一方執意要離開，另一方拉著他的衣袖、拉著他的手，不讓他走，低聲下氣的懇求他不要討厭她，不要忘記舊情，不要忘記舊好。下面就是這首在大馬路上「不讓愛人你走」的拉扯詩：

遵大路兮！摻執子之袪兮！無我惡兮，不寁故也。
遵大路兮！摻執子之手兮！無我魗兮，不寁好也。

屈萬里《詩經詮釋》認為這首詩寫的是「男女相愛者，其一因失和而去，其一悔而留之之詩。」詩人哀憐求告之聲悲愴至極，但從這首詩來看也可發現其中一方對自己非常沒有自信，將失和分手歸咎於「無我惡兮」、「無我魗兮」之故，這在愛情上則是一種卑微的立場。雖然這首詩沒有說出失和的原因，但是當愛情走到沒有句點的時候，往往卻是如同〈江有汜〉一樣，其中一方早已情歸他處了。

蔣勳《生活十講》說：「愛，也是一種介入。莽撞的介入是一個因，與他人就會產生一個果，然後構成很多的業，生出許多的煩惱。」筆者套個現今的流行用語——「小三」正夯，愛情不能說誰對誰錯，只能說「在不對的時機，卻遇到對的人」。〈江有汜〉、〈遵大路〉的內容雖然難以確定是男棄女或女棄男，後蜀閻選的〈浣溪沙〉則明確表達男人在感情不順遂之後的絕望：

寂寞流蘇冷繡茵，倚屏山枕惹香塵，小庭花露泣濃春。
劉阮信非仙洞客，嫦娥終是月中人，此生無路訪東鄰。

這是一首男子失戀之作，他曾和一位女子相愛，但是後來卻被狠狠地拒絕了。詩人以嫦娥比喻女子，將對方神仙化了，表示自己無法高攀，終究人神兩隔，極為傷感。至於雙方究竟因為何事而分離，詩人也未詳細說明原因，故不論是否因為第三者的介入，讀者是可以感受到詩人和所愛之間的阻礙有如仙凡之隔，愛情是多麼的遙不可及啊！

「小三」的介入，也不是每個人都會被她所動搖，外人更無法評論當事人的選擇，他或許也是考量了種種因素，才會勇敢決定放棄或是堅持。愛情對每個人來說，只能聽聽自己心底的話，萬一真的遇到了這樣的情形，自己又該如何選擇？張籍〈節婦吟〉就曾對婦女面臨愛情岔路，作出婉拒新歡的回答：

君知妾有夫，贈妾雙明珠。感君纏綿意，繫在紅羅襦。妾家高樓連苑起，良人執戟明光裡。知君用心如日月，事夫誓擬同生死。還君明珠雙淚垂，恨不相逢未嫁時。

此詩寫一位已婚婦女拒絕心儀者的追求，心中的矛盾之情，她未拋夫棄子，只是表達相識恨晚，不由得表達了「還君明珠雙淚垂，恨不相逢未嫁時」的惋惜。唉！愛情經常是來的不是時候，最後這位婦女仍鍾情於舊愛，雖然她曾短暫精神出軌，但最後仍擺脫掉致命的吸引力。當然這樣的愛情課題是古今人類都會遇到的問題，每個人會有不同的抉擇，對於每段愛情也會有不一樣的堅持。

最後，試以一首現代詩表達城市文明人對於逝去的愛的態度，蘇沛文的〈城市愛情〉是這樣寫的：

「該如何忘懷
城市販賣機裡
易開罐裝的愛情？」

對此包裝繁複又華麗的難題
我只好決心

爾後對他的不捨
也僅限於一包
130抽的面紙

"Practice makes perfect."

這首詩表達了現代城市人對於愛情的放棄，詩中提到「爾後對他的不捨／也僅限於一包一百三十抽的面紙」的愛情觀，不論主角是男是女，皆呈現來得急，去得也快的速食愛情，恰如「易開罐裝的愛情」。這已經沒有〈江有汜〉和〈遵大路〉的不捨和悔恨，也沒有閻選〈浣溪沙〉的痛苦，更沒有張籍〈節婦吟〉的忠貞到底。〈城市愛情〉只是更進一步強調愛情的自主性，人生不是為他人而活，而是為自己而活，看新聞事件多少男男女女為了愛情你爭我奪，傷害對方，傷害自己，完全無視生命的價值，更加令人難過。因此，主人翁將過去的愛情化作一包衛生紙，在極度悲傷哭泣之後，擦乾眼淚，仍可重新面對人生，當旭陽再度從地平線冉冉升起的時候，又是一段嶄新的生活。

愛情的確是個讓人又愛又恨的東西，或許有人會說他可以不要愛情，只要親情和友情，但這三種情卻又是帶給人類完全不同的心靈層次，筆者就以馬斯洛的需求層次作為比喻，親情給人生理和安全的需求；友情給人社交需求；愛情讓人獲得了尊重、社交、安全和生理的需求，這也就是「問世間情為何物，直叫人生死相許」的緣故，當愛情受到了威脅，不論是不捨或是拋棄，都會是人所面臨的困難抉擇，最先尊重的應該是自己的意念，珍惜自己的生命，才能在愛情中獲得真正的快樂幸福。

作者小傳

許瑞誠，現為高雄師範大學國文研究所博士生，秀水國中國文科教師，碩論為《聞一多詩經詮釋研究》，平時喜歡寫詩、聽音樂、運動，撰有〈〈送高閑上人序〉之《莊》法研究〉、〈論羅智成詩的空間建築美學〉、〈從談藝錄論興義〉等期刊論文八篇，連續榮獲一〇〇年、一〇一年性別平等教案獎狀，以及閱讀、E化教材獎。

老皺生命的光彩

簡靜美

茫茫人海宛如細微且多到數不清的浮萍，人的漂浮不定也像浮萍，常常因為突然的命運而被改變動線；兩株浮萍的相接頭，只是應了在相同區域範圍內的氣流發生波紋的轉動。意思就是說，當兩個人在同一個時空，儘管有著不同活動進行，但如果時間兜上了，就會不期然地相遇。

《詩經》言愛情與婚姻的詩有甚多。《論語・陽貨》子謂伯魚曰：「女為〈周南〉〈召南〉矣乎？人而不為〈周南〉〈召南〉，其猶正牆面而立也與？」〈周南〉、〈召南〉為十五〈國風〉之一、二，內容側重夫婦相處之道，孔子對伯魚有勉其修身齊家之意。除了〈周南〉、〈召南〉，其他〈國風〉不乏言愛情與婚姻的詩。

〈鄭風・野有蔓草〉

野有蔓草，零露漙兮。有美一人，清揚婉兮。邂逅相遇，適我願兮。

野有蔓草，零露瀼瀼。有美一人，婉如清揚。邂逅相遇，與子偕臧。

詩說男女在青青草原不期相遇，遇到中意的對象而鍾情，希望結成伴侶共度幸福人生。此時，情人眼裡出西施，彼此心意契合，美醜不是重點。

〈周南・關雎〉

關關雎鳩，在河之洲。窈窕淑女，君子好逑。
參差荇菜，左右流之。窈窕淑女，寤寐求之。求之不得，寤寐思服。
悠哉悠哉，輾轉反側。
參差荇菜，左右采之。窈窕淑女，琴瑟友之。參差荇菜，左右芼之。
窈窕淑女，鍾鼓樂之。

沙洲上雎鳩的叫聲，喚起男子尋求美善女子作為良偶的想念；出現在男子左右的女子卻多如長短不一的荇菜，心想哪一個才是他的良偶呢？半夢半醒之中都在想，男子選擇以琴瑟交友，終將奏起結婚進行曲。

〈召南・野有死麕〉

野有死麕，白茅包之。有女懷春，吉士誘之。

林有樸樕，野有死鹿。白茅純束，有女如玉。

舒而脫脫兮，無感我帨兮，無使尨也吠。

定情之夕，男子求愛於女子，女子心許之，戒其毋魯莽之詩。胡適先生說：「初民社會中，男子求婚於女子，往往獵取野獸，獻與女子。女子若收其所獻，即是允許的表示。」

〈唐風・綢繆〉

綢繆束薪，三星在天。今夕何夕？見此良人。子兮子兮！如此良人何！

綢繆束芻，三星在隅。今夕何夕？見此邂逅。子兮子兮！如此邂逅何！

綢繆束楚，三星在戶。今夕何夕？見此粲者。子兮子兮！如此粲者何！

束薪，本指捆束在一起的柴薪，比喻夫婦結合，束二人為一人，謂婚姻既成。今夕何夕，歡喜慶幸之詞，言今夜非比尋常，如在半夢半醒中。古人因世亂恐難常聚，今人卻因忙碌常聚不易。

〈邶風・擊鼓〉

擊鼓其鏜，踴躍用兵。土國城漕，我獨南行。
從孫子仲，平陳與宋。不我以歸，憂心有忡。
爰居爰處，爰喪其馬。于以求之，于林之下。
死生契闊，與子成說；執子之手，與子偕老。
于嗟闊兮！不我活兮！于嗟洵兮！不我信兮！

這個小士兵告別妻子、遠離家鄉，前往戰區被迫執兵器與人廝殺；對於先前與妻子的海誓山盟、白頭偕老的承諾，皆無法兌現，而憂心痛苦。

二〇一二年法語電影〈愛慕〉（AMOUR），描述一對夫妻，生命至老皺時的扶持與照顧。特別是在妻子中風後，老先生對生病中的妻子的照料與打理生活瑣碎的耐心與篤定，這般的愛護，皆來自先生對妻子的承諾與責任。人的生老病死，是自然的規律，莊子言：「死生如晝夜」。人若能生生不息於宇宙，並顯現其價值與光彩，必是藉由前人的努力所成，《詩經》記載的正是這樣的經典文獻。

〈摽有梅〉言婚姻要及時，〈匏有苦葉〉言男婚女嫁也要等到對的人，〈丰〉言女子嫁與不嫁，終究要嫁，……等等；讀了《詩經》，對於追求婚姻大事能不積極有熱情嗎？能不勇於面對複雜情感的變化嗎？勿要拋上天讓天去決定。〈大雅・文王〉：「永言配命，自求多福。」婚姻同生存，就像一個小男孩被推上了戰場，不得不拿槍肩負責任，在槍林彈雨之下求生存。德國詩哲席勒（Schiller, 1759-1805）說：「無論哲學家們怎樣想，世界還是被愛情與飢餓支配著呢。」

作者小傳

簡靜美，屏東縣人，東海大學哲學系碩士在職專班畢業，現任國家實驗研究院國家晶片系統設計中心管理師，擔任秘書、稽核等行政工作。愛好哲學與文學。

情不知所起，不知所滅

〈衛風．氓〉

張佳琳

一片癡心的緣起，卻換來一世的緣滅。

這女子的千愁萬緒繫乎一人，也牽扯一生，說此情可待追憶，可回首卻已惘然，只因對方如此負心，當時的心醉也已然成了心碎，男子終歸逃不過「氓」一字，不僅四處漂泊居無定所，心，更是如此心性不定。

曾在《牡丹亭》中見過這麼一句話：「情不知所起，一往而深。」說的正是女子這樣的一見傾心，古時的女子對於情愛的要求總是這麼地卑微，只要用情專致，始終如一，即是此生唯一的請求，如對方也能真心相待，則是一傳世佳話。

但，現實往往殘酷，童話故事的結局總是只能令人心嚮往之，王安祈撰寫的新編京劇《御碑亭》中的：「情不知所滅，瞬間煙消雲散。」一句，恰恰與《牡丹亭》此句形成強烈對比，在〈氓〉一篇中，對女子來說是這樣的貼切適當。

氓之蚩蚩，抱布貿絲。匪來貿絲，來即我謀。送子涉淇，至于頓丘。匪我愆期，子無良媒。將子無怒，秋以為期。

氓的溫柔敦厚，已經打動女子的芳心，女人柔弱似水，心腸亦是，總隨著屬意的對象而牽一髮動全身，但這時的女子還是有著理性——還有，一種羞怯，人生大事不能如此隨便，得依禮法而行——即便男子在花前月下如此給予攜手一生的承諾。

一路送到淇水、頓丘，梁祝的十八相送也敵不上面臨分別的苦澀，女子深怕男子怪罪怨懟，好言好語地勸慰，等著良媒，等著秋期，還有，等著他。

乘彼垝垣，以望復關。不見復關，泣涕漣漣。既見復關，載笑載言。爾卜爾筮，體無咎言。以爾車來，以我賄遷。

男子離去的這些日子，想女子大抵有著王寶釧苦守寒窯十八年的感慨與心酸，這般地一日三秋，而登高臨遠自古以來總是詩人遣悲懷的所在，女子也如此渴盼著良人歸來那刻，頗有古詩十九首〈行行重行行〉中「行行重行行，與君生別離。相去萬餘里，各在天一涯。道路阻且長，會面安可知」的情態。

等到朝思暮想的人歸來，終能破涕為笑，卜筮上的吉言，莫非不是上天的應允與祝福嗎？盼著兩人永浴愛河，伴君一生不離不棄。因為深愛，才相信名為永遠的誓言，可世上真有雋永不變的愛戀嗎？

桑之未落，其葉沃若。于嗟鳩兮，無食桑葚。于嗟女兮，無與士耽。士之耽兮，猶可說也；女之耽兮，不可說也。

桑果成熟，正值春夏，映襯了女子二八年華的年紀，如桑葉之翠綠，如桑葚之鮮嫩，但心底又這麼一絲擔心，不忘提醒自己，千萬別醉在這愛情的溫柔中哪，只怕一去就再也回無法回頭……

可自古以來女子對愛總是癡狂，不計條件掏心掏肺，傾盡所有只盼能與愛人長相廝守，一生只有這般願望，但男子所重所愛卻不止女子，自由、權勢、財富、名利、美色……都可能讓男子付出同樣的心力追求，怎麼可能輕易被愛情束縛？卻苦了女子，只因她僅剩這份愛了……

桑之落矣，其黃而隕。自我徂爾，三歲食貧。淇水湯湯，漸車帷裳。女也不爽，士貳其行。士也罔極，二三其德。

再怎麼豔麗的花草，終逃不過歸處，美人亦有遲暮的一日……

漢代的李夫人曾言道：「夫以色事人者，色衰而愛弛，愛弛則恩絕。」不正好是女子的寫照嗎？古今中外，多少女子因著面容姣好而備受榮寵，但又有多少女子，因為色衰而慘遭拋棄，都說「糟糠之妻不可棄」，但又有多少為人夫君的能夠做到？如能夠，那麼在這歷史紅塵中，就不會眾多女子獨守空閨……

是女子做得不夠好嗎？洗手羹湯，三年五年的時光，或許不富裕，甚至有些困苦，可女子心甘情願、甘之如飴，因為她愛他，她也告訴自己他愛她。可是，當男子故態復萌、揮拳相向的時候，任誰都不會覺得這其中還有愛，即使女子做得再多再好，對男子來說也已然不重要了。

三歲為婦，靡室勞矣。夙興夜寐，靡有朝矣。言既遂矣，至于暴矣。兄弟不知，咥其笑矣。靜言思之，躬自悼矣。

回首為人妻的三年，日以繼夜的辛勞只求家庭溫飽和樂，誰料得男子這般殘暴無情，既然早已經沒有夫妻的緣分，最後也只能選擇勞燕分飛……可回到娘家的她，受到兄弟百般嘲笑，還有在夫家的滿腹委屈，心中的苦能向誰訴？夜闌人靜時分，也只能暗自神傷，追悼逝去的愛，追悼自己。

及爾偕老，老使我怨。淇則有岸，隰則有泮。總角之宴，言笑晏晏。信誓旦旦，不思其反。反是不思，亦已焉哉！

〈邶風‧擊鼓〉的「死生契闊，與子成說；執子之手，與子偕老」，這佳句是多少新嫁娘的期盼，同樣的，女子也曾經擁有過彼此許諾的天長地久，因為愛情，她相信永遠的存在，可如今想來是這樣的諷刺與充滿怨懟。

想起兒時的種種，那樣的單純美好，沒有心機猜忌，在彼此的眼中就已經是整個世界了，那般清澈透明，沒有雜質。但時光荏苒，到如今年復一年，男子曾經的山盟海誓早已煙消雲散了，他大概不記得了吧？或許也不願記起了……於是女子也就告訴自己，別再憶起往事，即便仍有一絲眷戀……昔日的情懷就只能當空夢一場，也就算了吧！

這首〈氓〉與〈谷風〉被譽為《詩經》中棄婦詩雙璧，但此兩首卻不若〈擊鼓〉這般討人喜愛，何以能被世人傳唱千年？

細細品嚐〈氓〉與〈谷風〉兩首，足可見情思豐富，雖然並非訴說一段美好愛情，但卻道出了古今千千萬萬的女子心情，懷著憧憬，墜入愛情之中，最後遭到拋棄等種種，這些無非都是最最日常的情狀。

正因為平常，所以才能這般深入人心，也因為講的正是這難以訴說的苦衷，才如此這樣令人有著強烈共鳴。

只嘆這情千古以來，不知所以起，不知所以滅。

作者小傳

張佳琳，臺中人，東海大學中國文學系畢、博雅書院第二屆書院生，曾任文學社社長。喜歡古典與現代中的文學，渴盼有天能在文學中不能自已。

道別時不用強忍著淚

陳珮怡

自古以來動人的故事常發生在生活周遭的小事件，只要能用心感受的人都不難發覺那最隱微的感動！

細嚼《詩經》中所寫最原始的「真性情」，每每讓人讀來心有戚戚，彷彿置身主角似的，有時竟也錯置虛實久久無法自己！我想，人正是因為有七情六欲才會將生活點綴得如此多彩多姿，可惜傳統流傳下來的教育模式總讓我們不敢自在地表達內心的想法，有時連最簡單的一個「不」字都說不出口，更遑論在別人面前痛哭或是理性的表達憤怒了。這樣矯情的活著實在是既辛苦又不盡人情，聰明如你，實在不必過度壓抑或是害怕表達那最真實的自我，畢竟人生的苦痛已經太多，你又何苦為難自己？只要是合乎常理，儘管放手去做！或許剛開始釋放那顆赤裸、熾熱的心會招來些微的不安，但漸漸地卻能讓你體會到「真正活著」的快感，重新感受自我的存在及品嚐那獨一無二的人生旅程，這一切將會美妙多了！在這處處充斥虛假的世代，只有願意真心面對、了解並表達自己的人才是真正的勇者，而勇者無懼！

在人複雜的情緒當中最難面對的就是——別離，古人有時在種種原因之下，可能此刻一別今生即無緣再見，那麼跟面對死亡有何不同？因此在臨別之際總讓人情緒崩潰心痛到極點，那緊握的雙手總是遲遲無法放開、欲走還留，如此難分難離之情著實令人動容！你能試著體會那種「心痛」的感覺嗎？那種心如刀割的椎心之痛嗎？在〈邶風‧燕燕〉中，我們正可感受到貴為一國之君的哥哥在送別即將出嫁的妹妹，他們的兄妹情深透過意象、情緒的不斷增強，終將離情推至最高點，如今讀來彷彿有畫面移動似的歷歷在目，卻也令人心酸不已，難怪乎王漁洋推崇這首詩為「萬古送別之祖」，其文如下：

燕燕于飛，差池其羽。之子于歸，遠送于野。瞻望弗及，泣涕如雨。
燕燕于飛，頡之頏之。之子于歸，遠于將之。瞻望弗及，佇立以泣。
燕燕于飛，下上其音。之子于歸，遠送于南。瞻望弗及，實勞我心。
仲氏任只，其心塞淵。終溫且惠，淑慎其身。先君之思，以勖寡人。

還好如今所有客觀的條件都已改善，無論是交通、通訊等都已逐漸人性化，但還是無法稍改離別時的苦痛，這即是「真性情」的展現，也是我們一再強調的那身為人最難能可貴的地方！所以我們大可順應、放縱那情緒的牽動，將那最真、最發自內心的愛釋放出來，用那份深情真意陪伴即將離去的人，期望她能勇敢面對未知的將來。

文中的哥哥「瞻望弗及」複沓三次，看著她逐漸消逝的背影，那無助又忐忑的心情，誰說不能哭呢？詩中的哥哥不但哭，還痛徹心腑的哭呢！而妹妹雖安慰哥哥「一切須以天下大局為重！」，但在感佩之餘也不難想像她早也已哭得唏哩嘩啦了！離別實在是一件很苦的事，何必非得故作瀟灑強忍住淚呢？哭吧！那就是最真的你啊！

儒家的「七情」即是：喜、怒、哀、懼、愛、惡、欲。在此七情中以「哀」最令人難以釋懷，因為「哀」常伴隨著「痛」，既然我們已經盡力，卻也無力去改變時局，那麼暫且放縱情緒，讓「情」好好抒發一下，等待「心」趨於平靜後再鼓起勇氣大步走下去！畢竟你已努力過了，既然問心無愧就別再苛求了。或許在過程中會覺得很難、快過不去了，但只要你願意放開懷，你將會發現原來適時表達自己的情緒並不難，在抒發後反而讓你覺得更自在、更徹悟，也或許這一切在冥冥中自有安排，讓你嚐盡分離時苦痛換來的卻是重逢的喜樂！

作者小傳

陳珮怡，生於臺中后里，畢業於中興大學中國文學系，目前就讀東海大學碩士在職專班，任教於臺中市私立常春藤高級中學——美式住宿學校，教授中文。

你是我生命中最美好的風景

〈召南．草蟲〉

黃家祥

正在人生的棚景之間來回穿繞趕場，那些迴環的廊道與隔間，使人每每錯身即不復相見，那麼，一切相遇都只不過是偶然的別身與誤打誤撞，而我們何其有幸能遇見各自生命中的美麗人們，但又何其難捱地，與他們一次次作別。

往往要在塵埃落定之後的某個神祕瞬刻，那些原本朦朧的像是被霧霰或冷飲旁邊凝聚密結的水珠覆蓋的模糊視野，才終於塗抹銷融掉。〈草蟲〉正巧呈現的是一種事過境遷的荒枯寂寥。前塵往事都成了奢華的夢境，我們不能究竟這到底是良人征成遠適的閨怨、薄倖浪子不義拋棄後的癡情，還是悼憶亡夫的憑弔。我們自也無法追溯與還原事情在剝落頹萎之前，從時間華麗的綢緞裁剪下，那樣容光熠熠的「生命的花季」。但是，卻也因為取消了相遇與作別，更令讀者的目光專注地投射在這位睹物思人的女子身上。

喓喓草蟲，趯趯阜螽。未見君子，憂心忡忡。亦既見止，亦既覯止，我心則降。

那是個夜晚嗎？女子打理好一天繁雜的家事後，偶然感受到內心有股靜瀫的沉寂，她於是眺望靜夜裡遙遠空闊的天地。萬物彷彿懸踮著一種聲響，愈益明朗，她發現是草蟲在寧謐夜裡的喓喓鳴喚。女子覺得這樣的鳴聲，好像想喚回什麼珍貴的事物一般。

或許，就在此際萬物伏蟄，而草蟲鼓噪與附近蚱蜢躍跳的闇夜，有什麼思緒深深地在女子心裡小蟲似地刮搔著，這些喧鬧的聲響逐漸撩弄起女子靈魂內的騷動。

那是許久許久以前的思念與傷懷。

死燼重燃，女子憶起一個似乎早已自生命中刪除的記憶母帶，所有壞軌的膠卷、跳閃的畫質與歪扭突兀的音頻，皆在這個晚上，悉數修復了。

陟彼南山，言采其蕨。未見君子，憂心惙惙。亦既見止，亦既覯止，我心則說。

陟彼南山，言采其薇。未見君子，我心傷悲。亦既見止，亦既覯止，我心則夷。

那人漸漸地從她生命的暗影處幽幽顯影。在他缺席不在的時間以後，女子依然如常採蕨採薇，為了生計辛勞攢存，她獨自面對生命中襲捲而來的每個艱難抉擇，每一道因為獨立而挺身相抗所造就的傷口。於日夜嬗替，年歲更迭之中，戀人的形影被封藏在周身的疤痂之中，不復記憶。

但是，所有曾經的傷口都想尖叫，曾經的美好都是忘懷不了的召喚。女子在那樣的夜裡，感受到莫能抵禦的悲傷，草蟲愈益囂噪，心靈便受到感應似地，調度建築起昨日的記憶迴廊。

戀人靜立在彼端，因為背光，眉骨、鼻樑與唇形被光影逆蝕，臉部有一半浸沒在黑暗之中顯得破碎不真實，像是這些日子以來層壓住心靈的憂懼和麻木，卻隨著女子越來越深的挖探，光終於綻溶掉那些陰晦纏附在他半身的黑影，如此如此走出她的回憶。

那些因為深恐遺忘他的臉廓細節的慌張與徬徨，都在這女子擬設的造景之中，消逝遠去。他像身負女子一切青春奧秘的信使翩然降臨，端敬潔素，輕輕附在耳旁，溫柔提醒。「未見」與「既見」的徘徊流連倏然轉變，既已凝窺，便從一切生活處處潛伏或可險觸的暗礁與埋伏中，獲得了保護。

最後最後，「我心則降」、「我心則說」與「我心則夷」了。女子藉著目視戀人美好的容止，平撫、鎮抑了生命的憂傷。

也許，所有的戀情都像生命的花季，也許那些過往別離的人都擔負了我們之間共創的美麗凝晶，一顆顆都是永恆之花，盛放在心田裡。但這首詩所言的不僅是思念或愛情，它講述的更是在彼此錯身後，對別離、對人生不如意感到憂傷時，思憶到的確有某些時光能成為往後生命裡，美的維度的無限展開。

我們或許會在匆促上臺或串場的休憩間隙，彷彿〈草蟲〉中的女子那樣，腦中浮現某一張柔煦的笑容，無限感懷又欣慰地呢喃著：「你是我生命中最美好的風景，總忍不住頻頻回首，瞻瞰你的臉容。」

作者小傳

黃家祥，嘉義人，東海大學中國文學系三年級學生。喜歡文學，喜歡寫作。認為閱讀和寫作皆是一件疼痛的事，是讓自己在這個夢遊人世保持清醒的一種方式。

緣

朱熒怡

得之我幸，不得我命。——徐志摩

《詩經》的智慧，在於告訴你，何為捨，何為得；在於教會你，如何愛，如何棄。

很早就知道《詩經》三百篇，多半都是關於愛情的，無論是求而不得，或者是得而棄之，亦或是捨不得，放不下，拋不開，無非都在於一個緣字。緣來則愛，緣盡則散，有些東西，不屬於你的，你終究得不到，強求無非徒增傷悲，正如〈行露〉所言：

厭浥行露，豈不夙夜？謂行多露。

誰謂雀無角？何以穿我屋？誰謂女無家？何以速我獄？雖速我獄，室家不足！

誰謂鼠無牙？何以穿我墉？誰謂女無家？何以速我訟？雖速我訟，亦不女從！

屈萬里《詩經詮釋》說：「此女子拒婚之詩。」詩中女子面對男子強暴求娶，寧願身陷囹圄，陷於訴訟，也要堅決抗爭。如此的抗爭，不畏強暴的決心在《詩經》眾多詩篇中，亦是獨樹一幟的。懂得守衛自己的愛情尊嚴，懂得堅持立場而不妥協，也正體現了此女子堅強的內心與對愛情的忠貞不屈。情之一字，最難強求，不然也不會有化蝶雙飛的梁祝傳說，不會有那許許多多的不完滿，不幸福。後世的人們似乎都忘記了，《詩經》曾用大篇的筆墨向我們描繪一個愛情是緣分的哲學。

若說〈關雎〉是男女愛情的寫真，我們不妨來研究一下這首作為〈周南〉第一首的名詩：

關關雎鳩，在河之洲。窈窕淑女，君子好逑。

參差荇菜，左右流之。窈窕淑女，寤寐求之。求之不得，寤寐思服。悠哉悠哉，輾轉反側。

參差荇菜，左右采之。窈窕淑女，琴瑟友之。參差荇菜，左右芼之。窈窕淑女，鐘鼓樂之。

〈關雎〉，毫無疑問，是在描述一個君子對於淑女的追求，求之，思之，友之，樂之，無非是一見鍾情，二見傾心，然後相思而求取的過程。男子對於女子的追求，本來就是如此簡單而純粹，姑且不論結果如何，僅是這種單純的愛情，輾轉反側的思念，費盡心思只為博得佳人一笑的執著，本身就是一種美好的愛情賦予男男女女最珍貴的體驗。

我們不知道〈關雎〉的結局，男子是否娶到了溫柔嫻靜的女子，然而，這樣淡淡的歡喜，淺淺的憂傷，卻讓一個簡單的愛情故事變得更為動人。孔子言〈關雎〉：「樂而不淫，哀而不傷。」歡樂之處不顯淫靡，只是粉色愛情的驟然心動；哀傷之處不覺悲傷，只是因情路坎坷而感無可奈何。如果有過愛情最初珍貴的回憶，結局，便已不是那麼的重要了。

既然最珍貴的是愛情給予的甜蜜的回憶，既然結局並不如想像中的重要，我們只需要在收穫之時慶幸，彼時擁有對方，得到過無論追求還是被追求之時的歡樂，有過在一起的甜蜜，便已然足夠了。正如徐志摩所言，得之我幸，不過如此。

然而我最喜歡的那首〈漢廣〉：

南有喬木，不可休思；漢有游女，不可求思。漢之廣矣，不可泳思；江之永矣，不可方思。

翹翹錯薪，言刈其楚；之子于歸，言秣其馬。漢之廣矣，不可泳思；江之永矣，不可方思。

翹翹錯薪，言刈其蔞；之子于歸，言秣其駒。漢之廣矣，不可泳思；江之永矣，不可方思。

卻是在吟詠一段求而不得的愛情，青年樵夫鍾情於美麗的女子，然而心願難成，不得求取，正如江漢之不可渡，喬木之不可休，女子的存在是迷離恍惚之間一次旖旎的幻想，雖然思慕之深，愛之切，卻清晰的知道，如同浩渺廣闊的江漢一般，廣而不可泳，長而無船可渡。只能自己默默的徘徊，凝望，做著不切實際，卻足以自娛的夢。

詩中的樵夫，面對浩渺江漢，在無限感慨著求而不得的愛情，表面看來，這樣的求而不得是愛情最大的悲傷，其實不然。求而不得，才更顯得那位女子如在夢中，美好而不真實，得到，固然幸運，而不得，才是留在記憶之中最美好的過往。得到的，是恩賜，而得不到，才是命運。

這樣一首簡單的愛情詩，正是因為求而不得的淡淡憂傷，才更加的動人。其實，詩中一直在講述的求而不得，細細的思索，卻也有不得我命的智慧。惆悵感慨而不用過分的悲傷，當命運不給你和她一個相愛的機會，那麼，不用強求，留著以後的歲月裡長長久久的回憶，也不失為一種美麗。不得，只是因為無緣，卻不妨礙情至深處的幻想。命運固然不可逆，留著思念，便足夠了。

還記得席慕容的〈蓮的心事〉：

我

是一朵盛開的夏蓮
多希望
你能看見現在的我

風霜還不曾來侵蝕
秋雨還未滴落
青澀的季節又已離我遠去
我已亭亭　不憂　亦不懼

現在　正是
最美麗的時刻
重門卻已深鎖
在芬芳的笑靨之後
誰人知我蓮的心事

無緣的你啊
不是來得太早　就是
太遲

那句「無緣的你啊，不是來得太早，就是，太遲」，無奈而憂傷。不是不曾等待，而是在花開正好的歲月裡，你卻遲遲未來而已。無緣二字，說出了多少有情人不得在一起的悲戚，卻也真真實實的說明了愛情不是我們相愛，而是在最好的年華裡相遇。

如果，我們可以知道，愛情的終點在哪裡，便不會有那許多愛與不愛的悲劇，如果，我們可以知道，彼此是否有個結局，便少了許多無謂的掙扎與追逐，如果，我們可以預見，那個擦肩而過的，是前世五百次回眸而來的有緣人，也許，一切，便會與來時不同。可惜，我們什麼都做不到，什麼都不明瞭。我們只是在摸索著過一條愛情的河，河的另一頭，是忘川，還是斷崖，誰都不知道，卻一如既往的飛蛾撲火而去。《詩經》的智慧，在於用無數或悲或喜的愛情詩，教會我們愛情是緣分的哲學。有追求而得的快樂，如〈關雎〉；有求之不得的悲傷，如〈漢廣〉。然而無論得到與否，卻不妨礙愛情的開始，不影響結局。命運的存在是告訴我們如果注定失去，不如放下。

緣之一字，太空，太大，但是說得清的，也就不是愛情了。

作者小傳

朱熒怡，江蘇常州人，一九九三年生。愛好讀書寫作，思維奇特，情感豐富。性格開朗，樂觀。懶人，喜靜。

如花美眷，似水流年

王雪芬

我們常常在沙灘上看到有人撿貝殼：撿著了一個，覺得不夠完美，心想前面還有更好的，於是放下手中的貝殼，繼續往前找；可是每撿到一個就幻想著前面還可以有更好的，於是不斷放下、不斷前進、不斷拾撿。到頭來卻發現，最後拿在手上的那只貝殼並不是自己最滿意的，可是已經走過大半個沙灘了，一天的拾撿勞而無獲。

對待愛情，又有多少人像撿貝殼的人一樣？明明遇見了，動心了，但還是挑剔著對方的缺點，渴望下次再遇見一個更加完美的男人。尋覓著度過了青春年少，心目中那個完美的男人始終不曾出現過；然而年歲無情，你再沒有時間繼續尋覓下去了，到頭來只能把自己委屈給一個根本不「完美」的男人，將將就就過一生。

是完美的男人太少麼？不，是挑剔太多，等待太多，殊不知有太多原該美滿的愛情在尋覓的等待中生生錯過。〈召南‧摽有梅〉正是在向我們發出這樣的警告。

摽有梅，其實七兮。求我庶士，迨其吉兮。
摽有梅，其實三兮。求我庶士，迨其今兮。
摽有梅，頃筐塈之。求我庶士，迨其謂之。

初讀此詩時，我只看到了一個恨嫁心切的女子在大膽表白自己的愛情。暮春時節，梅子黃熟，落了一地。敏感的女子見此情景，不禁觸動綿綿情思，希望追求自己的庶士早日將自己迎娶進門。每個女子都有對自己愛情的美好憧憬，我甚至不禁對這女子憐憫起來。然而越是細讀此詩，越是有一種悲從中來的感覺。隨著梅子的不斷墜落，樹上剩下來的越來越少，女子的感情也愈加急切和強烈，因為她知道自己的容顏已經隨著梅子的落下而漸漸衰老。此時對青春年華老去的恐懼已經遠遠強於對愛情的渴望。那位女子真的是在表白愛情麼？她是不是想借用自己的故事告誡正值青春年華的年輕人，要懂得珍惜自己的美好青春，不要讓甜蜜的愛情在無謂的空空等待和尋覓中悄然流逝，等到青春不再的那一天，愛情也會隨著逝去的時光而消散不再來。

這是一種從悲劇中總結出來的智慧。我們常常太執著於尋覓，總相信尋覓到最後一定會有一個自己最愛的人。可是青春啊，常常不會因為你的等待而停下匆匆的腳步；韶光易逝，青春難再，錯過了青春年少，所有美麗的憧憬和等待都將落空。

女人和男人不一樣。歲月的積累會讓男人變得更加成熟、更加深沉，也更有魅力，男人本質上是保值的。女人卻不一樣，時光的流逝常常在女人的身上留下痕跡，一年一年地，青春容顏悄然褪色，年歲雕刻出皺紋，留在臉上，成為生活的「饋贈」。一旦過了豆蔻年華，少女時期對愛情的美麗幻想都會變得現實而實際，沒有花容月貌作為追求浪漫愛情的資本，歲月無情，再不能根據心中的理想愛情對現實挑三揀四；這是悲哀的，卻也是命中註定的。花謝花能再開，人老人無再少，所以《牡丹亭》中的杜麗娘獨自遊園，看到滿園春色姹紫嫣紅時才猛然間驚懼：無論再怎樣羞花閉月的容顏，終有一天會像這綻放的花朵一樣枯萎凋謝，所有的美麗都將不復存在。然而到現在卻還沒有人來欣賞自己的美，縱有傾國傾城貌，又怎堪歲月無情，流年似水？「原來姹紫嫣紅開遍，似這般都付與斷井殘垣。」一待到老去的那一天，昔日華美容顏悄悄褪去，花白頭髮映滿兩鬢，便恰似那無人採擷的花朵，縱然努力綻放過，怎奈何無人賞識而空度美好時光。正因如此，我們唯一能做的就是珍惜自己的青春年華，勇敢追求自己的愛情，不要苦苦等待，不要執著尋覓，動心了就勇敢地去愛。

席慕容說：「如何讓你遇見我／在我最美麗的時刻／為這／我已在佛前求了五百年／求它讓我們結一段塵緣。」茫茫人海，相遇是多麼難得，遇見讓自己動心的人又是多麼可貴，我們還有什麼理由錯過？既然遇見了，那就該珍惜。感情從來不是等得越久越濃烈，也從來不是你尋得越多就給你越好的，愛情長跑和撿貝殼式的從來都不能真正有結果，待到如花的年歲無聲流逝，到頭來一切都將成空。袁立和她的富商男朋友談了十二年的長跑戀愛，到最後還是分手了；而她男朋友卻與張怡寧在短短一年的戀愛期後就迅速結婚，如今婚姻美滿。是那男人喜新厭舊更愛張怡寧麼？不是，是長久的愛情等待磨平了兩人的激情，最終愛情淡成親情，感情隨之破裂。在自己有限的青春時光裡，珍惜自己的愛情，相遇了就在一起，相愛了就結婚，就這麼簡單。

我從來都不喜歡等待，更不相信等待能夠等來愛情。真正的愛情當如張愛玲所說的：「於千萬人之中遇見你所要遇見的人，於千萬年之中，時間的無涯的荒野裡，沒有早一步，也沒有晚一步，剛巧趕上了，沒有別的話可說，惟有輕輕地問一聲：『噢，你也在這裡？』」是的，相遇沒有對錯，只有早晚；也沒有偶然，只有剛好。或許只是無意間地回頭，便發現「那人就在燈火闌珊處」；又或許只是在人群中多看了你一眼，便從此再也忘不掉你的容顏。遇見了就該懂得珍惜，錯過了就不再重來。或許〈摽有梅〉裡的那位女子年輕時也因為一時的貪婪而錯失了相遇的許多有情人，一味的苦苦尋覓讓自己的青春在歲月中耗盡，而所謂的心上人卻遲遲沒有遇見，於是終於無力再尋覓，只能發出疾呼：那些追求我的人，就趁現在吧！我們結婚吧！

如花美眷，似水流年。越是美豔如花，越是經不住似水年華。所以，趁現在我還青春美麗，趁我們已經相遇在茫茫人海之際，我們就在一起吧！

作者小傳

王雪芬，北京語言大學中文系三年級學生。文藝青年，喜歡唱歌追星。性格分裂：對熟人活潑開朗，對陌生人冷若冰霜。

現代流行歌曲裡的愛情經驗

趙　亭

愛情一直是普世情感之一，足跡總是深刻，因此流行音樂中，有著極大的比例描寫愛情。《詩經》是周代的音樂，是寫實、貼近人的，所以也記錄了許多感人肺腑的故事。

愛情擁有許多不同的面貌，如英國歌手Adele在"Someone Like You"中所唱到的'Sometimes it lasts in love, but sometimes it hurts instead.'愛情偉大且雋永，有時卻令人感到傷痛。歌曲大意是：過去的情人如今已與他人步入禮堂，那人想必是給了主角過去所不能給的愛情。這在〈周南・漢廣〉也訴說著相同的情形——心裡的那個人就要結婚了，再深的感情如今也只能藏在心底，心心念念的人是多麼的高不可攀，如今只能替她餵飽馬兒送上祝福了：

南有喬木，不可休息。漢有游女，不可求思。漢之廣矣，不可泳思。江之永矣，不可方思。

翹翹錯薪，言刈其楚。之子于歸，言秣其馬。漢之廣矣，不可泳思。江之永矣，不可方思。

除了感情盡往肚裡吞也甘之如飴的痴情男外，《詩經》也告訴我，遇見了一個心儀的對象，不僅會朝思暮想，晚上還會睡不著覺，即使睡著了，夢見的也是那個人。如〈周南・關雎〉：

參差荇菜，左右流之。窈窕淑女，寤寐求之。求之不得，寤寐思服。悠哉悠哉！輾轉反側。

這樣的症狀穿越了兩千多年，在吳宗憲和溫嵐的歌聲中再度出現了。〈屋頂〉的歌詞唱道：

女：睡夢中被敲醒 我還是不確定
怎會有動人弦律在對面的屋頂

我悄悄關上門 帶著希望上去

原來是我夢裡常出現的那個人

男：那個人不就是我夢裡那模糊的人

我們有同樣的默契

合：夢有你而美

〈關雎〉的愛情其實是要主動去追求的，男主角為了追求女主角，甚至還演奏樂器給她聽，想盡辦法讓她開心快樂：

參差荇菜，左右采之。窈窕淑女，琴瑟友之。參差荇菜，左右芼之。窈窕淑女，鍾鼓樂之。

可見「積極追求」在《詩經》時代就已經很重要了，兩千多年後的今天仍然是提醒人們抓住愛情的方式，現在的流行音樂也傳達出這個不變的訊息。溫嵐〈不要太乖〉：

自信主動神采　不代表壞
點燃戰火　掌握成敗　由我主宰

除此之外，愛情可以安定人心的力量，同樣也能成為《詩經》歌詠的主題，如〈召南・草蟲〉中的女子心情：

喓喓草蟲，趯趯阜螽。未見君子，憂心忡忡。亦既見止，亦既覯止，我心則降！

見不到你，令我憂心不止；一見到你，我的心就能安定下來。這種心境在現代的流行音樂也聽得見。Olivia〈海枯石爛〉：

每天看見你笑臉我就心安

愛情除了讓人感覺幸福外，也會令人痛徹心扉，不但使人產生依賴、更使人變得脆弱。范曉萱〈氧氣〉唱出這樣的渴望和期待：

如果你愛我　你會來找我
你會知道我　快不能活
如果你愛我　你會來救我
空氣很稀薄　因為寂寞

這首歌彷彿是〈鄭風・狡童〉的翻版：

彼狡童兮，不與我言兮，維子之故，使我不能餐兮。
彼狡童兮，不與我食兮，維子之故，使我不能息兮。

詩中說那個小滑頭不跟我說話，使得我吃不下飯；不跟我吃飯，使我喘不過氣來。看來愛情不僅與生活密不可分，還是拯救戀人靈魂的良藥，古今如一啊！

《詩經》也有很多寫痛苦等待愛情的詩。如〈鄭風・東門之墠〉「豈不爾思？子不我即。」和這首〈鄭風・子衿〉：

青青子衿，悠悠我心。縱我不往，子寧不嗣音！
青青子佩，悠悠我思。縱我不往，子寧不來！
挑兮達兮，在城闕兮。一日不見，如三月兮！

這位女子從希望愛人寄來音問，到希望他前來看她，當苦苦等待他卻不見他來時，她急切的爬上城樓徘徊，引領瞻望，抒發她「一日不見，如三月兮」的煎熬。

愛情始終沒有所謂對錯，無論是默默將感情放在心裡，或是大膽追求的戀情，都是愛情的不同面貌。《詩經》告訴我們許多的故事，教我們要把握當下，抓住眼前的美好，也注意不要傷害自己。若是失戀了也不要太失望，給他或她一個最真心的祝福就夠了。《詩經》中的愛情是熱情、勇敢、純真、付出，至今這些對於追求愛情都有正向的啟示。《詩經》的長河溫柔的浪漫流淌在流行歌曲的旋律中，陪著我們的愛情開出最美麗的花朵。

作者小傳

趙亭，目前就讀東海大學中國文學系三年級。對什麼事情都充滿好奇心，以前總覺得船到橋頭自然直，最近卻想要趕緊完成一些自己覺得畢業前不做，將來會後悔的事。

回歸純眞的情感

江苡禎

現代男女交往自由，婚姻也漸漸不再是必須完成的責任，在選擇越來越多的情況下，我們挑選另一半的標準也越發嚴苛了起來。外貌、學歷、金錢……等等，都成為重要的擇偶標準，那份朦朧的真情似乎只在年少時才顯得純粹，而這樣單純的情感往往是我們最難以忘懷的。

如果將《詩經》中的情詩分為婚前與婚後來觀察，描寫婚前這一類，有男女相悅，期盼結為連理，或只是單方面的傾慕，或是戀愛中的酸甜苦辣等。描寫婚後的這一類，有夫妻兩地相思的愁苦，或是情感破裂後，棄婦對丈夫的控訴等等。我更加喜歡前者，因為它單純而真摯，充滿了對戀愛的憧憬和未來美好生活的期盼，簡單卻動人。哪怕求而不得，也只有滿心的惆悵，相較那些分手就口出惡言，甚至以死相脅者，值得我們省思。像這首〈周南・漢廣〉：

南有喬木，不可休思。漢有游女，不可求思。漢之廣矣，不可泳思。江之永矣，不可方思。

翹翹錯薪，言刈其楚。之子于歸，言秣其馬。漢之廣矣，不可泳思。江之永矣，不可方思。

翹翹錯薪，言刈其蔞。之子于歸。言秣其駒。漢之廣矣，不可泳思。江之永矣，不可方思。

男子只能遙望著自己傾慕的女子，卻沒有追求的動作，因為兩人之間有著無法逾越的距離。這層阻隔是什麼，作者沒有明說，只把惆悵寄託在浩渺的江水間，平靜的割草、劈柴、餵馬，為那名女子的婚禮做準備。不論對方是不是屬於他，這份思念之情也不會減弱分毫，這是多麼真誠、無私的情感啊！

《少年維特之煩惱》中說：「哪個少男不鍾情，哪個少女不懷春。」愛情的萌發是多麼自然的一件事，不應該受到禮教的壓抑。《詩經》中隨處可見熱烈的感情傾訴，〈鄭風．褰裳〉就用一名女子直率的口吻，對情人的漠然要求回應：

子惠思我，褰裳涉溱；子不我思，豈無他人？狂童之狂也且！
子惠思我，褰裳涉洧；子不我思，豈無他人？狂童之狂也且！

在這裡跟〈漢廣〉一樣，都是用江河代指男女情感之間的阻礙，而男子在這層障礙中卻步不前，女子對此感到焦急，提出強力的譴責，要男子拿出實際的行動來證明他的情感，否則就要放棄他而另擇他人。這和傳統溫婉被動的淑女不同，在詩中我們看見一個自信、率直、敢愛敢恨個性鮮明的女子。

《詩經》中最膾炙人口的詩篇莫過於〈關雎〉：

關關雎鳩，在河之洲，窈窕淑女，君子好逑。
參差荇菜，左右流之，窈窕淑女，寤寐求之。
求之不得，寤寐思服，悠哉悠哉，輾轉反側。
參差荇菜，左右采之，窈窕淑女，琴瑟友之。
參差荇菜，左右芼之，窈窕淑女，鍾鼓樂之。

男子見到河中成雙成對的鳥兒，不由得勾起自己尋覓佳偶的渴望。顯然他心中有著對愛情的希冀，才會觸景生情，至於他心目中的佳人是否已經出現？我們不可得知，或許他只是幻想著朝思暮想的理想伴侶已在眼前，而他將會如何積極的去追求。〈出其東門〉則描寫了「弱水三千，只取一瓢」的專一：

出其東門，有女如雲，雖則如雲，匪我思存，縞衣綦巾，聊樂我員。
出其闉闍，有女如荼，雖則如荼，匪我思且，縞衣茹藘，聊可與娛。

雖然眼前有美女如雲，但只有那位樸素淡雅的心上人，才是我所期望的。外貌的雕琢只是錦上添花，情人追求的應該是心靈上的契合，一味追逐美色反而是本末倒置。光鮮亮麗的外表，終有褪色的一天，雖然喜愛美人是人的本性，但這是否就是擇偶的第一條件，我們應該認真思考。

《詩經》中歌詠愛情的篇章不可勝數，雖然時空環境的變動甚大，但仍然有很多東西，再過千萬年也不會改變。愛情這樣恆久不衰的主題，我們仍然可以從中尋找到不少共鳴，而其中的智慧，到今天仍然值得我們借鏡。

作者小傳

江苡禎，目前就讀東海大學中國文學系三年級，特別喜歡韻文的聲律美以及精練語言，認為古典詩詞是最美麗的文學花園。平時愛好閱讀，但不擅長寫作。

眞愛

施淑婷

很多人都會問到底什麼是愛情？如此令人刻骨銘心，或追思不已。現在電視劇不論是適合低年齡層的卡通節目，或是臺灣本土味的連續劇，甚至時下流行的偶像劇，愛情都是裡面不可或缺的元素之一。

愛可能使劇情更加生動，也能交織起一份又一份的情感聯繫，有時還會使螢光幕前的老少眼泛淚光，與裡面的主角心境產生共鳴。但其實，在《詩經》中就已經把愛恨嗔癡所有的情感精煉又深刻地娓娓道出。

有時我們會品味涓涓細流的平淡感情，不精彩卻恍若空氣，簡單而重要；又或恍若天雷勾動地火，一發不可收拾，轟轟烈烈可用「豔麗」與「精彩」來形容；或者雖然不是一見鍾情，但是兩小無猜青梅竹馬的親密，很多時候都會一再勾起我們感情的心弦。

然而有時候我們只看到愛情美好的一面，卻忽略或遺忘了愛情發展過程中必然會經歷的痛苦或失敗，感情往往不是一個人的事情，而是兩個人必須共同經營、分享的，不然不一定每一個「盲目」的愛情都是幸福美滿。

〈鄭風・遵大路〉

遵大路兮，摻執子之袪兮，無我惡兮，不寁故也。
遵大路兮，摻執子之手兮，無我魗兮，不寁好也。

詩中女子沒有追憶往事或懊悔，甚至可能兩人從來沒有過什麼海枯石爛的誓言，詩義看不出女子的辛酸或委屈，更沒有對負心郎的譴責與怨懟，只擷取了一個具代表性意義的場景：被棄無助的女子跟在負心郎身後，拉他的衣袖或手，苦苦懇求他不要忘記舊情，不要厭惡自己。鮮明地呈現女子的執著與痴情，還有藏在愛意之下的不能釋懷。

〈鄭風・狡童〉

彼狡童兮，不與我言兮。維子之故，使我不能餐兮。
彼狡童兮，不與我食兮。維子之故，使我不能息兮。

這首詩是情侶意見不合吵架後，女生嗔罵對方是一個狡猾、幼稚的男生，而男生冷淡決絕不與她說話，使她難過得食不下嚥；不與她吃飯，更氣得她呼吸困難，不得安心！

這兩首詩都展現了愛情中兩人彼此需要的磨合與忍耐，有時甚至是單方禮讓或是討好，但是一種米養百樣人，一方水也不是只有一人獨飲，女子也不一定是只有忍讓或是癡癡的等待。

〈鄭風・褰裳〉

子惠思我，褰裳涉溱。子不我思，豈無他人？狂童之狂也且！

子惠思我，褰裳涉洧。子不我思，豈無他士？狂童之狂也且！

這首詩是女子喝斥所愛男子情好漸疏，提出來的攤牌之詞，如果是彼此相愛，哪會無付出行動？要對方拿出愛的證明來。這個精明的女子心想：你若真心思念我，就該撩起衣服徒步涉過溱水、洧水來看我啊！你若不在乎我，難道就沒有其他人追求我嗎？你真是狂妄傲慢的傢伙！

男女雖然彼此互助、互愛，但付出與體貼並不是義務，而是關心與在乎的表現，若是把這種給予當成必然性，失去了尊重與疼惜，那便是糟蹋了感情與愛之名。

〈鄭風・山有扶蘇〉

山有扶蘇，隰有荷華。不見子都，乃見狂且。

山有喬松，隰有游龍。不見子充，乃見狡童。

此詩是寫女子感嘆所見男子與平日判若兩人。在景色（山上扶蘇花與松樹、水邊荷花與水菜）襯托下，過去認識的男子，心目中的良人，怎麼不復見，現在面對的卻是一個脾氣大又無理的狂徒，亦是個狡猾、長不大的幼稚男子。

有時候，常會聽到有夫妻抱怨對方生活習慣的不完善或是態度改變，昔日的溫柔不復見，就像是蜜月似乎真的只有婚後那一次是唯一的美好，其他的旅遊不一定是放鬆、度假，甚至可能一路大吵小吵不斷。

若是真正相愛，應該彼此協調與包容，而不是假裝或是隱藏自己的本性，去欺騙或者配合對方，若是不真實不快樂，彼此不在乎對方，不用心經營愛情，那這一段愛情所造成的不是甜美，只是像上演一齣平淡無味的戲。原來《詩經》也是一本戀愛教戰手冊，仔細去讀詩中所說的真愛吧！

作者小傳

施淑婷，東海大學中國文學系三年級學生，是一個嗜甜主義者，配上自顧自的呢喃。喜溫馨可愛的事物，對於人生就是等待與觀察充滿戲劇性的發展。

不求回報的愛

〈周南・漢廣〉

陳雯琪

這些年，越來越常在新聞上看見情殺的案件，通常造成這場悲劇的原因都是一方提分手，另一方不甘心便起殺意。每次和我身邊的女性朋友看到這樣的新聞，心中總是忍不住直打哆嗦，怎麼兇手都不會顧及往日情份，竟能對往日的情人狠下毒手？難不成是因為愛不到，因此選擇毀滅？如此可怕的愛，我想不管是誰也承受不了吧？記得當時身旁的朋友，都擔心著彼此，希望不會遇到如此災厄才好。

那天晚上，我夢見一個穿著白衣的男子，他滿懷心事地向我訴說，他心裡想追求一名女子，但又得不到她。傾訴了許久，他便嘆了口氣告誡自己，別再想她了，別再想了。

南有喬木，不可休思；漢有游女，不可求思。
漢之廣矣，不可泳思；江之永矣，不可方思。

後來他又滿臉苦澀地對著我說，他願意為她做牛做馬，只求這名女子能有段好姻緣，只要知道她能幸福快樂，他便滿足，不再想了。

翹翹錯薪，言刈其楚；之子于歸，言秣其馬。
漢之廣矣，不可泳思；江之永矣，不可方思。
翹翹錯薪，言刈其蔞；之子于歸，言秣其駒。
漢之廣矣，不可泳思；江之永矣，不可方思。

在夢裡，我不能做什麼，我只能傾聽他一字一語，卻又羨慕那名被他愛慕的女子，如此有幸，如此有福，有這樣不求回報的男子愛著她。

〈漢廣〉這首詩啟發我們正確的情感教育，愛情並不是你單方愛她就可以，如果不如你願，也應該放寬心，用正確的態度處理。愛一個人，是心甘情願的付出，本應該不求回報，更不能喪失理性毀滅他人。當人越是計較付出或所得到的回報，越是會蒙蔽對一個人最初的真心。〈漢廣〉告訴我們，雖然明明知道這段感情的距離無法跨越，但是若對方能找到她的幸福，也應該學著放下自己不被接受的愛，而誠摯的祝福對方。這雖然很難，也很痛苦，但這是獲得真愛的必修功課。

最近有關愛情教育要在成長的那一階段施行，成為熱門議題被提出來討論，情教確實是目前臺灣教育最缺乏的一環，升學導向的教科書不會教這些，父母老師也認為上大學以前都不應談戀愛，至少要在上大學之後才可以碰觸男女愛情吧！於是許多問題提早發生，大學生也沒有很好的愛情觀，缺乏男女之間應有的正常社交知識，追求愛情本是美事，竟變成讓人害怕的死纏濫打，遊戲態度多於真心付出，於是情殺或糾紛不斷，《詩經》不少詩篇提供愛情教育教材，學習〈漢廣〉那位真心為愛情付出而不求回報的男子吧！

作者小傳

陳雯琪，東海大學中國文學系三年級學生，巨蟹座，喜歡寫作。喜歡默數天色的變換，坐看潮起、潮落。

我心中未說出口的話

簡碧萱

總覺得，《詩經》中最美的不過情感，然而中國人的情感表達卻往往是含蓄不露、含情脈脈的看著對方，既羞於啟齒，又不知從何說起。那怎麼辨呢？姑且，將濃烈的情感寄託在我送你的東西上吧！然後，就一切盡在不言中了。

在山林中，有位吉士正誘惑著少女。

野有死麕，白茅包之。有女懷春，吉士誘之。
林有樸樕，野有死鹿，白茅純束。有女如玉。
舒而脫脫兮，無感我帨兮，無使尨也吠。

在初民的社會中，女子喜歡會打獵的男子，男子於是投其所好，獵了一頭麕，將牠用純白的茅草捆束起來，獻給女子。純潔的白茅是男子對女子的讚揚，讚揚女子如玉潔白無瑕，惹得女子芳心悸動，難以自持，滿心歡喜的答應了吉士的追求，然後兩人的愛情有了更進一步的推展，山林中的戀情就這樣開花結果了。

在城隅那邊，愛情也悄悄展開了，一位憨厚可愛的青年正來到城門下找尋他心儀的女子，可是等呀等呀，不知道怎麼的，這個女子就是不出現，搞得他又急又慌，不知該如何是好？正在此時，女子頑皮地從城門一角竄出，原來她早就到了……。

靜女其姝，俟我於城隅，愛而不見，搔首踟躕。
靜女其孌，貽我彤管，彤管有煒，說懌女美。
自牧歸荑，洵美且異，匪女之為美，美人之貽。

這個女子還真可愛，她雖然愛戲弄男子，卻也心儀著男子。他們一起到牧場遊玩，她順手拔起一根紅荑草送給男子，其實這不過是一根很普通的紅荑草罷了，可是這男子對它卻愛不釋手，如獲至寶，因為那是愛人送給他的東西，那份心意勝過貴重的禮物。

上巳日是鄭國重要節日，開放的社會風氣，更促成了許多男女戀情的展開，在這天，紅男綠女相約前往溱水與洧水看修禊活動，溱、洧兩條河邊熱鬧無比：

溱與洧，方渙渙兮。士與女，方秉蕑兮。女曰觀乎？士曰既且。且往觀乎洧之外，洵訏且樂。維士與女，伊其相謔，贈之以勺藥。
溱與洧，瀏其清矣。士與女，殷其盈矣。女曰觀乎？士曰既且。且往觀乎洧之外，洵訏且樂。維士與女，伊其將謔，贈之以勺藥。

女子在馬路上遇到男子，主動邀約問他：願不願意與她再去一次水邊呢？男子欣然答應。他們一路上打打鬧鬧、相戲相謔，好不快樂！不過臨別時刻總是要到來，女子大方的贈送芍藥花給男子，將離時贈送又名江蘺的花以續後約，男子接受了她的贈物，想必是神魂飛揚，期待著下次的約會吧！

男女之間如果羞於啟齒示愛的話，那就婉轉的將愛意寄存在送給對方的禮物中吧！其實贈禮的本意不就是如此嗎？一份禮物如果沒有吉士、靜女、鄭國女子的真情，它只不過是一隻鹿、一根荑草、一朵芍藥，沒有溫度，難以打動人，也就失去贈禮傳情的意義了。《詩經》為我們說了許多故事，讓我們了解送禮傳情的深刻意義，在於送者、被送者之間的情誼，是雙方之間微妙的感覺，這和禮物是否貴重無關。

除了愛情，《詩經》中還有一種可貴的情感叫友情，在衛國就傳唱著這麼一首詩：

投我以木瓜，報之以瓊琚。匪報也，永以為好也。
投我以木桃，報之以瓊瑤。匪報也，永以為好也。
投我以木李，報之以瓊玖。匪報也，永以為好也。

在那時候，木瓜、木桃與木李都被當作觀賞樹果，只不過是尋常百姓庭園中處處可見的植物，可能今天走到張家，張家舍旁就長了一棵木瓜樹；走幾步到對面的黃家，他的外邊就用木李圍成綠籬，當作自家的矮牆。然而詩人收到這些禮物的時候卻非常開心，便用漂亮的美玉回贈他的朋友。作者不以世俗的觀點去看待這些禮物的價值，他感受到朋友對自己深厚的情誼，便送了他們美麗的玉石，來表達自己是多麼的重視他們。他說：這不是回報你們的贈物啊！而是在這一往一來中，傳遞我們珍貴的情誼長存。

《詩經》讓我看見了送禮的本然，也使我想起《小王子》中的一句話：「事實上，我不知道該怎麼去了解事情！我應該依行為來做判斷，而不是語言。她（小王子星球上的一朵玫瑰花）向我展示她的芬芳和美麗，我不應該逃避她……我應該想得到，在她那可憐的小計謀之下，隱藏的所有情感。花兒們是這樣的矛盾！但是我太年輕了，不知道如何去愛她……。」也許我們試著去了解一根草、一朵花背後的含義，或許可以解開他（她）心中未說出口的話。

作者小傳

簡碧萱，生於南投縣草屯鎮。從小就愛童話故事，國中開始迷上少年小說和《紅樓夢》。有時寫日記，偶爾作詩，喜歡於夜晚沉思。最喜歡的食物是日本料理。

愛情面面觀

董庭瑜

現今社會，大多數人對愛情的觀念跟以往越來越不一樣，古代可歌可泣甚至是戰場中離別之情，在現在更不可能發生了。就如〈邶風．擊鼓〉：

擊鼓其鏜，踴躍用兵。土國城漕，我獨南行。
從孫子仲，平陳與宋。不我以歸，憂心有忡。
爰居爰處？爰喪其馬？于以求之？于林之下。
死生契闊，與子成說。執子之手，與子偕老。
于嗟闊兮，不我活兮。于嗟洵兮，不我信兮。

沒有華麗的語言，也沒有鋪張的修飾，但卻震撼著人，一句「執子之手，與子偕老」，看似簡單的一句話，做到的卻不容易。人生到頭，要是能有一雙手能夠真正的陪自己走到人生的盡頭，那是多浪漫的事，也是多麼幸福的事。

常常，會不自禁地羨慕那個時代的愛情。古樸，純淨，就像是高山上的一灣湖水，自然而又清冽，平穩不見波瀾，有多少的溫柔與溫潤。「死生契闊，與子成說。執子之手，與子偕老。」一個樸素的約定，卻也象徵著一句勇敢的承諾。在那個古老的時代，諾言是需要以生命來支付的。不像現在，「一諾千金」的詞彙，往往只在字典裡出現，在現在的愛情上做到的根本少見。

只是，不知道那個出征南方的兵士，是否履行了與妻子一起垂垂老去的承諾？亦或最終戰死沙場，只能用魂魄去守候那一雙望穿秋水，只留下這樣一個愛情的承諾，任我們憑弔與假想？這樣流傳下來，千年前的愛情承諾，那樣的決絕與堅定，不加一點點的修飾，一字一釘，一骨子的決絕與深情，若是一定要為它配上個背景音樂的話，也就只有古戰場上的石鼓金聲才可比擬，不需要華麗的音符同奏，就那麼簡簡單單地一個字一個字地敲出來，就可以鏗然作響，流傳千古！

然而，這般可歌可泣的愛情可被列為國寶了吧！是嗎？雖然不知道後來的結局如何，但是，來看看〈召南．江有汜〉，也會發現，原來，許多愛情是破碎的。

江有汜，之子歸，不我以！不我以，其後也悔。
江有渚，之子歸，不我與！不我與，其後也處。
江有沱，之子歸，不我過！不我過，其嘯也歌。

薄情的丈夫，配自信心很強的妻子。很奇妙的組合，但也因此，滿滿的怨忿到現在還看得見。當初美麗的愛情，已經完全變質，只剩下怨懟與一廂情願的抒發。古代到現在，或許時勢變遷極大，但有些還是不變。像此詩中，女子在愛情裡不得意或被拋棄時，懷著滿腔的情緒，抒發不滿之情。現今社會也是如此，女子往往被拋棄時，都會出來說，「那個男的會後悔」、「他不能沒有我」、「為什麼他不愛我」等等。對女生而言，愛情是全部，是全世界。但對男生而言，愛情只是他們生命中的一部分。

由此可見，從古到今，那類可歌可泣、一諾千金，用生命換承諾的愛情開始消失不見，承諾過於氾濫，不被重視。但被拋棄女子之情，卻依舊不變。每一段愛情、感情，都有不同樣貌，有一天，自己也將成為《詩經》眾多篇章愛情裡的一個主角，只希望那一天來到時，這一篇章，將會圓滿、幸福。

作者小傳

董庭瑜，東海大學中國文學系三年級學生，博雅書院第三屆書院生，是一個喜歡獨處的女孩，尤其喜歡在靜謐的午後，一杯咖啡、一本閒書，享受屬於自己的午後時光。

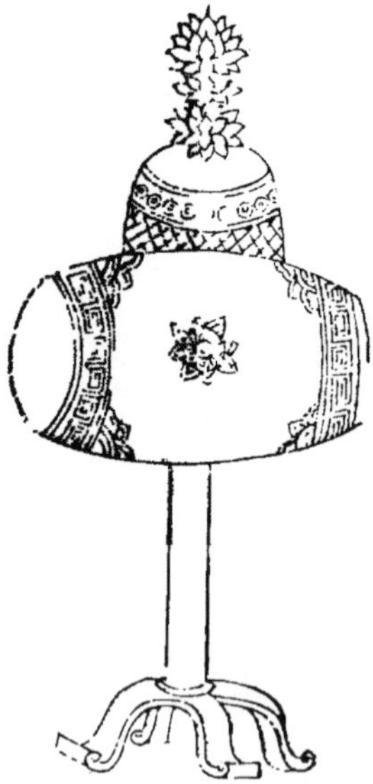

二　生活篇

爲人處事的智慧

未雨綢繆與他山之石

王安碩

今日社會到處可見光怪陸離的現象，導致許多缺失出現，都是出於現代人太自信自傲，不能潛心讀書，認真思考，汲取前人的經驗、智慧，以應紛雜的世事，多變的人生。其實在《詩經》中便有許多為人處事的道理與智慧可供現代人參考、學習，如〈豳風・鴟鴞〉的「未雨綢繆」、〈小雅・鶴鳴〉的「他山之石，可以攻玉」便是。

近年來由於教育普及、社會進化，人民對於公共議題的關注比起以往數十年大幅增加。在人民放大鏡般的檢驗下，政府機關的作為時時面臨檢驗、批評，因此出現了許多令人啼笑皆非的新聞事件：鐵路局砸下重金向日本購買的新式列車首次上路便出師不利，發現列車比月臺寬上許多，不僅卡在月臺動彈不得，也刮傷列車，不得已必須削足適履般的打掉部分月臺，方能使列車順利通過；又監理單位因舊有車牌號碼不敷使用，欲發行新式車牌，而新式車牌與大部分的汽機車規格均不符合，須重新製作；電力公司將電價分三次調漲，因而帶動物價連番上漲，民怨四起，不得已之下，又改變政策方向，暫緩調整。凡此種種公部門的連番失誤，不僅浪費公帑，也招致社會極大的批評與怨言，凡此事件，細審其故，皆起因於未能預先規畫，妥善準備，才導致臨事混亂，措手不及，不僅招來批評，同時貽笑大方。

俗話說「人無遠慮，必有近憂。」凡從事任何事情，皆須有所準備，預先規畫、各方評估，方能行事順利，達成既定目標以臻成功之境。否則，行事若無事先規畫，臨渴掘井，遇事且戰且走，毫無章法，自然無法成事。而此種「凡事豫則立，不豫則廢」的行事態度，有智慧的先民早在《詩經》時期便已提出，且看〈豳風・鴟鴞〉一詩：

> 迨天之未陰雨，徹彼桑土，綢繆牖戶。

此句出於〈鴟鴞〉第二章，乃言趁天未降雨之前，趕緊撿拾樹根以補強屋舍，方能在災害來時穩固安住，防患於未然。後來朱熹更引申此句之意，於〈朱子治家格言〉中告誡子孫：「宜未雨而綢繆，毋臨渴而掘井。」在在顯示謀事必先預作準備，完善規畫的重要，否則必然招致失敗。再看《莊子・逍遙遊》也為我們舉出一個活生生的例子：

宋人資章甫而適越，越人斷髮文身，無所用之。

在這個故事中，宋人乘興而去，敗興而歸，究其原因，還是因為事先未能做好規畫，未能謀定而後動，最終導致令人失望的結局。由〈鴟鴞〉這首小詩的警示可以知道，吾人從事各項事務，必先在事前做好充足的準備，妥善詳列各項計畫，並將所有可能臨時發生的意外狀況與變故計算其中，那麼就算在執行時產生一些意外狀況，也能臨危不亂，處變不驚，最終達成目標，功成事遂。《禮記．中庸》說：「言前定則不跲，事前定則不困，行前定則不疚，道前定則不窮。」正是向世人闡釋此一道理。反之，事前若無充分準備，行事必容易雜亂無章，臨事而亂，邊做邊改，邊改邊錯，不論投入多少人力與心力，也無法達成既有目標，以成就大事。近年來中央與各縣市政府招致民眾批評最多的「蚊子館」、「蚊子機場」，以及上述若干令人啼笑皆非的措施與政策，草率行事，魯莽冒進，看來都是缺少未雨綢繆的智慧啊！

該如何改善現代人做事短視近利、缺乏遠見的缺點呢？《詩經．小雅．鶴鳴》

教導我們：

他山之石，可以攻玉；他山之石，可以攻錯。

〈鶴鳴〉詩中的兩句話，便在教導我們要廣納善言，學習他人的優點，以增益己身之不足，改正自己的過失與錯誤。目前社會上充斥者識見短淺、心胸狹隘的政客與名嘴之流，由於權威心態作祟，或囿於一己之見，行事決策往往不願接受他人意見，孤行己意。若遇他人意見與自己不同，則鎖定他人隱私或缺失，大肆攻訐，妖言蠱惑，致使社會不安，民心惶惶，製造混亂。倘使主政者與機關首長能潛心研讀《詩經》，理解教導我們為人處事的智慧，就能了解社會上仍有許多有見解有遠見的賢人志士，都可與之討論國事與政策，以一己所思，加以眾人所見，必定可以有更高明的心得，規畫出完善的政策，提升國家的競爭力；而非徒言媚俗、粉飾太平，動搖國本民心，影響社會安寧，於國計民生毫無裨益。由此可見，《詩經》裡面古老的智慧，可在待人接物、做人處事上給我們許多啟示，引導我們正確的方向，這些古老的智慧正可以給驕傲無知的現代人一些前車之鑑。

作者小傳

王安碩，字仲偉，臺灣臺北人，天主教輔仁大學中國文學系、東海大學中國文學系碩士班畢業，博士班肄業。東海大學兼任講師，目前報效國家，服兵役中。喜治訓詁，尤好先秦之學，常感學海無涯，期許自己百尺竿頭，勤學不倦。

節能減碳，不用電的好冰箱

王安碩

記得前些日子，筆者在成功嶺接受新兵訓練，雖然正值八月溽暑時節，但部隊為了役男健康著想，營區內部一律不准役男飲用冰水，炎炎夏日，著實令人難以忍受。因此每遇休假，大家抵達車站的第一件事便是去便利商店買瓶沁人心脾的冰鎮飲料解饞。記得當時一位同袍跟我說：「電冰箱真是人類最偉大的發明，真不敢想像古時候的人沒冰箱，該怎麼度過夏天！」當我告訴他古人不但有冰箱，而且早在三千年前或者更早的上古時期就已頻繁使用，同時不需用電，十分環保。同袍聽到我這麼說，簡直不敢置信：「三千年前就有冰箱！？這怎麼可能！」事實上三千年前的古人有冰箱，絕對不是我信口雌黃，隨口胡謅的謊言，且看《詩經・豳風・七月》的記載：

二之日鑿冰沖沖，三之日納于凌陰。

詩句中「二之日」是周代的曆法，相當於今天農曆的十一、十二月左右；「三之日」亦用周曆，則相當於農曆的一月。「凌陰」指的就是冰窖，一般認為是設於地下，表面以土覆蓋，使冷空氣得以維持在窖中，可以長時間保存冰塊，即使在夏季也仍然有冰使用。經由詩中的敘述，我們便可明白古人是如何使用冰塊，以維持食物的新鮮度，防止食物的腐壞。只不過，在上古時期，並非人人都有享受這種冰塊帶來清涼的福份，在最初，只有貴為天下共主的周王才能擁有凌陰，享受真正的「帝王級」待遇；同時政府並設有專門的專員負責掌管凌陰與冰塊之使用，《周禮．凌人》便有如下的記載：

> 凌人掌冰，正歲十有二月，令斬冰，三其凌。春始治鑑，凡外內饔之膳羞鑑焉。凡酒漿之酒醴亦如之。祭祀共冰鑑，賓客共冰，大喪共夷槃冰。夏，頒冰掌事。秋刷。

由《周禮》的記載，我們可以大致了解「凌人」的工作內容，其執掌包括在十二月時令人鑿冰，納於凌陰之中，〈七月〉詩所說的「二之日鑿冰沖沖，三之日納于凌陰」

正是對此一活動的紀錄，同時尚須注意儲冰量要多於正常用冰量的三倍，以防匱乏。再者，凌人還要在春天來臨時檢查所有盛冰之容器是否堪用，以為之後的祭祀、燕饗預作準備；凡遇祭祀、燕饗以及王公大喪時也需提供與確保冰塊之供應無虞；並在夏季為周王辦理賜冰予諸侯、臣下之事宜。此項傳統在周代之前便已存在，〈夏小正〉即言：「頒冰。頒冰也者，分冰以授大夫也」；到了秋季，凌人還需負責清理凌陰，為來年儲冰預作準備。如此往而復始，凌人整年到頭都須為了儲冰、供冰的事宜奔忙，只為了能讓周天子掌握一季清涼，看來凌人這個差事，一點也不能算是個「涼」缺啊！

冰既有專門官員負責管理，同時可以當作賜予諸侯與臣下之賞賜物品，可見冰在上古時期的珍貴與難得，除了周王以外，一般人都是無福享用的。這種天子獨享的情況一直持續到春秋時期，才逐漸有了改變。西元一九六〇年代，中國社科院考古所在河南新鄭的鄭韓故都遺址挖掘出一座戰國時期地下遺址，長、寬各約八至九公尺，約三公尺深，四周以夯土構築，底部鋪有磚飾，且有數百具的動物遺骸。據考古專家推斷，這個地下建築即為凌陰的遺跡。又西元一九七三年，中國社科院考古所另在陝西鳳翔挖掘出春秋時期秦國故都雍城遺址，並在遺址西邊挖掘出一座地下凌陰遺跡，長寬各有十餘公尺，底部另有水道可供排水。而據考古所估計，此座凌陰遺址，約莫有儲冰一百九十立方公尺的容量，具有相當的規模。由這些地下宮殿的凌陰規模，可以看出古人在建築工藝與生活品質方面應當都有極高的造詣，展現出高度的生活應用智慧。在我們讚嘆古人智慧、技藝高超的同時，還可印證出春秋戰國時期周王室之衰微，各國諸侯僭越禮制，在禮制、生活上的規模已與周王齊等，甚至可能已經超越周天子的規模。

又前面曾經提及，凌人的其中一項工作是「祭祀共冰鑑，賓客共冰」，也就是指凌人必須確保在祭祀、燕饗時的各種食物、酒漿妥善冰存，並且供冰無虞。然而，古時凌陰那麼大一座，怎麼可能在宮殿中移動呢？又或者，難道所有祭祀者與賓客，都要在凌陰旁邊活動，豈不冷死了嗎？為了解決這種問題，古人又再次向我們展現了高度的智慧，發展出可攜式的「手提冰箱」——青銅冰鑑。《說文》解釋「鑑」時說：「鑑，大盆也。」鑑的外型似缸，大口、廣腹、平底，器內有內外兩層，由上往下看呈「回」字的型狀，如保溫瓶之內外兩層，鑑內可放入冰塊，以防止佳餚或者酒漿腐壞。鄭玄注〈凌人〉說：「鑑如甀，大口以盛冰，置食物于中，以御溫氣。」也點出了鑑的功能與用途。而一九七八年中國隨縣的曾侯乙墓出土的青銅冰鑒，正可與文獻紀錄相互印證，證明我國早在數千年前便已知道如何儲冰、用冰，甚至發明了類似保溫瓶般的青銅器，令人不得不敬佩、讚嘆古人的巧思與智慧。

三千年前的先民，利用自然環境配合建築工藝、青銅鑄造技術而產生的低溫儲藏技術，是古代人民的一大發明與創新，不僅有重要的歷史價值，亦是人類使生活品質提升的高度表現。筆者不禁要想，或許在電費節節升高的今天，這種天然的儲冰技術是不是也值得我們現代人學用，不只節能減碳，又有利環保，同時還能對抗日漸高漲的電費，節省我們乾扁的荷包呢！

作者小傳

王安碩，字仲偉，臺灣臺北人，天主教輔仁大學中國文學系、東海大學中國文學系碩士班畢業，博士班肄業。東海大學兼任講師，目前報效國家，服兵役中。喜治訓詁，尤好先秦之學，常感學海無涯，期許自己百尺竿頭，勤學不倦。

觀乎天文，以察時變

觀星知時的生活智慧

王安碩

古代觀念中，女子的貞節被看得很重，所以當女子被拋棄時，那種悲痛的感覺也就更加深刻，〈谷風〉是一首棄婦詩，把女子的不甘與怨憤全都付諸於那短短的字句中，才能如此觸動人的心弦。

中國民間有句諺語：「大寒不寒，人馬不安。」意思是說，在自然界二十四節氣之中大寒這個節氣前後一段時間是一年當中最冷的時候，若是在大寒期間氣溫很高，表示氣候異常，未來一年的氣候將較為混亂難以預測；同時，若是這個時節氣溫不低，則害蟲未被凍死，容易發生災害，使得人畜不安，農業活動也受到影響，因而導致農作物欠收，糧食匱乏。諸如此類的民間諺語多半是由先民對於生活環境的觀察而來，通過對環境的觀察，先民得以順應自然之變化，因時而做，順勢而行，便一切安順。觀察自然節氣的變化而行事，便是先民的生活智慧。這種豐富的生活智慧，遠在三千多年前的《詩經》時期便已萌芽，〈豳風‧七月〉一詩便提到：

七月流火，九月授衣。一之日觱發，二之日栗烈。無衣無褐，何以卒歲？

此處所說的七月，並不是今天所指的夏季七月，而是指夏曆的七月，王先謙《詩三家義集疏》指出：「此詩言月者皆夏正，言一、二、三、四之日者皆周正。」所謂夏正，指的便是夏曆，夏曆七月相當於今日公曆的八、九月時節。詩中所言之「火」，說的是二十八星宿之一的心宿三星的第二星，因色紅而亮，故又俗稱「大火星」。「大火星」是夏秋夜空中亮度最高的星宿之一，與上古時期人民生活關係密切。先民往往通過對大火星的出現與位置之觀測，作為判斷季節轉換的依據，古時甚至有專門負責觀測大火星的官員，以正時令，不違農時，《左傳‧襄公九年》曾記載：「陶唐氏之火正閼伯居商丘，祀大火，而火紀時焉。」文中的「火正」，就是負責觀測大火星以紀時的官職，可見大火星與上古時期先民的生活、活動都有十分密切的關係。

《左傳‧昭公十七年》又言：「火出，于夏為三月，于商為四月，于周為五月。」此段記錄指出「大火星」會在夏曆三月時分的黃昏出現在天空中，隨著時序推移，在夏曆六月時移至夜空正南之位置，當時序進入夏曆七月，「大火星」便會漸漸向夜空的西方偏移，本詩所謂的「七月流火」正是指「大火星」在秋季往西移動的現象。先民若見到「大火星」西移，即知時節已進入秋季，此時雖去暑未遠，但天氣將漸漸轉涼，從事農業耕作的人需加緊工作，準備過冬；而從事婦功的婦女們，也需開始趕製冬衣，以便讓家人在九月能有抵禦寒冬的衣物可以保暖，否則「一之日觱發，二之日栗烈」，天寒地凍若無冬衣禦寒，將如何度過酷寒的冬季？崔述在《讀風偶識》中提到：

> 七月火雖西流，殘暑猶存，距寒尚遠，乃見星流即知寒之將至，事先而籌，則無倉卒之患。

崔述之說雖然著重於古時勞動人民未雨綢繆、觀星知時的認知上，但同時也可看出早在上古時期人們便已經知道恆星位置與季節交替的關係，同時藉由此種普及的天文知識作為農業種植的指引，在科學尚不發達的上古時期，這是十分細心進步，並且值得後世子孫尊重的生活智慧。

然而，隨著時代演進，科技日益發達，人們在天文科學方面已有長足的進步，對季節時令的判斷也不再依賴天象的觀測，上古時期普及的天文學與氣象學亦逐漸成為專門之學，人們反而失去與大自然的連結，而先民高度的生活智慧便逐漸離我們越來越遠。顧炎武《日知錄・天文篇》便曾經談到這種頗令人失望的現象：

> 三代以上，人人皆知天文。「七月流火」，農夫之辭也。三星在戶，婦人之語也。「月離於畢」，戍卒之作也。「龍尾伏辰」，兒童之謠也。後世文人學士，有問之而茫然不知者矣。

顧炎武的感慨確實有其道理，假使數百年前的明末清初已然如此，那麼今日對天文茫然不知的人，更是多不勝數。近年來就時常在坊間看到許多對於「七月流火」一詞的誤解與錯誤使用，比如日前就在某中醫診所看到「炎炎夏日，七月流火，小心中暑」的廣告單；又或者是某政治人物在內地人民大學演講時用「七月流火」形容聽講者展現出的熱情，最後不但招致批評，同時貽笑大方。其實現代人會誤用「七月流火」形容炎熱的夏天，問題就在於今人不明瞭古人與天文、季節時令的關係密切，同時對〈七月〉詩中所採用的曆法不甚了解之故。今日吾輩普遍存在貴今賤古的錯誤觀念，時常嘲笑古人科技不發達、觀念落伍，殊不知許多受過高等教育，學有專精的知識分子，在天文觀測與節令常識上，尚不及三千年前的一個莊稼漢高明呢！因此，在我們驕傲的認為古人凡事都不合時宜之時，別忘了古人仍然有許多高度見識與珍貴的智慧值得我們學習，適時修正貴今賤古的錯誤觀點，才能虛心研讀，廣思細蒐前賢所得，不枉先民為我們留下的豐富生活智慧。

作者小傳

王安碩，字仲偉，臺灣臺北人，天主教輔仁大學中國文學系、東海大學中國文學系碩士班畢業，博士班肄業。東海大學兼任講師，目前報效國家，服兵役中。喜治訓詁，尤好先秦之學，常感學海無涯，期許自己百尺竿頭，勤學不倦。

草葉見眞情

李佳玲

〈王風．采葛〉

彼采葛兮，一日不見，如三月兮！
彼采蕭兮，一日不見，如三秋兮！
彼采艾兮，一日不見，如三歲兮！

《詩序》：「〈采葛〉，懼讒也。」詩人運用「葛之蔓延」，興喻讒言可畏，並以三章複沓方式，層層疊疊，反反覆覆，誇飾描寫並刻畫詩人憂讒畏譏的心情。後人則多以賦法讀此詩，「一日不見，如隔三秋」已成為描寫相思常用詞語。

詩中提到的葛、蕭、艾三種植物，根據潘富俊《詩經植物圖鑑》說「葛」是纖維植物，可供製作葛布，嫩葉可作菜。「蕭」嫩葉、嫩芽都可生食或蒸食，古人在祭祀時雜以油脂點燃，乾枝葉可作火燭，有香氣。「艾」，是菊科植物，採農曆正月間的艾草可以生食，滋味香而脆美，煮熟亦可為菜蔬；洗淨之後的幼嫩艾葉，切碎用水煮熟，搓爛搾汁和糯米粉，做成臺灣民間常吃的「青草粿」；艾草自古即用來灸百病；在端午時節，更會懸艾草於門上以消除毒氣。如此看來，這三種植物都是鄉間經常可見微不足道的平凡植物，然卻在其中蘊藏著無限豐富的生命能量與人生智慧。

生長於都市的我，初嫁到鄉下的幾年，最喜歡在回老家探視婆婆時，刻意起個大早，陪她老人家沿著田間小徑漫步，再一起走到土地公廟上香，身型瘦小的婆婆雖然已年近八十，卻有著絕佳記性，常常隨手指向路旁野草，就可以如數家珍的告訴我那株野草的名字，並娓娓訴說哪種野草可以食用、哪種野草可以入藥，好喜歡陪在婆婆身邊，聽她用低沉而溫柔的聲音，不厭其煩的描繪出屬於她記憶裡的珍貴植物圖鑑。

更喜歡看見婆婆在廚房裡製作「青草粿」的景象，那是客家人俗稱「艾粄」的米食點心，我們事先採摘新鮮艾草嫩葉（或稱小艾），曬乾儲存，清洗後再剁碎與米漿揉合，裹以炒香的內餡，塑型後再放入蒸籠，待艾粄晾涼時，嘗起來別具風味。婆婆總是虔敬而專注的揉捏，仔細放進蒸籠，再細心拿捏蒸煮時間。最喜歡看見她老人家輕輕掀起蒸籠蓋的一幕，看她在漫漫白煙裡凝視，等煙霧散去，當蒸好的「艾粄」呈現眼前，婆婆的眼裡就會裝滿期待及興奮……即使已隔數年之久，那幅畫面依舊清晰，總讓我懷念不已！

還記得有一回婆婆和我一起整理神明桌，看見花瓶裡一束「萬年青」已奄奄一息，她小心翼翼捧起高高的花瓶，走到屋後山泉湧現的一池清水旁，將瓶中了無生氣的萬年青取出，輕輕放入池水裡，然後再從池畔拎起另一束青翠欲滴的植栽插入瓶中。我納悶的問道：「這些……就放這樣？不用照顧嗎？」婆婆笑著說：「不用！只要放在合適的地方，老天就會把它照顧得很好了！你看，剛剛從水裡取出的萬年青，不就被照顧得很好嗎？」

「只要放在合適的地方，老天就會把它照顧得很好了！」這句話深深敲動我心！植物如此，人，不也是一樣嗎？這時，我看見一方陽光映照在小小的水池裡，清泉湧現，水聲淙淙，而陽光下的婆婆露出了一彎淺笑，那熟悉而親切的笑容裡，也充滿了智慧的光芒！

婆婆雖然未接受過正式教育，而且目不識丁，卻用她生命裡的寶貴經驗，寫成一部最珍貴的人生哲學，她在與我一起做家事、一同散步的同時，一點一滴的，把這些平凡而偉大的智慧授與兒媳，讓我常常都感受到她既謙卑又寬容的內在，感覺就像那一束被池水照顧得翠綠閃耀的「萬年青」一樣，充滿了生命的力量！

而今，婆婆已於數年前駕鶴西歸，每次回到老家，走進三合院的老房子，都會聞到一種熟悉的味道，那是夾雜著艾草、菜脯、還有線香燃燒的氣味，常在一瞬間，突然忘記婆婆已經離我們而去，以為婆婆還會坐在熟悉的藤椅上對我微笑示意，突然想要再輕輕呼喚一聲「阿嬤！」將那段熟悉的時光輕輕喚回，也將婆婆用平凡植物教會我的不凡智慧，通通收納於心！

平凡的花草，依然在老房子前的田間小徑上自在生長，藏在其中的人生智慧，也生生不息的傳遞了下來……

作者小傳

李佳玲，一九六五年生於臺中，東海大學中國文學系畢業，曾擔任作文老師、安親班主任、說故事媽媽，目前任教於私立小學，於東海中國文學系碩士在職專班進修。喜歡孩子，喜歡看書、喜歡買書、更喜歡說故事給孩子聽。

恬適簡單的生活

劉恆吟

曾經有位大陸學者表示，現代化生活是人們無法拒絕的。每個人寧願辛辛苦苦過舒服的日子，也不願舒舒服服過辛苦日子。人們在近乎殘酷的競爭中，不停頓地忙碌著。的確，在工商業社會的快速發展下，人們已被捲入這樣忙、盲、茫的生活中。似乎不積極、不忙碌的話，就會遠遠落後他人，沒辦法有立足之地。每個人汲汲營營地追求最大的利益，住豪宅、開名車、穿名牌衣物、帶名牌包，唯有這樣才算有面子，才是成功人士。於是為了達到此目的，日夜不停地工作，早出晚歸，用生命換取金錢，過著緊張忙碌的生活。滿足物質欲望遠大於追求精神生活。這樣的為滿足己欲，而陷入茫然的生活，是否值得？有些東西是需要？或僅是想要？能吃山珍海味、穿貂皮大衣是幸福呢？還是吃得飽、穿得暖，懂得知足才是幸福呢？閱讀中國經典文學《詩經》也許能給我們一些啟示。在〈陳風•衡門〉透露出安貧樂道、知足常樂的簡單生活智慧：

衡門之下，可以棲遲。泌之洋洋，可以樂飢。
豈其食魚，必河之魴？豈其取妻，必齊之姜？
豈其食魚，必河之鯉？豈其娶妻，必宋之子？

朱守亮《詩經評釋》：「詩則前一章言居處飲食，不嫌簡陋，謙柔恬易，有自足意。後二章言欲無奢求，隨遇而安，蕭曠高遠，有桀傲態。」是的，若能滿足於簡單就是幸福，平淡為真，知足才能常樂，則無欲而剛。世上的一切本來就都是身外之物，生不帶來，死不帶去。若沒有這層醒悟，則一生就會陷入為追求這空幻的慾望，矇住雙眼，看不清什麼才是真正應該追尋和珍惜的事物。

除了賺錢以外，人生中應該要重視的是自己的家庭！因為家族的財富往往考驗著人心，常看新聞報導，兄弟之間為了爭產，不顧手足之情，慾望薰心，貪得無厭，將利益擺在前，搞得家裡烏煙瘴氣，人仰馬翻。殊不知兄弟和睦乃家庭幸福之本。遇到危難時，能相助的往往是自己的血親。所以應該去維繫兄弟之間的感情。〈小雅・常棣〉中的七、八章說明家庭夫妻、兄弟和諧的重要性。

妻子好合，如鼓瑟琴。兄弟既翕，和樂且湛。
宜爾室家，樂爾妻帑。是究是圖，亶其然乎？

詩人用溫和的語氣，要人們自己仔細想想，重視手足之情，家和萬事興，是否確實有其道理呢？如果能看重兄弟姐妹之間血濃於水的親情，兄友弟恭，父母見其子女，彼此尊重，一定感到非常欣慰，這也是一種孝順的方式吧！

人生在世，奮鬥不懈，賺取了錢財，這時如果能與知心好友分享，那幸福能有雙倍的感受！〈小雅・南有嘉魚〉詩中對於賓主歡樂的燕饗也有所描述。

南有嘉魚，烝然罩罩。君子有酒，嘉賓式燕以樂。
南有嘉魚，烝然汕汕。君子有酒，嘉賓式燕以衎。

《詩序》：「〈南有嘉魚〉，樂與賢也。太平之君子至誠，樂與賢者共之也。」有的人好客，認為獨樂樂不如眾樂樂。有時確實也是如此。酒好喝，是因為與人共飲。一個人喝著酒覺得特別的孤寂，如果能有朋友，把酒言歡，再暢快不過了。

〈唐風・蟋蟀〉中也奉勸人們要懂得及時行樂：

蟋蟀在堂，歲聿其莫。今我不樂，日月其除。
無已大康，職思其居。好樂無荒，良士瞿瞿。

「蟋蟀在堂」的時節應該是九、十月的秋天季節，蟋蟀近屋內避寒，歲暮將至。如果不好好把握此時，時間稍縱即逝不復回。人生苦短，要及時行樂，但同時詩人也提醒我們亦不可荒廢正務。未來的路，也許苦，也許難測，但活在當下，做些讓自己快樂的事。休息是為了走更長遠的路。享樂是為了將來若遇到困頓時，預先給自己補足能量來應對。快樂的享受生活吧！

從閱讀中國的經典文學《詩經》，讓人們學得平衡的智慧，積極努力追求物質慾望，也要懂得停下腳步享受生活。人有慾望並非壞事，因為在追求慾望的同時，也驅動著人進步，但不要被慾望奴役。也許若能放下比較之心，生活簡單則心情就會輕鬆。不再隨波逐流，便能有恬適自在的生活。

作者小傳

劉恆吟，東海大學中國文學系碩士在職專班一年級學生，目前任職於靜宜大學華語文中心，希望藉由閱讀更多的中國經典文學，來認識中華文化內涵。

生活中樸實的小幸福

莊蕎羽

周人生活以農為本，由於對農業懷有感恩的特殊情感，所以周人在《詩經》中時常對農業帶來的美好生活歌頌讚美之，同時也寫出對生長家園的熱烈情懷。〈豳風・七月〉就是一首難得的周人生活十二月歲歌，鉅細靡遺的描述豳地天候、物產、勞動、動植物、風土人情等等。例如其中幾段描述周人隨著氣候變化，在不同月份從事不同的勞動，充滿著生活氣息：

五月斯螽動股，六月莎雞振羽。七月在野，八月在宇，九月在戶，十月蟋蟀入我床下。

穹窒熏鼠，塞向墐戶。嗟我婦子，曰為改歲，入此室處。

五月蝗蟲彈腿唱，六月振翅紡織娘。七月蟋蟀在郊野，八月躲在屋簷下，九月入我房，十月床下藏。堵死房洞薰出老鼠，泥了門縫塞起向北的窗。我的老婆和孩子啊，年關就到了，快快進房裡來休息。

> 六月食鬱及薁，七月亨葵及菽。八月剝棗，十月獲稻。為此春酒，以介眉壽。七月食瓜，八月斷壺，九月叔苴，采荼薪樗。食我農夫。

到了六月吃梨子和葡萄，七月煮葵菜和豆苗。八月撲打棗子，十月煮食稻米，把它發酵製春酒，喝了可以長壽。七月吃甜瓜，八月摘葫蘆。九月收麻子，採擷些苦菜，伐木柴以燒火，餵飽了我們這些農夫們。

> 九月築場圃，十月納禾稼。黍稷重穋，禾麻菽麥。嗟我農夫！我稼既同，上入執宮功。晝爾於茅，宵爾索綯，亟其乘屋，其始播百穀……

九月忙著整理打穀場，十月曬糧放進倉庫。作物中有春穀，秋穀，小麥，芝麻，黃豆，黍子和高粱，都放在一起儲藏。唉，我們莊稼收穫才剛結束，又要進城為豳公從事勞役。白天割茅草，夜晚搓繩子。要趕快上屋頂修房子，因為馬上又要下田播種子啦！

在忙碌的農事生活中，周人並非以一種辛苦的姿態耕作。他們也能在勞動中唱歌以自娛，享受「知足常樂」，口唱山歌手不閒的工作樂趣，〈周南・芣苢〉就是一首活潑快樂的詩：

> 采采芣苢，薄言采之。采采芣苢，薄言有之。
> 采采芣苢，薄言掇之。采采芣苢，薄言捋之。
> 采采芣苢，薄言袺之。采采芣苢，薄言襭之。

滿山遍野的芣苢呀，我們一起去採一些吧。滿山遍野的芣苢呀，我們把它拾起來。滿山遍野的芣苢呀，我們把它摘下來。採了很多芣苢，我們用衣襟兜起來；採了很多的芣苢，我們將它紮在腰帶上帶回家吧。

「芣苢」就是車前草，這是當時人們採車前子時所唱的歌謠。一群農婦相約一起上山去採芣苢，採得正盡興之時，隨口唱出輕快的歌聲，雖然詩詞簡單並不斷重複，但是節奏明快，充滿了愉悅的心情，彷彿眼前出現了三五成群的農婦，哼著小曲採芣苢，歌聲若遠若近，餘音裊繞在廣闊的原野中。

除了〈周南・芣苢〉歡欣明亮的農家景象之外，在當時魏地土地貧瘠的小國家，也有另一種溫馨的農村和樂氣氛，〈魏風・十畝之閒〉：

十畝之閒兮，桑者閑閑兮。行，與子還兮。
十畝之外兮，桑者泄泄兮。行，與子逝兮。

十畝的田地種滿了桑樹，採桑人兒真悠閒。走吧，我們回家去吧！十畝的田地外長滿了桑樹，采桑人兒笑盈盈。走吧，我們攜手一起行！

我們所知道的魏國，是土地貧瘠，難以生活的，但是此詩並無提到困苦的字眼，反而是一片桑林祥和的情景。採桑人結束了一天的工作，呼喚著他的朋友一起回家。一片翠綠的桑林中，環繞著女子們的談笑聲和歌聲，夕陽西下，暮色滿天，牛羊從山上回家，一路上看到炊煙裊裊。

周代「以農為本」的精神長存不衰，寫成詩歌流傳至今，讓我們了解當時人民生活的情況。雖然一樣的忙碌，但是現代人的精神和先秦人民是相差甚遠的，當時的人為了生存而忙碌，一年到頭不休息，就算在勞動之中也不忘保持著愉快的心情，唱著如〈芣苢〉、〈十畝之閒〉的小調，滿足的生活著，而現代人所謂的「忙碌」則充滿了冷漠，怎麼也填不滿無法滿足的慾望。所以周人知足常樂，簡單快樂生活，是我們需要學習的重要事情。

作者小傳

莊蕎羽，現就讀東海大學中國文學系三年級。很多事物我不能擁有，但對我來說家人是最重要的寶物，任何人也不能搶走。我也不是個飽讀詩書的人，無法隨手編織優美的文章，但我有天馬行空的想像，展現我創造的世界感動人心。

快樂工作的人

黃瀚儀

《詩經》最大的特色，就是在詩歌的創作上，初步建立了現實主義的精神，通過高度的藝術形式，反映當時的社會生活和人民思想內涵。《詩經》寫作包含豐富題材，不僅有抒情的男女言情之作、抨擊黑暗政治、反映社會生活之類作品，更有勞動人民的歌唱，這些作品尤富人民性和現實性，特別反映在農事詩的寫作上。因為周代是農業的社會，所以不少作品都描寫人民從事勞作活動時的情景。

周人對天地有一種依存之感，而這便來自於廣袤的土地，人民賴以維生的便是農事活動，久而久之，他們對土地產生親密的關係。但是，在農耕器具技術不如現在，生產力低落的周代，人民的勞動生活，顯得特別辛苦，不像現在以機器取代體力這般方便輕鬆。然正因為所有農事都須付出勞力，因此周人在工作時，往往邊工作，邊唱歌以忘勞苦，歌聲繚繞傳遍原野、山林。〈周南．芣苢〉是一首原野之歌：

采采芣苢，薄言采之。采采芣苢，薄言有之。
采采芣苢，薄言掇之。采采芣苢，薄言捋之。
采采芣苢，薄言袺之。采采芣苢，薄言襭之。

全詩疊章複沓反覆地傳達出詩中飽滿的情感，簡短的語言配合上輕快的節奏，從幾個連續的採集動作之中，我們甚至可以感受到周代婦女在山坡野地採摘芣苢，越採越快，口唱山歌手不閒，連勞作都成為了一種令人心曠神怡的活動。

《詩經》中另有一首〈周南・漢廣〉，則是一首山林之歌，敘寫一位青年樵夫在伐木刈薪勞動時，唱出他求而不可得的愛情：

南有喬木，不可休息。漢有游女，不可求思。
漢之廣矣，不可泳思。江之永矣，不可方思。
翹翹錯薪，言刈其楚。之子于歸，言秣其馬。
漢之廣矣，不可泳思。江之永矣，不可方思。
翹翹錯薪，言刈其蔞。之子于歸，言秣其駒。

漢之廣矣，不可泳思。江之永矣，不可方思。

雖然此詩是一首描寫愛情的詩，然而透過伐木採樵這個勞動過程來起興，可以看出男子藉由辛勤的勞過過程，就像是一種盼望，幻想女子如果能嫁給他，他會為她砍柴餵馬準備婚禮之事。一想到這甜蜜的結果，男子在辛勞的幹活中，又增生了一些動力，懷著這樣期盼的心情做完一天的工作。

歌德曾經說過「一個真正有大才能的人，卻在工作過程中感到最高度的快樂」。反觀現代社會的人，總是對自己的工作感到痛苦、不悅，每天上班等下班、月初等月底發薪，將工作視為痛苦，卻不得不去做的事情，那這樣的人生豈非充滿了苦難與辛酸？還不如周代的人們，對辛苦忙碌的工作，抱持著樂觀輕鬆的心態，在工作之中仍然能保有自己的快樂。或是知道從工作中找尋自己的理想，就好比〈漢廣〉中的男子辛勤的勞動，為的是吸引河畔的游女，是一個充滿美好期待的情緒，工作固然是枯燥乏味，然而能從這些工作中找到令人愉快的原因，並且向著這個原因快樂辛勤的工作。這樣的精神是值得我們現代人去學習的。因為論辛苦，在那樣技術不發達的時代，人民卻可以唱唱〈芣苢〉、〈漢廣〉之類的歌，明快而充滿活力，展示出一幅熱烈勞動的山野風景圖。

我想周人透過《詩經》這些詩歌，想要告訴我們，唯有辛勤的勞動，才有豐富而甜美的收穫。如作此想，便是汗流浹背也不覺得艱辛難忍，從工作中找尋快樂，使工作輕鬆愉悅，做個快樂的工作人！這是我從《詩經》中所看到充滿智慧的工作態度。

作者小傳

黃瀚儀，現就讀臺中東海大學中國文學系三年級。在修習《詩經》這門課程之後，接觸到了許多古代人民的智慧結晶，對於古時候的人民能將心中所喜所憂之事化為詩歌感到敬佩。尤其透過閱讀許多詩作之後，可以更進一步了解到那些詩歌背後的故事，以及他們充滿進步性和智慧的思想，所以選擇〈芣苢〉、〈漢廣〉兩首詩為題材，希望現代人能夠學習周人，做個快樂工作的人。

告別工作狂

施柔妤

翻開報紙，過勞死相關新聞似乎越來越多，我想，現代社會裡，人們努力工作的理由，無非是為追求更好的生活，但一頭栽進工作後，生活品質卻越來越差，眼也花了，背也駝了，更有爆肝賠上性命者，這樣想來還真矛盾，拚命工作為求美好的生活，但拚過頭連命也沒了，何來享受？

翻開《詩經》〈唐風・山有樞〉兩千多年前的周人，似已找出解決的方法：

山有樞，隰有榆。子有衣裳，弗曳弗婁。子有車馬，弗馳弗驅。宛其死矣，他人是愉。

山有栲，隰有杻。子有廷內，弗灑弗埽。子有鐘鼓，弗鼓弗考。宛其死矣，他人是保。

山有漆，隰有栗。子有酒食，何不日鼓瑟？且以喜樂，且以永日。宛其死矣，他人入室。

看那高山、溼地都有植物妝點庇飾，你既然有LV包、法拉利跑車，何不穿戴漂亮四處遊樂？待你死後，這些東西還不知歸誰呢！你既然擁有七期豪宅、還擴建了私人練團室，何不坦然入住，甚至組個樂團，何必空著收租炒地皮，待你死後，這些東西還不知歸誰呢！

周人告訴了我們「為樂當及時」的道理，我們能工作，但也要懂得享受，音樂、美食、四處旅遊，適度的放鬆可以幫助我們走得更長久，常言道「休息是為了走更長遠的路」，若只為積攢財寶，縱使賺得了全世界，卻賠上自己的性命，這又有什麼益處呢？

〈唐風・蟋蟀〉也訴說這樣的道理：

蟋蟀在堂，歲聿其莫。今我不樂，日月其除。無已大康，職思其居。好樂無荒，良士瞿瞿。

蟋蟀在堂，歲聿其逝。今我不樂，日月其邁。無已大康，職思其外。好樂無荒，良士蹶蹶。

蟋蟀在堂，役車其休。今我不樂，日月其慆。無以大康。職思其憂。好樂無荒，良士休休

苦著一張臉，日子還是得過，歲月是流動不息的，何不放寬心胸，寄情於物？古詩裡也有「生年不滿百，常懷千歲憂。晝短苦夜長，何不秉燭遊。」的句子，正因人生有限，我們更該在短暫的時間裡發光發熱，並且活得精彩，工作之外，人生還有許多值得珍惜、令人回味的美好事物，只要能有所節制，休閒娛樂並無傷大雅，〈蟋蟀〉一詩不也這樣告訴我們？

細觀《詩經》，發現古人早就掌握了工作與休閒間的平衡，身為二十一世紀的現代人，是否也該告別工作狂，在工業化社會不容喘息的步調裡，適時地學習放鬆呢？

作者小傳

施柔妤，臺中人，東海大學中國文學系三年級學生。喜愛甲骨學、紅學、古典音樂，也樂於享受現代科技所帶來的一切便利。

如何讓生活不被壓力擊倒

〈邶風．北門〉

邱學群

出自北門，憂心殷殷。
終窶且貧，莫知我艱。已焉哉！
天實為之，謂之何哉！

王事適我，政事一埤益我。
我入自外，室人交徧讁我。已焉哉！
天實為之，謂之何哉！

王事敦我，政事一埤遺我。
我入自外，室人交徧摧我。已焉哉！
天實為之，謂之何哉！

我從北門出去，內心非常憂傷。
生活既簡陋又貧乏，沒人知道我的困苦。算了吧！
命該如此，還有什麼可說的呢！

王室的差事派給我，公事都往我身上加。
我從外面回到家，家人輪番指責我。算了吧！
命該如此，還有什麼可說的呢！

王室的差事催逼我，公事都往我身上堆。
我從外面回到家，家人輪番指責我。算了吧！
命該如此，還有什麼可說的呢！

《詩序》：「〈北門〉，刺仕不得志也，言衛之忠臣，不得其志耳。」鄭《箋》從之，三家《詩》亦無異議。詩中的小官吏公事繁重苛細，雖辛勤應付，但生活依然清貧。上司非但不體諒他的艱辛，反而一味給他分派任務，使他不堪重負。辛辛苦苦而位卑祿薄，使他牢騷滿腹，家人的責備更使他難堪，他深感仕路崎嶇，人情澆薄，所以長吁短歎，痛苦難禁，悲憤之餘，只好歸之於天，安之若命。

從古至今，男人成家立業後，無非內外交攻無暇，在外事業繁忙，在內自然是沉重的家庭責任，從此詩可見這個可憐男人所面臨的內外壓力，但他如何去解決這些問題呢？他看似自怨自艾、將苦水往肚裡吞而無半點作為？其實不然，生活就像是個壓力鍋，如果壓力持續的填加而無處宣洩，最後的下場就是爆炸壞掉，而現代人處理自己的壓力多選擇逃避，逃避就像是把原本要施加在壓力鍋身上的壓力以比較微弱的途徑傳導散發，雖然可以延緩壓力鍋的爆炸點，但，終究還是會有爆炸的一天，逃避是治標不治本的解決方式，古人作詩以排遣滿腹辛酸，乃其紓解壓力的妙方，能夠把壓力源「說出來」就是紓解壓力的根本源法，我們現代人看《詩經》中這樣的詩，以為周人抱怨成性、無病呻吟、小題大作又無作為，於是用自己愚拙見識誤解《詩經》中所呈現的周人智慧。我們壓力大，卻無法「說出來」，甚至根本不知道自己的壓力從何而來，或是了解到底是什麼原因形成的壓力。這問題很玄，正所謂當局者迷，旁觀者清，身為陀螺的自己永遠不知道是否是景色或是別人在繞著自己打轉？還是自己在瞎轉？現今很多人都選擇自殺來逃避生活中無形有形的壓力，逃避已經是最糟糕的方式了，而自殺更是愚蠢至極，它不僅傷害自己，也傷害和你有關係的人，為何不能正向的面對自己的壓力呢？這或許是許多人的盲點，聖嚴法師曾說：「面對它、接受它、處理它、放下它」，第一步就是去面對它，而你若不去面對它，要從何去處理它呢？更別談去接受它，或是放下它了，所以說，明確的知道自己所面對的壓力與困境是不容易的，若有決心去解決，像是找人傾訴或是為文宣洩，那也是一種很棒的方法，雖說壓力無所不在，更別談古代現代，不被壓力擊倒，可以說一直是生活中一門很重要的課題。

另一點就是經驗法則了，讀詩書不應是某些種族或是特定性別的專利，身為現代的人，能去閱讀古人的作品自是幸福，而能從古人的詩書中了解他們的經驗和智慧更為重要。為何我們會有壓力？反觀自己是否是他人壓力的製造者，從〈北門〉中可看出，壓力源頭為生活、上級機關、親戚朋友，讀完後我們是否該從詩中那個男人怨嘆什麼，轉移為他因何怨嘆，而這就需要些同理心了，時常反觀自己身處某一職務職位，是否常給下屬不合理要求或是壓迫？反觀自己對家人的失敗是否經常冷嘲熱諷、不給予關心……等？這些《詩經》都沒有明確的告訴我們，但是仔細思考都能學習到這些隱密的智慧，《詩經》中有告訴我們孔子之言：「己所不欲，勿施於人」？沒有，但我們從〈北門〉一詩中就能了解推己及人的道理：不要成為別人的壓力源。所以說仔細吟詠讀詩，總會有一大筆的收穫，《詩經》及其他古人的作品就像是一座寶山，讀後，空手而回豈不浪費？

作者小傳

　　邱學群，現就讀東海中國文學系三年級。興趣是探討古今中外歷史人物、懸案或是歐帕斯文明，閱讀方面則是以武俠小說為偏好。

生活中的《詩經》經驗

余采芳

上了大學之後好友們都各奔東西，平日各自忙碌，見面時間甚少，只能利用網路互通有無，聊聊現況或互相關心。好不容易在聖誕節前夕敲定了見面的時間，除了吃飯之外還打算去高雄看積木夢工場的展覽。日盼夜盼的滿心期待，終於到了見面日，早上還特地早起精心打扮了一番，穿了平常甚少穿的裙子，也把頭髮別上了夾子，讓精神看起來好一點，不至於蓋頭遮臉的。經過了兩個多小時的車程，到了高雄火車站，與她約在麥當勞等候，看到了許久不見的高中密友，心中真是歡喜萬分，仔細的瞧瞧她的變化，頭髮長了、臉圓潤了、新添了個後背包，除了外觀上，其餘的通通沒變，還是我熟悉的那個女孩，我熟悉的那個樣子，這不禁讓我想起了〈采葛〉：

彼采葛兮，一日不見，如三月兮！

彼采蕭兮，一日不見，如三秋兮！

彼采艾兮，一日不見，如三歲兮！

才幾個月不見，就好像過了好幾年似的，雖不到朝思暮想的程度，但每天殷切的思念，總讓我覺得時間過得很漫長，尤其是等待的時間，每天都在倒數，每天都覺得度秒如月、度日如年，實在有夠難熬，偏偏時間就這個樣子的運行，趕了也快不了，著急也沒辦法，只能任憑思念蔓延而自覺時間像是停止般的不動。

一見面話匣子打開了，便再也合不上，走出了車站，她領我去搭捷運，準備出發去已經訂好位的餐廳，一見到餐廳外觀，我便驚呼連連，竟是我超喜歡的hello kitty餐廳，看著裡面滿是粉色的裝潢，還有滿是hello kitty的布置，我內心真是無比感動，心想，這女孩待我真是好。而後用餐完畢時，她又拿出了去香港迪士尼玩時所買的唐老鴨吊飾送我，我心裡又是一驚，連出國都惦記著我，還給我買了紀念品，這如何讓我不感動。收下禮物的那刻，我便想到了〈木瓜〉：

投我以木瓜，報之以瓊琚，匪報也，永以為好也。

投我以木桃，報之以瓊瑤，匪報也，永以為好也。

投我以木李，報之以瓊玖，匪報也，永以為好也。

正思索著要回贈什麼樣的禮物，才足以表現出對友情的真誠及重視，思索良久之後，心中便有定奪，禮物不需要多華美貴重，只要獻上一份真心就夠了：人際間重視的不是有形的物質，而是那份真誠的心意。深厚的情誼不是建立在物質交換上，而是長久以來彼此之間的真心和關懷，最為珍貴的便是患難與共的情誼，所以我要親手做個小東西回贈給待我如此好的女孩。

作者小傳

余采芳，剪了一頭短髮，還染了小麥色。平日最喜歡上網瀏覽美食，收集美食資訊，對吃甚有研究，但是味覺卻不敏感，總持著還能夠下嚥的東西對我來說就是美食的態度品嚐食物。再者就是喜歡塗鴉畫畫、聽音樂，藉著這些比較靜態的休閒，把心沉澱下來，沉浸在自己歡樂的小世界裡。

勇敢說「不」

卓莉雯

現代人缺乏「拒絕的勇氣」，經常不知不覺屈服於強勢的一方。在愛情上，女生依賴喜愛的異性，所以凡事以對方的意見為主；在職場上，屬下畏懼老闆的權威，不管老闆做什麼事都是「對」的；在朋友間，經常隨著朋友的起鬨，而做些自己並不想去做的事。

在愛情上，時常耳聞男的對女的說：你如果不跟我發生關係，就是不愛我！而女的也正因為害怕：如果我不給，他會不會以為我不愛他？這種遲疑膽小的心態，很容易屈就於對方的威嚇之下，迷迷糊糊就犯下錯誤，忽視愛情的真義。

在職場上，性騷擾事件更是不斷發生，女性職員畏懼上司的權力與謀職不易，便一再忍受上司的毛手毛腳或語言騷擾。又或者是上司無緣無故叫屬下去簽一份不屬於職責範圍的合約，因為不敢不從，而造成可怕的後果。

在朋友間，常在大家熱鬧場合，卻有人拿違法藥物助興，說：啊！不敢吃嗎？

那就是膽小鬼，我們就不是朋友啦！於是，在朋友的挑釁或慫恿之下嘗試了藥物，從此人生墮落，一片黑暗。

人往往都害怕強勢的一方，或在語言的挑釁下，莫名奇妙的掉入陷阱，做出與意願相反的事情，輕則無傷大雅，重則危及人身性命。〈召南・行露〉詩中女子強烈拒婚的態度，或者可以提供我們參考：

厭浥行露，豈不夙夜，謂行多露？
誰謂雀無角？何以穿我屋？誰謂女無家？何以速我獄？雖速我獄，室家不足。
誰謂鼠無牙？何以穿我墉？誰謂女無家？何以速我訟？雖速我訟，亦不女從。

雖然，這是一首拒婚的衝突詩，但在男尊女卑，貴富賤貧的社會習氣下，這位女子居然不畏強權，勇敢打官司和對方周旋到底。她斥責對方如雀、鼠，只會侵犯人，不按結婚成為室家之禮，就要強行娶人為妻，即便吃官司，她也不答應婚事。這真是一位勇氣可嘉的女子，法庭上她理直氣壯的說「不」，大大的反擊財大氣粗的男方。

其實，做人處事也是一樣的道理，要懂得說「不」的藝術，他人對你上下其手，應該馬上當場大聲的嚇阻他，而不是將這份委屈默默的承受下來，那樣只會助紂為虐，更加助長他人氣燄。也不可以因為朋友說不敢怎樣怎樣，就不是朋友，受到這種話的威脅就做出違法的事情，這樣的人根本稱不上是朋友，真正的好朋友是要在你墮落時拉你一把！所以勇敢的說「不」是幫助他人也是幫助自己。男女朋友亦然，發生性關係應以兩情相悅為主，不可以脅迫手段獲得，這樣的愛情不是本末倒置了嗎？

說話是一門藝術，但拒絕更是一種藝術的昇華，不作出違法、違心之事，這才是真正的做自己，展現自我的真性格，所以在不對、不願意、不適合的情況下請勇敢說「不」。〈行露〉詩中那個堅持立場，維護婚姻，勇敢拒絕的女子，是個值得學習的典範。

作者小傳

卓莉雯，目前就讀東海大學中國文學系三年級。出生於濱海小村，終年吹著自然海風，與大自然密切接觸，個性純真、樸實、直率，交友廣闊，人緣甚佳。

三　婦女篇

女孩們站起來吧！

邱閔翊

在現今強調男女平等的社會，年輕一輩或受過教育的人，多少有男女平等的觀念，但是長久以來根深柢固的男尊女卑思想，依舊存在於社會的許多角落。老一輩的人總認為男人至上，凡事都要以男人為主，無論是在家庭地位、社會工作、宗教信仰，女人永遠退居下位，僵化的被貼上弱勢的標籤。很多時候我們嘗試著反抗，還會被視為異類，被人道不是。女人，想要在這個社會中占有一席之地，爭奪出頭的機會，或者是坐大位當高官，總是要比男人付出加倍的代價和辛苦，面對婚姻大事也要聽從父母之命，無論在職場或家庭，女人的地位總是被一套舊有思想給綑綁住。

《女誡》是一套規範婦女做人道理的書，言行舉止都要遵守規範，《禮記・喪服・子夏傳》曾記載「三從」即「未嫁從父，既嫁從夫，夫死從子」，《周禮・天官・九嬪》記載「四德」即「婦德、婦容、婦言、婦工」，這些說的就是對女子的各種規範，永遠沒有自己獨立做主的時候，未嫁從的是爸爸，嫁了就要以夫為天，夫死後，還要從自己的兒子，一點人權都沒有，直至現今，誰說女人永遠只能屈居幕後，一副楚楚可憐樣？誰說女人永遠只能在男人背後？誰說我們的幸福和婚姻要父母之命媒妁之言的？我們也是有當自強的時候，在面對自己、決定自己人生大事的時候，也是能夠勇敢的站出來的，捍衛我們的權利！我們將時間倒轉至三千年前，看看周朝時期的女子，多麼的勇敢，面對自己的愛情婚姻、人生幸福，他們勇敢的發聲，踏出那神聖的一步！

〈召南・摽有梅〉

摽有梅，其實七兮；求我庶士，迨其吉兮。
摽有梅，其實三兮；求我庶士，迨其今兮。
摽有梅，頃筐塈之；求我庶士，迨其謂之。

這首詩以梅子成熟過程比喻女子青春流逝，急於求婿，看著樹上從三成到七成到全部梅子掉落，女人的青春是永遠不等人的啊！青春美貌是女人的本錢，是女人最注重的，如今一滴滴的流逝，自己的那人還在何處呢？「求我庶士，迨其吉兮」，愛我的男人啊！不要再遲疑了，已經是好日子了，快來娶我為妻啊！

所謂「人老不如花」，摽梅之憂躍然於詩中，女子勇敢大膽的示愛，希望那男子啊！快來吧！快來娶我吧！現在正是好時機啊！女子面對自己的婚姻幸福，主動且勇敢的踏出第一步，值得讚許！

再看《鄘風・柏舟》這一首詩：

泛彼柏舟，在彼中河。髧彼兩髦，實維我儀，之死矢靡它。母也天只！不諒人只！

泛彼柏舟，在彼河側。髧彼兩髦，實維我特，之死矢靡慝。母也天只！不諒人只！

柏舟在河中緩緩飄蕩，如同女子心中的不安，那個梳著好看髮型的男子，是我至愛之人，我發誓，我對他的愛是至死不渝的，我們是天生的一對，可是母親啊！妳為什麼不能體諒呢？為什麼要阻擋我們的愛情，老天啊！祢為什麼不了解我心中的煩憂呢！

詩中女子，面對父母干涉婚姻，不屈服不認命，反而勇敢站起來毫不掩飾的表達自己所想，堅決的反抗，發出「之死矢靡它」、「之死矢靡慝」，至死不渝的誓言，以爭取自己的婚姻自主，同時也揭露了舊禮教的罪惡。我們常常可以在一些連續劇中看到，很多時候女人的婚姻只能聽從「父母之命、媒妁之言」，自己永遠沒有決定權，但是婚姻生活，這是一輩子的事，那是我們的幸福，我們應要像這詩中女子般，勇敢堅強、抵死不屈，自己的生活由自己決定。

前些日子，看到一則新聞，內容是講述男子求愛不成，時常騷擾女子，女子不敢吭聲，一段時間下來，終是精神崩潰、身心俱疲，面對這種情形，做為女人的我們，就應該堅強勇敢的站出來，不要屈服！一味的忍受，面對不是良人之人，就該大膽且有智慧的擊退，就如同《詩經》這首〈召南・行露〉：

厭浥行露。豈不夙夜，謂行多露。
誰謂雀無角，何以穿我屋？誰謂女無家，何以速我獄？雖速我獄，
室家不足！
誰謂鼠無牙，何以穿我墉？誰謂女無家，何以速我訟？雖速我訟，
亦不女從！

一大早，露水濕重，就早起去了官府，為了是什麼？為了捍衛我的婚姻，誰說雀兒沒有咮？老鼠沒有牙？怎會穿入我的屋？誰說我嫁不出去？你就是逼著我要去坐牢入獄，要去官府訴訟，我都不會屈服！不會依從的！這是一首女子拒婚之詩，面對強暴無信之人，不守禮法的男子，這樣的男人絕不會是我的良人，即使對方用各種方式威脅，也是絕對不屈服的！我才不怕呢！將女子的那股勇氣和憤怒之情，完完全全的表現出來！

在現代的社會，我們很常看見離婚的案件，丈夫外遇另娶新歡，拋棄糟糠之妻，女人面對婚姻的失敗總是要背上一層重擔及包袱，被人用異樣眼光看待，如此壓力之下，自己的生活過得越來越糟，整個人越來越憔悴，一輩子走入死胡同，但是看著前夫摟著新歡，過著愜意的生活，反觀自己，卻如此悲慘，難道忍得下這口氣嗎？難道我們就要這樣自怨自艾嗎？難道我們就只能去哀求著他來過生活嗎？如同《詩經》這首〈邶風．谷風〉：

> 習習谷風，以陰以雨。黽勉同心，不宜有怒。采葑采菲，無以下體。德音莫違，及爾同死。
>
> 行道遲遲，中心有違。不遠伊邇，薄送我畿。誰謂荼苦？其甘如薺。宴爾新

昏，如兄如弟。

涇以渭濁，湜湜其沚。宴爾新昏，不我屑以。毋逝我梁，毋發我笱。我躬不閱，遑恤我後。

就其深矣，方之舟之。就其淺矣，泳之游之。何有何亡，黽勉求之。凡民有喪，匍匐救之。

不我能慉，反以我為讎。既阻我德，賈用不售。昔育恐育鞫，及爾顛覆。既生既育，比予于毒。

我有旨蓄，亦以禦冬。宴爾新昏，以我禦窮。有洸有潰，既詒我肄。不念昔者，伊余來塈。

不斷的回想過去與丈夫的美好，整個人自怨自艾的，毫無精神，感覺沒了丈夫失去了婚姻，一輩子就完了，這難道就是我們的錯嗎？我們把本分做好，如果還是出現這種事，那就不是我們的問題了，只要我們把自己該做的事做好，錯不在己，我們就該抬頭挺胸站起來！不回頭求那負心之人，應該要勇敢走出來！要過得更好，給這所有人看，我沒了婚姻，不全是我的錯，我是很好的，很值得疼愛的！那些不懂珍惜我的人，全部滾一邊去吧！

女人當自強，面對艱難的過程，面對自己的婚姻幸福，要勇於追求，這是屬於我們的生活、我們的幸福，這是一輩子的事，是不能容許一丁點差錯的，這樣如此攸關人生的大事，當然要由我們自己來決定，是非對錯自己承擔，不要把自己的一輩子賭在別人手中，畢竟真正進入這段生活的人、親歷其境的人是我們自己，不是別人來替我們過，所以身為女子的我們不論是在職場上，或者是婚姻家庭上，都該勇敢的為自己發聲。女人，該自強的時候了。

作者小傳

邱閔翊，臺灣省苗栗縣人，目前正就讀東海大學中國文學系三年級，喜歡閱讀各式各樣的書籍，從古至今，中西兼併，最喜歡聽著中國古典音樂，翻著一本書，沉靜在那書香世界，多麼愜意美好。

成熟，要用多少個領悟交換？

潘儀

總是聽人說，女人像水，極為脆弱且沒有定型，只能依附著不同的容器化成不同的樣貌。

這樣的形容真是道破了女人任人搓揉圓扁的無奈呀！顯然，那些所謂女人們能依附的「容器」，就是那群千百年來受傳統中國教育下、深深執著於沙文主義男人們，用著他們的高姿態，以「附屬品」、「被保護者」的眼光看待女人。

然而女人，真的像男人想像般那麼脆弱嗎？

〈衛風・氓〉

氓之蚩蚩，抱布貿絲。匪來貿絲，來即我謀。送子涉淇，至於頓丘。匪我愆期，子無良媒。將子無怒，秋以為期。

乘彼垝垣，以望復關。不見復關，泣涕漣漣。既見復關，載笑載言。爾卜爾筮，體無咎言。以爾車來，以我賄遷。
桑之未落，其葉沃若。于嗟鳩兮！無食桑葚。于嗟女兮！無與士耽。士之耽兮，猶可說也。女之耽兮，不可說也。
桑之落矣，其黃而隕。自我徂爾，三歲食貧。淇水湯湯，漸車帷裳。女也不爽，士貳其行。士也罔極，二三其德。
三歲為婦，靡室勞矣。夙興夜寐，靡有朝矣。言既遂矣，至于暴矣。兄弟不知，咥其笑矣。靜言思之，躬自悼矣。
及爾偕老，老使我怨。淇則有岸，隰則有泮。總角之宴，言笑晏晏。信誓旦旦，不思其反。反是不思，亦已焉哉！

在《詩經》的〈氓〉中，我彷彿聽見了世世代代的中國婦女，面對愛人負心離去的哀嘆；曾經的甜蜜依偎、山盟海誓，都成了最傷人的諷刺。她們甚至不敢嘶喊出心痛！因為世俗禮教嚴苛的壓抑著她們，教她們連受了委屈也不敢伸張，只能悠悠嘆息、嘆息。而那輕嘆在蒼茫的淇水之畔，穿越千古，仍悠悠不息的迴盪著……

〈氓〉只是一個縮影，它代表無數個背叛之一。於是，我幡然醒悟，原來脆弱的不是女人，而是不夠成熟的愛情……

故事的開端，訴說著那個單純的女孩，和青梅竹馬的男人重逢，並天真的以為，她遇見的那一個，就是真愛。

氓之蚩蚩，抱布貿絲。匪來貿絲，來即我謀。送子涉淇，至於頓丘。匪我愆期，子無良媒。將子無怒，秋以為期。

相遇後，天雷勾動地火般，彼此重燃愛苗……然而，他只是來交易布匹罷了，總是得回返，眼看著離別在即，他急了，沒媒沒聘的，就想帶著女孩離開；但女孩對婚姻顯然也有堅持，理智的哄著那個男人：她允諾等他，等到秋季來臨，等待他回來娶她。

黯然銷魂，唯別而已。

乘彼垝垣，以望復關。不見復關，泣涕漣漣。既見復關，載笑載言。爾卜爾筮，體無咎言。以爾車來，以我賄遷。

桑之未落，其葉沃若。于嗟鳩兮！無食桑葚。于嗟女兮！無與士耽。士之耽兮，猶可說也。女之耽兮，不可說也。

初嚐戀愛滋味的女孩，陷入，便無可自拔。思念是如此猛烈，一天一天的將女孩的心智吞噬。望著男子離去的方向，她哭、她笑，心情隨著輾轉思念起舞。當男人駕車回來，卜卦也說這是一段好姻緣，於是女孩歡天喜地帶著私房錢出嫁去了。愛情讓人變得如此癡傻，在愛人的面前，女孩只想著兩人在一起的甜蜜，哪會想到未來還要面對朝夕相處的生活？

是呀！她沒有餘力去管了。只是在那個當下，不諳世事的女孩並不知道：男人沉溺愛情，是可以逃脫的，而女人的沉溺，卻只會越陷越深。就如同鳩鳥吃多桑葚而昏醉，無可自拔的感情只會讓自己走入困境。

桑之落矣，其黃而隕。自我徂爾，三歲食貧。淇水湯湯，漸車帷裳。女也不爽，士貳其行。士也罔極，二三其德。

三歲為婦，靡室勞矣。夙興夜寐，靡有朝矣。言既遂矣，至于暴矣。兄弟不知，咥其笑矣。靜言思之，躬自悼矣。

桑葉變黃而殞落，一如他們的愛情，悄然消褪無蹤。

看著漫漫淇水沾濕了自己的衣裙，女孩不解，自己究竟做錯了什麼？夫妻相守三年，所有妻子該盡的義務都不曾懈怠，怎麼三年的情感竟能瞬間轉移變質，只剩一紙休書？那個曾經為她癡狂如火、為她柔情似水的男人，怎麼說變就變，變得那麼粗暴而面目可憎？

是自己做錯了吧！結果傷痕累累。是自己過於耽溺愛情，而忽視男女對於愛情的態度大不同？她百思不解為何這個男人婚後三年就變臉，而自己卻固守著愛情，以為這是人生的全部。現在被他拋棄了，連家人都不能體諒她的苦，只有無盡的嘲笑……所以，她選擇安靜了，忍住揪心刺骨的痛楚，獨自一人，哀悼消逝的感情。

及爾偕老，老使我怨。淇則有岸，隰則有泮。總角之宴，言笑晏晏。信誓旦旦，不思其反。反是不思，亦已焉哉！

曾經想要相伴一生的願望，已經模糊淡去。女孩不再是女孩，三年的操勞持家，早讓她的臉龐沾染風霜，領悟了至痛、失去了摯愛，終於，成長蛻變成了女人。

她明白了……再多的真情真意，也換不回槁木死灰的愛；回首相伴的記憶，也只是困坐愁城。放下吧！世人的眼光教她無權絕望，那又何必栽進回憶中自討苦吃呢？

算了吧！女孩雙手一攤，在放下的那一刻，慧劍斬情絲，終於得到解脫，浴火重生……

〈氓〉中那脆弱而美麗的愛情呀！這世間多少男女耽溺於它的斑斕，拚命的用甜言蜜語、山盟海誓去勾勒它的形狀，為它癡狂。然而，它卻像夏日的蔬果，青翠美麗，卻極其容易腐敗……為什麼？為什麼愛情的賞味期是如此短暫？若一段感情要長久維繫，依靠的是彼此平衡的角力關係，那在那樣的時代，總是占有優勢地位的男人們，似乎也是在愛情上擁有高姿態的那一方。

對於女人，要得到她們的心便強勢的占有，膩了倦了，就揮揮衣袖輕鬆甩開。這是多麼不平等的感情！這樣的不平等，在千百年來禮教的包裝下，變得理所當然，也深深劃傷了追求愛情的女人們。

女人的貞節比命重要，男人的風流卻比吃飯喝水稀鬆平常。如此的社會價值觀，根深柢固的教化，於是男女間真正的愛情相對難以永久延續，而女人，總是難免傷心。

〈氓〉究竟描寫出了多少個被淡化的孤獨身影呢？從傷痛中學習放下、在周遭評判的惡意眼光中求存，又需要多堅韌的勇氣？從柔弱不堪一擊的純真花蕊，綻放成堅強亮麗的花朵，每個女孩，都有一段漫長而艱辛的情路要走，唯有經歷過了，才能領悟到自己體內其實都有一個堅毅不屈的靈魂，足以對抗一切的壓力，而不是任人揉捏的附屬品。

女孩，可以果斷，可以堅強勇敢，可以成熟自主，可以靠自己去築出一個堅韌完整的愛情。只是這樣的過程，不曉得需要多少個領悟去交換？

作者小傳

潘儀，臺灣省桃園縣人，就讀於東海大學中國文學系三年級。興趣為閱讀書籍，擅長短篇寫作，對日常事物喜歡細微觀察有所體會。

女性當自強

林昱伶

俗話說：「女子無才便是德」，相信很多女性看到這句話都會十分氣憤，誰說女性不能接受教育呢？以前，女性被視為傳宗接代的工具，在古代的女性沒有自主權，只能以家庭為重，似乎都在為別人而活，活到連名字都被省略了！每次看見國文課本裡寫孟子的媽媽為仉氏，或是只稱「孟母」，心裡就有些不舒服，覺得女性真不值錢！但幸運的是，時代在變，女性終於能夠逐漸活出屬於自己的光彩，並且越來越有自己的想法，不像舊時代女性認為「丈夫是天」，而是可以靠一己之力，去追求自己想要的理想生活！《詩經》中也有許多篇章提到關於女性主動求愛，透露出女子勇敢真誠的一面。〈召南・摽有梅〉：

摽有梅，其實七兮。求我庶士，迨其吉兮。
摽有梅，其實三兮。求我庶士，迨其今兮。

摽有梅，頃筐塈之。求我庶士，迨其謂之。

直接表現出逾齡女子未嫁的心聲，不畏他人眼光，就是要良人趕緊來迎娶，急切求愛的心情溢於言表，使人不禁深感佩服她的勇氣！而當父母阻止女兒嫁給所愛的男人時，女兒為了捍衛愛情，可以不顧一切！〈鄘風‧柏舟〉：

汎彼柏舟，在彼中河。髧彼兩髦，實維我儀。之死矢靡它。母也天只！不諒人只！

汎彼柏舟，在彼河側。髧彼兩髦，實為我特。之死矢靡慝。母也天只！不諒人只！

在親情與愛情中，女子選擇了愛情，若父母仍堅持插手，她就以死相逼，如此偏激的手段，當真少見！尤其又在古代的社會，要講出這樣嚴重的毒誓，需要多大的勇氣呀！戀愛中的男女，若當男方堅持不表態，甚或關係在曖昧不明中，女子可是會主動出擊，而不是躲在深閨流淚哭泣，〈鄭風‧褰裳〉：

子惠思我，褰裳涉溱。子不我思，豈無他人？狂童之狂也且！
子惠思我，褰裳涉洧。子不我思，豈無他士？狂童之狂也且！

這樣直白的女性並不多見，男子對她沒有回應，她主動大膽試探，並希望男子能夠用行為來證明對她的愛，但若男子遲遲沒有回應，女性可不會坐以待斃，自然是要另覓他處，不會再浪費時間！讓自以為是的男子知道她還頗有行情，不是非你不可！然而要追求男子也必須要有一套，抓到恰到好處，必然能讓男子乖乖上鉤！

〈鄭風・溱洧〉：

溱與洧，方渙渙兮。士與女，方秉蕑兮。女曰：「觀乎？」士曰：「既且。」「且往觀乎洧之外，洵訏且樂。」維士與女，伊其相謔，贈之以勺藥。
溱與洧，瀏其清矣。士與女，殷其盈矣。女曰：「觀乎？」士曰：「既且。」「且往觀乎洧之外，洵訏且樂。」維士與女，伊其將謔，贈之以勺藥。

女子主動邀約男子一同欣賞美景，男子雖然已經看過，但女子仍不氣餒，繼續進一步詢問，俗話說「女追男隔層紗」，這樣熱烈的追求也已表露心意，神經再大條也要懂其中的暗示了！在兩方都有情意的情況下，配合著良辰美景，自然能夠讓感情迅速加溫啦！女子在愛情中可以擁有自主性，在其他地方當然也要當仁不讓，像是：翁山蘇姬、呂秀蓮等女性，都是女中強者，值得我們去學習、效仿她們的精神！〈鄘風・載馳〉：

載馳載驅，歸唁衛侯。驅馬悠悠，言至于漕。大夫跋涉，我心則憂。既不我嘉，不能旋反；視爾不臧，我思不遠。既不我嘉，不能旋濟；視爾不臧，我思不閟。陟彼阿丘，言采其蝱。女子善懷，亦各有行。許人尤之，眾穉且狂。我行其野，芃芃其麥。控于大邦，誰因誰極？大夫君子，無我有尤。百爾所思，不如我所之。

許穆夫人勇敢的不懼許國大夫的反對，仍要去幫助哥哥復國，雖然於禮教上來講是不允許這樣做，但親情是血濃於水，當然要兩肋插刀，無論許國人如何批評她，她都不介意，此刻，她只想趕快讓娘家衛國復國，她相信自己可以做到，事實也證明她辦到了！可以這麼確定自己方向的女子，實為罕見，也非常值得我們去深省，自己是否經常太在意他人眼光？

《詩經》真的是一部博大精深的經典，從中可以體會到很多大道理，從這些女子身上，好像看到自己的一點影子，更希望這樣的例子，也可以鼓勵女性讀者能夠勇敢的去做想做的事！

作者小傳

林昱伶，家鄉在純樸的嘉義縣，附近沒有高樓大廈，只有綠油油的稻田，喜歡在這種環境放鬆心靈，並悠閒讀書。因為熱愛文學，選擇就讀中文系，修習《詩經》體會經典中的智慧，並了解中國文化內蘊。由於中學時期都讀女校，對於女性議題最為關懷，因此以此為題，歡迎大家批評指教！

醒醒吧！沉睡千年的女人

郭立惠

女人是感性的動物，在愛情的國度中常處於弱者。當所愛的人變心時，常想盡辦法挽回，直到發現一切都回不去，已經走到了盡頭才肯放手。尤其在古代父母之命、媒妁之言下，一樁樁婚姻悲劇更是屢見不鮮。

習習谷風，以陰以雨。黽勉同心，不宜有怒。
采葑采菲，無以下體。德音莫違，及爾同死。
行道遲遲，中心有違。不遠伊邇，薄送我畿。
誰謂荼苦？其甘如薺。宴爾新昏，如兄如弟。
涇以渭濁，湜湜其沚。宴爾新昏，不我屑以。
毋逝我梁，毋發我笱。我躬不閱，遑恤我後。
就其深矣，方之舟之。就其淺矣，泳之游之。

何有何亡，黽勉求之。凡民有喪，匍匐救之。
不我能慉，反以我為讎。既阻我德，賈用不售。
昔育恐育鞫，及爾顛覆。既生既育，比予于毒。
我有旨蓄，亦以禦冬。宴爾新昏，以我禦窮。
有洸有潰，既詒我肄。不念昔者，伊余來塈。

朱熹《詩集傳》：「婦人為夫所棄，故作是詩，以述其悲怨之情。」由此可知，此詩是以棄婦口吻講述其婚姻悲劇故事。雖然痛恨丈夫的負心，又留戀兩人曾經有過美好的一切，所以在絕望中卻心存復合的幻想。

在傳統社會中，婦女成為家庭的附庸，丈夫有解除婚約、拋棄妻子的權利。付出了青春年華，辛辛苦苦打造了一個家，最後卻成為棄婦。這麼多年來的心血全化為烏有，讓新人坐享其成。當初新婚之時說好的白首偕老、生死不離呢？走一步，停一步，多麼不想離去。想著昔日的恩愛，現在卻因人老珠黃而被棄，怎不悲從中來？白居易新樂府〈母別子〉：「新人迎來舊人棄，掌上蓮花眼中刺。」杜甫〈佳人〉詩：「但見新人笑，那聞舊人哭。」棄婦悲歌，自古以來不斷上演。

最近讀了秋瑾《敬告二萬萬女同胞》，呼籲婦女應擺脫封建束縛、爭取自由，這樣的新思想給中國婦女帶來前所未有的突破。我不禁為〈谷風〉中的女子嘆息，如果她生長在女子覺醒的年代，我相信她就可以擺脫「棄婦」這悲慘的角色，自立自強的尋找下一段幸福。

再來看看〈氓〉中的女子：

氓之蚩蚩，抱布貿絲。匪來貿絲，來即我謀。送子涉淇，至於頓丘。匪我愆期，子無良媒。將子無怒，秋以為期。

乘彼垝垣，以望復關。不見復關，泣涕漣漣。既見復關，載笑載言。爾卜爾筮，體無咎言。以爾車來，以我賄遷。

桑之未落，其葉沃若。于嗟鳩兮！無食桑葚。于嗟女兮！無與士耽。士之耽兮，猶可說也。女之耽兮，不可說也。

桑之落矣，其黃而隕。自我徂爾，三歲食貧。淇水湯湯，漸車帷裳。女也不爽，士貳其行。士也罔極，二三其德。

三歲為婦，靡室勞矣。夙興夜寐，靡有朝矣。言既遂矣，至於暴矣。兄弟不知，咥其笑矣。靜言思之，躬自悼矣。

及爾偕老，老使我怨。淇則有岸，隰則有泮。總角之宴，言笑晏晏，信誓旦旦，不思其反。反是不思，亦已焉哉。

詩中女子回憶著以前戀愛時的美好時光，對比了現在丈夫是如何地殘暴、不念舊情。不同於〈谷風〉，〈氓〉中的男女是自由戀愛，男子借換絲之名，到女子住處來接近她，雙方情投意合，男方即要求女子嫁給他。然而最後還是落得了棄婦的悲慘下場，無依無靠，卻擔心回娘家被家人恥笑。這又必須從封建禮法制度與婦女幸福家庭生活的願望矛盾談起。古代女子有從一而終的傳統觀念，丈夫已經變了心，癡情的妻子還是對他有著綿延不絕的思念。從婚前的期待到婚後失望的心情轉折，強烈的感情變化與矛盾心理，令人感到一陣心酸。

〈谷風〉與〈氓〉被譽為《詩經》棄婦詩佳作。婦女被棄原因都是因為丈夫喜新厭舊，二三其德，然而被棄之後，兩位棄婦的態度卻絕然不同，〈谷風〉中的棄婦始終陷入自己的矛盾情緒裡出不來，緣分實在捉弄人，明明知道這段愛情已經回不去了，卻自欺欺人地抱著一絲希望，希望丈夫能回頭、不要被狐狸精所迷惑，能發現她的好，在她離開時能陪她多走幾步，記起過去的美好。〈氓〉中的棄婦相對而言則較灑脫，感嘆自己遇人不淑的婚姻悲劇與痛批丈夫的負心後，說道：「信誓旦旦，不思其反。反是不思，亦已焉哉！」發現丈夫無情，無可奈何之餘，便絕望地放下了！前者還陷溺於其中，抱著復合的期盼；後者則理智地跳脫出來。當我們遇到感情難題的時候，應當用何種心態去面對？這兩首詩是否給我們一些啟示呢？

作者小傳

郭立惠，嘉義人，東海大學中國文學系三年級學生。熱愛閱讀，喜歡寫作。藉著寫作，傾聽內在的聲音，呈現心靈的真實剖面，達到自我療癒之效。

逆風如解意，容易莫摧殘

華家宜

近來中國宮廷劇盛行，尤以《後宮甄嬛傳》這齣清宮劇最受人矚目，收視率居高不下，描寫甄嬛從平凡秀女經過重重阻難，利用權謀和才智，終成為至高無上的皇太后。然而，我們在觀賞後宮嬪妃勾心鬥角、針鋒相對的場面時，也會發現她們的可憐與可悲，隨時得掌握全局，處處用盡心機，爾虞我詐，將青春和美好都虛耗在這場永無止境的鬥爭中。但即便如此，當皇上不愛妳了，色衰愛弛，一代新人換舊人，也難逃被冷落的命運，輕易被打入冷宮，甚至降罪賜死。這讓我想到《詩經》中的〈小雅・白華〉這首棄婦詩，棄婦詩在《詩經》中為數眾多，如〈邶風・谷風〉、〈衛風・氓〉等，而這首詩則是以貴族婦女的心情去做描寫，活現出後宮嬪妃等待天子寵愛，然而天子薄情，內心哀嘆的畫面：

白華菅兮，白茅束兮。之子之遠，俾我獨兮。

英英白雲，露彼菅茅。天步艱難，之子不猶。
滮池北流，浸彼稻田。嘯歌傷懷，念彼碩人。
樵彼桑薪，卬烘於煁。維彼碩人，實勞我心。
鼓鐘于宮，聲聞於外。念子懆懆，視我邁邁。
有鶖在梁，有鶴在林。維彼碩人，實勞我心。
鴛鴦在梁，戢其左翼。之子無良，二三其德。
有扁斯石，履之卑兮。之子之遠，俾我疷兮。

詩以白華漚成菅和白茅相束起興，表示夫婦間應如此相親相愛，但夫君卻離我這麼遠，如曹勳〈湘妃怨〉：「望夫君兮不來，波渺渺而難升。」情感深切哀婉，我彷彿看見劇中自始至終深愛皇上的華妃口中道出：「皇上今日又不知在何人寢宮？獨留我一人空守臥房。」就算她在後宮的地位能與皇后平起平坐，但要的只不過是能陪伴在皇帝身邊，那種滿腹委屈和憂愁之情，是再多榮華富貴都比不上的，而夜半倚門，嘆聲落淚以自憐。

皇上就像那天上的白雲，雖美善而逸朗，但遙不可及又難以捉摸，期望能夠如甘露降於菅茅般，讓我得到愛情的滋潤，只嘆我不得老天眷顧，不受皇上恩寵，心中充滿不甘願，但不會怨恨雍正皇帝的花心善變。古來男子都是三妻四妾，更何況皇帝尚有佳麗三千，只能哀嘆上天和自身時運不濟啊！由《詩經》的眾多棄婦詩中，可看出無論在民間社會還是在上層階級，婚姻中的女性都處於不平等且弱勢的地位，假使又遇人不淑，丈夫二心，即便做得再好，也不能避免被遺棄和冷落的命運。

接下來則是一連串棄婦的如泣如訴，不直接明言，多用事物起興，對比自身命運。像是以滮水灌溉稻田，來對應人之無情，不如滮池還能使稻子浸潤生長，又以桑薪這種好木不得其用，徒供行灶烘燎，興其美德不被丈夫欣賞，反被遺棄的命運。敘述也由之子轉向碩人，深刻表達內心的哀傷，但仍思念其人。就像當甄嬛被陷害，禁足碎玉軒，才明白「願得一心人，白首不相離」的心願不過是殘酷現實下的泡影，因那對象卻是擁有後宮佳麗無數的皇上，不禁感嘆「可我這一心人，偏偏是這世間最無法一心的人」，但卻無法忘懷昔日之情，期望皇上的回心轉意。自己已經被廢，心卻念念不忘，「念子懆懆」的甄嬛，卻遇上「視我邁邁」的皇帝，因而發出「實勞我心」之嘆，甚則「俾我疷兮」，憂思成疾，而皇帝輕薄無情的形象也顯得更為鮮明。

《詩經》中的棄婦詩既哀且怨，但都蘊藉委婉，含蓄內斂，無有過多的恨意，最多說出「之子無良，二三其德」，責怪丈夫的三心二意。正因如此，《詩經》比後代同類題材的詩歌具有歷史傳統意義與深沉的情感震撼力，這些棄婦比起去譴責夫君，內心更多的渴望是丈夫能夠浪子回頭，憂傷徘徊，一再等待，欲走卻放不下。就像《後宮甄嬛傳》的一句臺詞：「情不知所起，一往而深，生者可以死，死亦可生，果真情之一字，若問情由，難尋難覓。」就是因著那個情而死心蹋地，即便受到委屈，仍不悔嫁君。

畫面一轉，回溯到甄嬛初次與皇上在梅園見面時，說出了「逆風如解意，容易莫摧殘」，這句詩詞引用自唐代崔道融的梅花，貫穿了整齣甄嬛傳，象徵甄環的情感和其人格，就如那梅花美麗而不屈寒冷，希望北風（皇上）能理解梅之品性，別摧殘那枝頭的梅花了。對甄嬛來說，皇上是她的夫君，她的四郎，卻忘了自己身處這無情後宮，真情諾諾，終於隨亂紅飛花去，只能默默傷感，如劉希夷〈代悲白頭翁〉中所寫：「年年歲歲花相似，歲歲年年人不同。」

作者小傳

華家宜，生長於苗栗三義，現就讀東海中國文學系三年級。特別喜歡貓咪，家裡養了四隻貓，也和貓一樣喜歡宅在家中。興趣是看電視和看書，尤其是懸疑推理類型。曾任文學概論、文字學教學助理，所撰報導文學〈禁得起考驗？〉收錄於《東海成報》第五十二期。

《詩經》中的女子形象與處世哲學

劉恆吟

古代傳統社會，男尊女卑，婚姻成為女子終生的依靠。我們從《詩經》的幾首詩中，可以看到女子的生命圖像及身為女子如何在傳統期待下，活出自己生命的意義。自從出生後，教養的方向就是要她能合乎禮儀，學會紡織及烹煮飲食等家事，因而嫁人自然成為女子追求的目標，待女孩長至亭亭玉立時，自身亦對愛情產生了渴望以及對幸福婚姻也有所期盼。

周人期待子女為「貴男賢女」，對子女的教養方式及期待都因著性別而有極大的不同。在〈小雅・斯干〉透露出「生男生女」教養大不同：

> 乃生男子，載寢之牀，載衣之裳，載弄之璋。其泣喤喤，朱芾斯皇，室家君王。
>
> 乃生女子，載寢之地，載衣之裼，載弄之瓦。無非無儀，唯酒食是議，無父母

詒罹。

這是〈小雅・斯干〉為祝賀新屋落成的詩句，共有九章，此為第八及第九章。姚際恆《詩經通論》：「居室之慶未過於子孫繁衍，故言其生男子、女子，且必願其男、女之善，方可承先啟後。」而所謂貴男賢女是期待男孩在長大後能成家立業，成為一家之主，而女孩則能負責家中的酒食，不要使父母憂心。所以對男孩的照料是讓他睡在床上，給他穿好的衣裳，讓他玩玉製的禮器；女孩則睡在地上，包裹小被，玩陶製的紡錘，告誡女孩長大後對他人之所言，不要有議論，而且不自作主張。反映出當時社會男尊女卑的觀念。女孩在這樣的教育方式下，自然長大後會謹守本分。今人社會中，對女兒抱著如此期待的人仍然不少。現今社會中，依然存在著這種傳統的觀念，希望兒子長大能出人頭地，事業有成；希望女兒能找到好婆家，相夫教子，婚姻幸福。

女子長大後，希望能嫁人的心情，可見於〈召南・摽有梅〉，詩中對於女子待嫁之心有著深刻的描寫，因時光飛逝，而青春有限，女子怕辜負了美好的春光，內心越感焦急。

摽有梅，其實七兮。求我庶士，迨其吉兮。
摽有梅，其實三兮。求我庶士，迨其今兮。
摽有梅，頃筐塈之。求我庶士，迨其謂之。

詩人見到梅子從初熟到成熟後散落滿地，由此起興，用樹上的梅子越來越少，來隱喻女子青春流逝，生動描寫女子想成婚的急切心情。就如同唐代，杜秋娘的《金縷衣》中「有花堪折直須折，莫待無花空折枝！」要把握時光，青春就像易逝去的花朵一樣，別等花謝了才去空折無花的枝條。〈摽有梅〉詩中女子雖在焦急心情下，亦表現出智慧，不但知道要把握時間，更懂得青春是不能等待的，展現出對婚姻追求的積極性及對未來成家無限美好的憧憬。

在女子要出嫁時，親友對她致上無限的祝福。〈周南・桃夭〉展現的就是女子嫁入夫家為妻為媳的意義。

桃之夭夭，灼灼其華。之子于歸，宜其室家。
桃之夭夭，有蕡其實。之子于歸，宜其家室。
桃之夭夭，其葉蓁蓁。之子于歸，宜其家人。

多麼美啊！終於女子要出嫁了！正值青春的女子漂亮得就像一朵美麗盛開的桃花，嫁到夫家，就如同桃樹結實纍纍，子孫繁衍開枝散葉！多麼貼切的描寫和真摯的祝福啊！

至於步入婚姻後又是怎樣的生活呢？在《詩經》中我們也可看到什麼是美滿的婚姻，幸福不是住在昂貴的豪宅中，吃著山珍海味，而是兩人共享一頓餐飯這樣再平凡不過的日常生活。〈鄭風・女曰雞鳴〉：

> 弋言加之，與子宜之。宜言飲酒，與子偕老。琴瑟在御，莫不靜好。

丈夫去打獵，而妻子負責烹煮，一起享用，一同喝酒，希望彼此能相伴到老，就像琴瑟般和樂。夫妻各司其職，互相分享，一餐飯下來，不僅滿足了五臟廟，也暖了心靈，這也許就是婚姻的意義吧！

現今社會人們追求著名和利，以為富裕就會帶來幸福，激烈的競爭，高度的壓力，讓人身心俱疲。而在《詩經》中，詩人就已告訴人們幸福其實很簡單，男女成家，而美滿的婚姻生活就是丈夫為家人外出獵得食物，妻子負責烹煮，偶爾準備一壺美酒，添加幾盤佳餚，興致來時佐以琴瑟好音，夫妻相伴共同享用，多麼和樂幸福啊！

從閱讀中國的經典文學《詩經》，我們不難發現周人重視家庭價值，而女子對於家庭具有穩定的作用，「安」這個字就清楚地描繪出女子對家庭的重要性。而從《詩經》中，我們也能讀出女子的生命圖像及面對人生的處世哲學，也許也可以提供現代人作為參考及發想，不再畏懼結婚生子。

作者小傳

劉恆吟，東海大學中國文學系碩士在職專班一年級學生，目前任職於靜宜大學華語文中心，雖非中文系出身，但希望藉由閱讀更多經典，來認識中華文化的豐富內涵。

醒醒吧！活在婚姻枷鎖的女人們

陳令姿

有許多在婚姻中長期遭受丈夫暴力相向的婦女們，經常是遲遲不肯離婚，雖然這類的新聞常在報章出現，甚至成為連續劇橋段，不過對我這尚未步入婚姻的女性而言，隱約中已對婚姻抱持存疑和恐懼的態度，也不免憐憫這些可悲的婦女，更是不明白「為何妳們打不跑呢？」這樣對孩子和自己的身心是多大的傷害啊！

每個人都需要愛情，因為愛情能使我們的精神感到富足。當男女走入婚姻，如同有了愛情保證書般，可是有些人能夠攜手到老，而有些人卻飽受煎熬。當愛情已不再時，那種無奈感傷，有時會銷蝕一個人的靈魂。

當我讀到〈關雎〉「關關雎鳩，在河之州。窈窕淑女，君子好逑。」心裡不免幻想著自己若是詩中的女主角該有多好！一位君子見到河洲中的雎鳩鳥發出求偶鳴叫聲，引發他想追求窈窕淑女的熱情。當他在追求的過程中，經常朝思夜想著她，輾轉反側睡不好覺。這種純粹不帶雜質的愛，對每個女生來說，若真的遇到了「愛自己，自己也愛的人！」必然沉醉在被愛的甜蜜美酒中。

然而，當我讀到了〈氓〉：

氓之蚩蚩，抱布貿絲。匪來貿絲，來即我謀。送子涉淇，至於頓丘。匪我愆期，子無良媒。將子無怒，秋以為期。

乘彼垝垣，以望復關。不見復關，泣涕漣漣。既見復關，載笑載言。爾卜爾筮，體無咎言。以爾車來，以我賄遷。

桑之未落，其葉沃若。于嗟鳩兮！無食桑葚。于嗟女兮！無與士耽。士之耽兮，猶可說也。女之耽兮，不可說也。

桑之落矣，其黃而隕。自我徂爾，三歲食貧。淇水湯湯，漸車帷裳。女也不爽，士貳其行。士也罔極，二三其德。

三歲為婦，靡室勞矣。夙興夜寐，靡有朝矣。言既遂矣，至于暴矣。兄弟不知，咥其笑矣。靜言思之，躬自悼矣。

及爾偕老，老使我怨。淇則有岸，隰則有泮。總角之宴，言笑晏晏。信誓旦旦，不思其反。反是不思，亦已焉哉！

一開始覺得〈氓〉中的男子對女子求婚很浪漫，這無異於〈關雎〉中男子對偶遇的女子思念得悠哉悠哉輾轉反側，是如此深情無雜質的愛，只不過那位男子被詩人定位成氓，只不過是一位居無定所搬來搬去的人，彷彿為後文女子遇人不淑的情節鋪個梗般！「士之耽兮，猶可說也；女之耽兮，不可說也。」「女也不爽，士貳其行。士也罔極，二三其德。」男子耽溺愛情，尚且說得過去；女子若沉溺愛情，就說不過去了。婦女被棄，往往不是因為她犯了什麼錯，而是男人三心二意；我是多麼的不幸，竟遇到這個說變心就變心的男人。這位棄婦沉痛的吶喊，像是千斤壓頂，一鎮就是幾千年，壓得傳統婦女無法翻身逃脫。在這樣的認知下，傳統婦女的生命價值彷彿就是為了嫁個好丈夫，否則人生一切都毀了！戀愛的甜蜜，並不能保證未來婚姻的幸福。因為男人變心是常態，社會對他也不會有所指責，這樣更加凸顯婦女百年苦樂由他人，不能自主的命運了。

生活在現今二十一世紀的女性，很幸運的能接受高等教育，而且擁有幾乎和男性平等的工作機會，為什麼還是經常在新聞報導中看到許多婦女身處婚姻暴力中呢？我經常在想這個問題，後來有機會和一位女性長輩深談，發現女性的軟弱和憐憫心往往害了自己和孩子的人生，全是因為女人對男人還有愛，可是這份已冷卻的愛情汁液，即使依舊灌入婚姻保溫杯中，再怎麼好的保溫杯依舊無法使它回溫。婚姻需要男女雙方用心經營，如同果汁的美味，是水果和水比重剛好的調和。我想〈氓〉中的那位棄婦，反省婚姻無法回到從前後，無奈的說：「反是不思，亦已焉哉！」她總算在婚姻的泥淖中覺醒過來，何必強求一個不念舊情的男人來愛自己呢？一聲「算了吧！」灑脫離去，未始不是一個不錯的選項。

作者小傳

她來自一個小康家庭，從小父母灌輸給她的觀念是「為人處事」是一輩子的功課，父親認為女孩也應具備堅強、勇敢、果斷、獨立的個性，因此經常要她陪同到機場、碼頭了解物流作業，或被訓練騎駱駝、過吊橋等，以磨練膽量，開拓視野。她從小喜愛閱讀，沉浸在書本中，不覺忘我，因此大學以中文系為首選，期許未來能在中國文學專業和寫作上更上層樓。

如花美眷的似水流年
〈召南．摽有梅〉

蔡欣媚

詩經〈摽有梅〉一篇以梅子成熟過程喻女子青春流逝，開後人以花木生命週期喻女子青春流逝寫作先鋒。

摽有梅，其實七兮。求我庶士，迨其吉兮。
摽有梅，其實三兮。求我庶士，迨其今兮。
摽有梅，頃筐塈之。求我庶士，迨其謂之。

在樹下打梅子的女孩兒，看著樹上的梅子越來越少，就像是自己一年一年地年華逝去一樣，想要娶我的男士們唷！時間真的不多了喲！急切的待嫁女兒心，隱藏在層層遞進的俏皮口吻之下。

現代社會中人們的婚嫁平均年齡越來越年長，以往被拿來挖苦年紀稍長而未婚的女性的「老處女」一詞也似乎越來越少見，時代變遷之下，許多舊有價值觀已日漸崩壞風化，在現代社會中「沒有嫁人」的女性，已經不像以往在傳統價值觀之下那樣，會受到周遭人們的異樣眼光，「嫁人」好像已經不是現代女性的唯一人生目標了。

但對〈摽有梅〉一詩之中的女主人翁來說就不是那麼回事了。過去女子的社會地位肇因於婚姻與家庭，總的來說，對婦女而言，她們因婚姻獲得了家庭地位、法律保障以及穩定的社會地位。嫁不出去是一件嚴重的事。這個年輕姑娘發現自己其實不如自己所想的那麼年輕了，藉著梅子的數量來暗喻自己漸漸年華老去、請男士們動作快點吧！配合樹上梅子的數量從還有七成、到了剩下三成、最後地上的簍子都已經裝滿了；對男士們的期望也從「揀個好日子來吧」。到「就是現在，今天就是好日子啦」，最後乾脆變成「只要你開口，說一聲我就嫁了」，這樣層層遞進的手法，不但俏皮有趣、語氣詼諧，更可以明顯感受到詩中這個摽梅女孩兒心裡的矜持與待嫁的著急兩方交戰的急切心理，顯得率真而可愛。

嫁不出去就無法生存，這個觀念在現代明顯已經不適用。放眼生活周遭有許多自在生活的不婚女性（若不論長輩的責難眼光），筆者也是女兒身，我的母親並不堅持我這一生一定要結婚，她只堅持一定要能經濟獨立。中國女子傳統社會地位低下的某一面向原因，或許就是在於沒有獨立的經濟地位，所謂「拿人手短」，事事都要靠別人自然就矮了人家一截，沒有丈夫便無法存活，成了像是「附屬品」一樣的存在，筆者母親的目標並不是希望女兒一輩子都不要結婚，而是希望女兒能夠不要仰賴婚姻作為一生的依靠，不論是自自在在地獨行康莊，還是雙雙對對地攜手而行，都自己可以養活自己。

作者小傳

蔡欣媚，一九九一年生，畢業於東海大學中國文學系。臉看起來很像流氓，經過了四年的文藝薰陶，變成了文藝流氓。

無法反抗的命運，女性的悲歌

葉高愿

〈召南．摽有梅〉

摽有梅，其實七兮！求我庶士，迨其吉兮！

摽有梅，其實三兮！求我庶士，迨其今兮！

摽有梅，頃筐塈之！求我庶士，迨其謂之！

梅子掉下來，
樹上還有七成！
追求我的眾多未婚男士，
趁著吉日良辰來呀！

梅子掉下來，

樹上只剩三成！
追求我的眾多未婚男士，
趁今兒來呀！

梅子掉下來，
要用籮筐來拾取！
追求我的眾多未婚男士，
只要你開口就行了！

這首詩，用梅子熟落來形容女性的青春，用還在樹上的梅子來比喻這位女性所擁有的歲月籌碼。隨著時間一天天過去，樹上的梅子越來越稀少，就如同女子的青春，一去不返。複沓三章加深抒情，不斷詠唱，遲婚女子聽來能不焦急嗎！大學校園流行一句順口溜：「大一嬌，大二俏，大三拉警報，大四沒人要。」受到調侃的女同學，讀〈摽有梅〉詩，應是感同身受吧！青春對女人來說真是無價，就像花朵的開放一樣，美得醉人，可惜是如此的短暫。

在以農立國一切靠勞力的社會，男性才是生產的主力，而天生身形跟體能都比較弱小的女性，就只能依附在男性的庇護下存活，長久下來，男女之間的社會地位懸殊起來，中國自古以來根深柢固的重男輕女觀念也由此而生，女性多半被視為男性的附屬品和傳宗接代的工具，男人在外努力工作，養活了這整個家，於是他就是妻子的天，一個家庭的主，而女人只能聽命於他，不能反對他的任何決定。一個類似奴隸的女人，沒有人會重視她對家庭的意義，如果她又不能生孩子的話，命運之悽慘，就可想而知了。她的丈夫可以堂而皇之把她休棄，或者名正言順的納妾，這些後果她都必須接受，黯然委屈度過一生，她從來不知道自己可以如何改變命運。

在這樣的時代背景之下，〈召南・摽有梅〉，訴說的正是這時代女性的悲哀，主人翁在起初，人還年輕，所以對愛情不是太過需求，尚能「迨其吉兮」；然到了年齡稍大，發現時間逐漸流逝，而人已經不是那樣的年輕，所以有些著急地「迨其今兮」，可以看出主人翁開始有點慌張了；到過了適婚年齡，已是青春年華即將逝去，不再有條件的她，已經沒有太多的條件去要求跟抉擇，只能慌張地「迨其謂之」，無奈的將下半生的幸福託付出去，無論所選擇的那人是否為她所愛，只求能生存下去就好。

龔橙《詩本誼》說：「摽有梅，急婿也。」一個「急」字，抓住了本篇的情感基調，也揭示了全詩的旋律節奏。從抒情主人翁的主觀心態看，「急」就急在青春流逝而夫婿無覓。如今梅子黃熟，嫁期將盡，仍無覓得夫婿，怎能不令人情急！青春流逝，以落梅為比。「其實七兮」、「其實三兮」、「頃筐塈之」，由繁茂而衰落；這也正一遍遍在提醒「庶士」：「花枝堪折直須折，莫待無花空折枝。」唐無名氏〈金縷曲〉之憂心，「莫待無花空折枝」，似乎深有〈摽有梅〉之遺意。

從現代社會的情況來看，這樣的壓迫女性權益簡直不可思議。然而，仔細一想，現今社會不再像從前單純依靠體力的勞動來換取生活所需。時代的進步，讓我們了解到知識也能創造生存的機會，然而在古代，這也看來是一件不可思議的事，雖然女性或許也曾想過這樣並不公平，但是卻是沒有辦法的事，想要活下去就必須要付出，現實就是這樣的殘酷，女性只好用自己的身體來換取生存的機會，也就是年輕貌美跟生育的能力，這些只是身體的籌碼，畢竟有許多局限。隨著年齡的增長，年華會逝去，當外表開始留下歲月的痕跡，身體逐漸不再適合生育，再不找個可以依靠的人出嫁，就可能嫁不出去了，未來要靠誰？這是那年代女性無法抗拒的命運，相較於愛情，也許一個可以安頓終生的家庭更為重要。「摽有梅，頃筐塈之！求我庶士，迨其謂之！」當我吟詠末章詩，更加哀其不幸，怒其不爭，傳統女性怎麼可以急於將下半輩子幸福如此廉價就推銷出去？

作者小傳

葉高愿，東海中國文學系三年級學生，喜歡閱讀，覺得看一本書就像進入一個新的世界裡體驗一個個不同的人生一般。

單身快樂嗎

〈召南·摽有梅〉

江欣憶

摽有梅，其實七兮。求我庶士，迨其吉兮。
摽有梅，其實三兮。求我庶士，迨其今兮。
摽有梅，頃筐塈之。求我庶士，迨其謂之。

「這是這個月收到的第三顆紅色炸彈了。」她低下頭來無奈地喃喃自語。

正值三十的她，身邊朋友們都一一嫁作人婦了，僅剩她仍空守著一間堆滿文件與公文的辦公室，這是她一天的開始，也是她一天的結束。在他人眼裡，她是一位既能幹又負責的經理，對公司的每件大小專案都戰戰兢兢，一點都不輸給公司裡的任何男性。在她的日子裡，沒有輕鬆的假期，沒有愜意的午茶時光，沒有悠閒的午夜場電影，更沒有一個能夠給予她溫暖擁抱的男子。每逢情人節、聖誕節甚至是中秋節，是她最厭惡的時候，當人人穿上自己最美麗的衣裳會情人，而她卻在電視機前，裹著毛毯，將自己埋在沙發裡，越埋越深，似乎只有沙發能帶給她所需要的安全感……

現代女性中，有多少人被冠上「敗犬」或「剩女」的稱號，用事業的成就感來取代愛情的美好，或只是庸庸碌碌地度日卻成天抱怨著：「為什麼沒有人願意愛我！」她們渴望愛情的降臨，卻以膽怯的心態和消極的姿態瑟縮在人群的背後，她們渴望情人的疼愛與關懷，卻未先懂得善待生活，在愛人與被愛之前，忘了學習如何先好好的愛自己。

〈召南・摽有梅〉一詩，描寫了一位積極求愛的女子，她委婉卻大膽地向世界呼喊著愛情，她幾乎未設定任何擇偶條件，只要有人願意娶她，似乎就是她所欲追求的最圓滿結局，有點自怨自艾，又有點廉價推銷。由「其實七兮」、「其實三兮」、「頃筐墍之」的漸進筆法，來表達一種急切之感，以梅子從熟成到衰落，來代表青春的流逝，然青春無價，流光易逝，當年華逝去之時，似乎就失去了擁有愛情的權利，這是古今女子共同的煩憂。周代女子於適婚年齡仍未嫁娶便會遭人閒話甚至遭受處罰，而現代女子何嘗不是生活於婚姻的壓力之中呢？可是，誰又能保證結婚必能帶來一輩子的幸福快樂。

人生中的任何際遇都是自己的選擇，即使是單身一輩子，也可以是自己對人生的決定。然而，這卻時常被外界以「敗犬」或「剩女」將其解讀成一種被迫單身的可憐情況，對女性來說，著實是一種不公平的對待，到最後，妳漸漸開始憐憫自己的孤單，消極地認為也許是自己哪裡不夠好，所以「落得」必須一個人的下場。然現代已非古代，女性何苦仍要自我綑綁，讓自己陷入此種無奈的情境之中？

兩個人有兩個人的甜蜜，一個人也能有一個人的快樂。當佳節來臨，眾人成雙成對之時，單身女郎也能夠放自己一天的美好假期，穿上衣櫃裡最美的洋裝，走進喧囂的城市之中，喝一杯自己最喜愛的紅酒，品嚐一個人的愜意自在，享受生活的每個時刻。無論愛情來臨與否，重要的是要為自己而活，活出精彩的人生。「女為悅己者容」，當無愛人之時，我們也能夠容光煥發、神采飛揚地迎接每個早晨，像這樣充滿自信的人生，才能夠帶來正面的能量，這遠勝過於愛情的力量。因為我們清楚明白有人相伴與自我獨處兩種不同的快樂，學會了這樣的課題，我們才能真正地做自己生活的主人。

單身，也可以很快樂。

作者小傳

江欣憶，一九九一年出生於臺中，目前就讀東海大學中國文學系三年級，興趣是閱讀寫作和電影欣賞，最喜愛做的事是一人逛書店，以及和不同作家對話。未來夢想當一位國文老師，除了傳授學生文學知識外，更要教導他們如何從文學中學習人生的智慧。

婚姻夢碎，拼湊不回

陳婉玲

當一對戀人，從相識到相愛，兩人發展感情穩定、萬般融洽，而後在如此情投意合的基礎之下，彼此之間產生了共識，決定一同攜手踏入婚姻之路……。這一條路意味著情侶關係的開花結果，因此雙方便開始思索如何讓這朵花開得美麗，讓這粒果實豐碩多汁？抱持著這樣的心態，朝向未來，目標一致地努力打拚，不願鬆懈、不怕辛苦，全都是為了這屬於自己所築的愛巢、為了巢裡住著的人的生活，最重要的莫過於為著那份情深意摯。

然而從沒想到正要迎接收穫、享受成果時，得到的卻是一顆不忠的震撼彈。將過往種種同甘共苦的身心炸得粉身碎骨、濃情密意也成過眼雲煙。在婚姻中是由兩人緊密結合組成的，若一方抽離，中途變卦，那便什麼也不是了！但不論古今這樣的情況頻繁不止，尤以女人面臨的遭遇甚多，可想而知其內心之悲苦心酸，因此繼而有許多反映出婚姻破碎的議題作品，像是二〇一〇年播出創造高收視率的偶像劇「犀利人妻」就是以外遇成為夫妻裂痕為主軸貫穿全劇，其演繹接近日常生活，表現出現實面，引發廣大共鳴，可為現今提及到第三者介入便會聯想到的一戲劇代表。而在我們閱讀《詩經》時，早亦能看見相當多這樣的詩作，如〈邶風‧谷風〉：

習習谷風，以陰以雨。黽勉同心，不宜有怒。
采葑采菲，無以下體？德音莫違，及爾同死。
行道遲遲，中心有違。不遠伊邇，薄送我畿。
誰謂荼苦？其甘如薺。宴爾新昏，如兄如弟。
涇以渭濁，湜湜其沚。宴爾新昏，不我屑以。
毋逝我梁，毋發我笱。我躬不閱，遑恤我後。
就其深矣，方之舟之；就其淺矣，泳之游之。
何有何亡？黽勉求之；凡民有喪，匍匐救之。
不我能慉，反以我為讎。既阻我德，賈用不售。
昔育恐育鞫，及爾顛覆。既生既育，比予于毒。
我有旨蓄，亦以禦冬。宴爾新昏，以我禦窮。

有洸有潰，既詒我肄。不念昔者，伊余來塈。

在此詩中以棄婦的口吻，訴說出夫妻情感間出現裂痕，她與丈夫同窮困，丈夫卻不與她共享樂，反而戀慕新人，不記舊情。我們可以察覺古代婦女她們在遭遇被休棄的悲慘命運時，顯現出軟弱無助、只有滿腔怨懟，但沒有能力反抗，將一生奉獻在丈夫與家庭上，即使自己顯得憔悴，仍任勞任怨，可是喜新厭舊的男人，就因妻子年老而色衰，還有經濟興盛後，移情別戀。然操勞打拚的婦人，只能眼睜睜看著別人坐享自己的成果，從此得知當時社會男女地位的不平等，男尊女卑之嚴重，藉由詩裡字字句句的描述，皆在在對比出棄婦之苦楚，而這些也都是給我們的一種警惕和啟發。雖然現在還是很常發生，也依舊難避免外遇的狀況，但對於女生來說，更要懂得自立自強，在工作上，有自己賺錢的能力、專業的本事；在外表上，保持美好的狀態，打扮自己喜愛的模樣，將自我的條件提升，記住原則是自己先愛自己，別人才會更愛你！如此一來，能夠掌握自己的主導權，就算面對不忠的丈夫，也不必依靠他，不必冠上被拋棄的惡名；就算面臨走不下去的婚姻，自己也懂得運用法律途徑，爭取應得的或屬於自己的東西，而再回到自己的軌道繼續行駛向前。

其實，現在正因為我們作為旁觀者，才能夠清醒地、理性地看待及處理這樣的一灘情感渾水，感情是如此困難的一門課題，談何容易？感情更是一個讓人又愛又恨的東西，愛的是讓人多麼神魂顛倒、容光煥發；恨的是令人那麼難過傷心，但奇妙的是，大家還是很願意去追求它，選擇相信壞的會成為回憶、好的會一直持續，因此「相信與期待」應該就是所謂對於愛情美好的初衷和憧憬，為的是那一些甜蜜來滋潤心頭！所以我想就如詩中的棄婦，她雖直斥丈夫的無情無義，表達自己恨意之深，但最後還是流露出一絲期盼與癡情，不禁令我想起夏宇的一首詩〈甜蜜的復仇〉：「把你的影子加點鹽，醃起來，風乾，老的時候，下酒。」

這不正是對於棄婦最佳的寫照嗎？表面上看起來，對殘忍狠心的丈夫心中有怨，可是實際上是明明還非常留戀、掛念著那個無情義的他。

作者小傳

陳婉玲，現為東海大學中國文學系三年級學生，當你不認識她，在第一眼看見她時，會覺得她好有距離感，不易親近之外，好似還散發著嬌縱傲慢的氣息。但當與她熟識後，便會發現完全打破當時的印象，她是一個有禮、內心細膩，可能還顯得有點脆弱、很在意別人的人。

女性的愛情定位

吳宜靜

身為現代的女性，可以百般刁難追求者，也可以對所愛的人忽冷忽熱，甚至只談戀愛而不結婚，在愛情上擁有極大的主導權。很難想像《詩經》時代的女性，怎麼可以忍受如此不平等的對待？在被拋棄時怎麼可以如此忍氣吞聲？甚至只會選擇哀苦以對？且看〈邶風・終風〉中的女子：

終風且暴，顧我則笑。謔浪笑敖，中心是悼。
終風且霾，惠然肯來。莫往莫來，悠悠我思。
終風且曀，不日有曀。寤言不寐，願言則嚏。
曀曀其陰，虺虺其雷。寤言不寐，願言則懷。

性情極為溫馴的女子，面對脾氣陰晴不定，又如此戲謔不端莊的男子，竟然對他還是念念不忘。他沒有來找他，竟然讓她睡不著，甚至思念他到了自作多情的地步，竟然認為打個噴嚏，就是對方在想念她，如此的自我欺騙，不過是想讓心裡舒坦些。但看在現代女性的眼中，一切是這麼的不值得，真愛果真只是那份不理性的痴？

愛情是女人生命的全部，但卻只是男人生活上的點綴，當愛情出現變化時，女人往往痛不欲生，一副尋死尋活，要賠上性命的樣子，像〈鄭風．狡童〉中的這位女子：

彼狡童兮，不與我言兮。維子之故，使我不能餐兮！
彼狡童兮，不與我食兮。維子之故，使我不能息兮！

她竟然因為對方不和她說話，就吃不下飯；因為對方不和她一起吃飯，就連氣都喘不過來，害了嚴重的相思病。她的生活中不能沒有他，他左右著她的喜怒哀樂，沒有他的生活將索然無味。這女子怎會愛得如此癡傻啊！將愛情視同生命，彷彿人活著只為愛情一事而已。失去了愛情，讓她覺得活著毫無意義。

《詩經》中也描寫男女在鬧意見後，男子執意離去，而女子卻死命拉住對方，苦苦哀求對方不要拋棄她，〈鄭風・遵大路〉詩人巧妙剪取在大馬路上上演的一幕拉扯：

遵大路兮，摻執子之袪兮。無我惡兮，不寁故也。
遵大路兮，摻執子之手兮。無我魗兮，不寁好也。

對方都執意要離開了，但是她卻又拉衣袖又拉手的，苦苦哀求對方不要討厭她，要記得過去兩人的情好。這女子不明白愛情是很奇妙的東西，也許它只是一種感覺，感覺對了，雙方相互吸引，感覺不對，或者對方另有新歡，此時即便她再低聲下氣，一副可憐相哀告強求，似乎也難以回到從前。她不懂有句話說「學會放手，才能得到更多。」結果在分手時讓自己如此可憐，如此的難堪。

好不容易我們在〈鄭風・褰裳〉中找到一位在愛情上不受制於男性的女子，她在傳統婦女中是個異類，少見的對自我價值覺醒的女性：

子惠思我，褰裳涉溱。子不我思，豈無他人？狂童之狂也且！
子惠思我，褰裳涉洧。子不我思，豈無他士。狂童之狂也且！

認為對方如果在意自己，會排除萬難渡過溱水而來，她在對方不表態的情況下，主動試探，要他拿出愛的證據來，同時向他宣告自己擁有籌碼，還有不少追求者，她不願意再等待他了。但很可惜，這樣充滿公平、自信的舉動，並沒有因此影響千年以來的中國婦女，她們一直讓出屬於自己應有的自主權。

現代的女性就是要有這樣的積極和自信，不必總是低聲下氣的配合著男人，也不需永遠活在對方情緒的陰影下，應該努力的活出自我。〈鄭風・褰裳〉中的那位女性為我們展示面對愛情應該有的主動態度，女性在長時間的沉睡下，真的應該覺醒了。

作者小傳

吳宜靜，目前就讀東海大學中國文學系三年級，興趣是寫寫日記，記錄自己整天經歷的點點滴滴，就這樣對於周遭的人事物會特別的觀察入微。

四　倫理篇

愛要及時

林增文

中華民族自來是講究孝道的民族，這由古老的《詩經》中就擁有許多歌詠父母之愛的詩篇即可了解。例如〈小雅・蓼莪〉與〈邶風・凱風〉：

蓼蓼者莪，匪莪伊蒿。哀哀父母，生我劬勞！
蓼蓼者莪，匪莪伊蔚。哀哀父母，生我勞瘁！
缾之罄矣，維罍之恥。鮮民之生，不如死之久矣！無父何怙？無母何恃？出則銜恤，入則靡至。
父兮生我，母兮鞠我，拊我畜我，長我育我，顧我復我，出入腹我。欲報之德，昊天罔極！
南山烈烈，飄風發發。民莫不穀，我獨何害！
南山律律，飄風弗弗。民莫不穀，我獨不卒！

凱風自南，吹彼棘心；棘心夭夭，母氏劬勞。
凱風自南，吹彼棘薪；母氏聖善，我無令人。
爰有寒泉，在浚之下；有子七人，母氏勞苦。
睍睆黃鳥，載好其音；有子七人，莫慰母心。

由這些詩歌不難想見當時子女對父母的感恩之心與孺慕之情，只是受限於情感較為內斂的傳統，這種情感往往深藏心底較少表達出來，等到子女驚覺於歲月的匆匆而逝，常常已錯過報答父母深恩的時機，所謂「樹欲靜而風不止，子欲養而親不待」即是，因此子女對父母的愛要及時讓父母感受得到，避免悔之晚矣。不過這種「愛要及時」的觀念不應侷限於晚輩對尊長的愛，長輩對晚輩尤其父母對子女的愛亦應及時傳達，這句話乍聽之下似乎有些奇怪，父母親對於子女的愛本來就是全心全意，毫無保留的奉獻與付出，怎會有及時不及時的問題？問題就在於父母對子女的愛太深太厚，總是望子成龍、望女成鳳，巴望著兒女能有璀璨的未來與良好的歸宿，有時在恨鐵不成鋼的急切心理下，難免忽視子女的意見與心聲，加上古時是父母至上的權威體制，下情往往無法上達，這就造成子女與父母間的隔閡與誤解，正如〈鄘風・柏舟〉中女兒的強烈呼告：

汎彼柏舟，在彼中河。髧彼兩髦，實維我儀。之死矢靡它，母也天只！不諒人只！汎彼柏舟，在彼河側。髧彼兩髦，實為我特。之死矢靡慝，母也天只！不諒人只！

詩中女兒有了自己喜歡的對象，卻不能獲得父母親的同意，因此強烈宣誓非此人不嫁，也埋怨父母無法體諒自己。這種因為婚姻問題所造成的親子間的摩擦在古代頗為常見，因為古時的婚姻必須有父母之命與媒妁之言，父母是兒女婚姻的實際主宰，子女並無婚姻自主權，這在唯父母之命是從的子女還好，若是遇到堅持己見，非君不嫁，非卿不娶有個性的孩子，這恐怕就要產生衝突了。輕則造成家庭紛亂、親子失和，重則為愛殉情、後悔莫及。所以除了原本愛護兒女的骨肉親情之外，父母隨時向子女表達關懷、及時消除隔閡就是極為重要的課題了。

現代的親子間雖較少婚姻問題的糾葛，代之而起的卻是功課等教育問題，屢見親子間因成績或升學等問題而鬧得不可開交。曾經有一位學生的母親過度在意兒子的成績，不論學校的大考小考，只要沒考滿分便立即動手懲戒，而且下手不知輕重，往往打得他遍體鱗傷，令他視回家為畏途。這孩子在中小學尚無力反抗，及至上了大學，竟寧可打工自力更生，也不願回家，親子間形同陌路。

人生苦短，親子相處的緣分也非常短暫。若每個人都能以「即將失去」的心情看待這些修來不易的緣分，多些體諒與包容，這諸多問題便不再那麼重要了。我們從古老詩篇中學習古人的智慧，也避免古人曾犯過的錯誤，才能使生命更加和諧與幸福。底下的這首西洋歌曲，或許是現代子女的另一種形式的呼告，謹節錄該曲以警惕現代父母：愛要及時……

If I Die Young 假如我早逝

by The Band Perry[1]

1 發行資料：June 7, 2010 女 Country 美國，中文歌詞 by oldladybox，摘錄自網頁資料：http://oldladybox.pixnet.net/blog/post/32733924-the-band-perry%e3%80%90if-i-die-young%e3%80%91-%e5%81%87%e5%a6%82%e6%88%91%e6%97%a9%e9%80%9d-%28%e4%b8%ad%e8%8b%b1

If I die young bury me in satin
假如我早逝，以綢緞覆蓋我
Lay me down on a bed of roses
讓我躺在玫瑰花底座上
Sink me in the river at dawn
在黎明破曉時，讓我沉入河中
Send me away with the words of a love song
用情歌中的話語送走我
ooh ooh ooh ooh
喔 喔 喔 喔

Lord make me a rainbow I'll shine down on my mother
主讓我變成一道彩虹，照射在母親身上
She'll know I'm safe with you when she stands under my colors
當她站在我七彩顏色下，會知道我平安的和您一起

Oh and life ain't always what you think it ought to be, no
喔，生命不會總是如你所想的，對
Ain't even gray but she buries her baby
甚至灰暗到得由她安葬自己的小孩

The sharp knife of a short life
短暫生命的快刀
Well I've had just enough time
好吧！我已經有剛好夠用的時間

If I die young bury me in satin
假如我早逝，以綢緞覆蓋我
Lay me down on a bed of roses
讓我躺在玫瑰花底座上
Sink me in the river at dawn
在黎明破曉時，讓我沉入河中

Send me away with the words of a love song
用情歌中的話語送走我

The sharp knife of a short life
短暫生命的快刀
Well I've had just enough time
好吧！我已經有剛好夠用的時間

And I'll be wearing white when I come into your kingdom
我將穿上白衣進入天國
I'm as green as the ring on my little cold finger
我發青有如冰冷小指頭上戴的戒指
I've never known the lovin' of a man
我從不知道愛為何物
But it sure felt nice when he was holdin' my hand
但當他握我的手，真的感覺很好

There's a boy here in town who says he'll love me forever
鎮上有個男孩說會永遠愛我
Who would have thought forever could be severed by
誰會想到永遠會被中斷，被

The sharp knife of a short life
短暫生命的快刀
Well I've had just enough time
好吧！我已經有剛好夠用的時間

So put on your best boys, and I'll wear my pearls
所以小伙子們！穿上最好的，而我也會戴上珍珠
What I never did is done
我未曾做過的事都做了

A penny for my thoughts oh no I'll sell ' em for a dollar

一分錢買我的想法，喔，不，我會用一塊錢賣
They're worth so much more after I'm a goner
我死後它們就值得這麼多了
And maybe then you'll hear the words that I've been singin'
而且說不定你會聽到我一直在唱的那些歌詞
Funny when you're dead how people start listenin'
好笑的是在你死後，人們才開始想要聽你的話

If I die young bury me in satin
假如我早逝，以綢緞覆蓋我
Lay me down on a bed of roses
讓我躺在玫瑰花底座上
Sink me in the river at dawn
在黎明破曉時，讓我沉入河中
Send me away with the words of a love song
用情歌中的話語送走我

Ooh ooh the ballad of a dove
喔，喔，鴿子的情歌
Go with peace and love
唱著和平與愛
Gather up your tears and keep them in your pocket
收集你的眼淚，放到口袋裡
Save em for a time when your really gonna need em.
留著以供不時之需

oh
喔

The sharp knife of a short life
短暫生命的快刀
Well I've had just enough time

好吧！我已經有剛好夠用的時間

So put on your best boys, and I'll wear my pearls

所以小伙子們！穿上最好的，而我也會戴上珍珠

作者小傳

林增文，福建省林森縣人，出生於臺中市豐原區。東海大學中國文學研究所碩士、博士班肄業，曾任高中教師、現任東海大學與修平科大兼任講師，喜獨處、愛自由、喜好古典詩詞，著有《從當代譬喻理論解讀李清照》等專書。

追思阿嬤

施盈佑

六年多前的《詩經》課程，臺上老師曾講授過一段〈蓼莪〉詩文：

蓼蓼者莪，匪莪伊蒿。哀哀父母，生我劬勞。
蓼蓼者莪，匪莪伊蔚。哀哀父母，生我勞瘁。

坦白地說，那時的我，在反覆吟誦「哀哀父母，生我劬勞」之後，其實並無深刻感受，反倒像臺灣俚語的鴨子聽雷。畢竟，我的雙親健在，心中還咒罵了幾句，此詩不就是「子欲養而親不待」的無聊老調。可是，也就在那一個學期，我的阿嬤病倒了，糖尿病、敗血症、多重器官衰竭……，一個又一個似懂非懂的醫學名詞，突如其來地霸佔我的腦袋。有一段不長也不短的時間，阿嬤努力與死神搏鬥、抗議、祈求，但在隔年的農曆年節後，阿嬤仍舊不捨地離開我們了。而痛失至親的我，終於嚐到「哀哀父母」的味道，如此苦澀難嚥。或許，「阿嬤」不是「生」我的「父母」，然而因為我成長在雙薪家庭中，阿嬤就成為「拊我畜我，長我育我，顧我復我，出入腹我」的慈愛長輩。若要說阿嬤除了阿嬤的身分之外，又兼具「阿母」的身分，亦無不可。

為何阿嬤的過世，觸動我真實感受「哀哀父母」？這必須講一段故事：

在還是小學生的時候，某天放學的路途上，我只不斷與同學戲笑打鬧，然後堆滿笑臉地回到熟悉的阿嬤家。或許是九月的熾熱陽光，阿嬤正在前院廣場裡，反覆拍打著掛在長長竹竿上的大棉被。那是鮮紅底色夾雜著黃、綠花朵的大棉被，當它原本被摺疊在臥室的暗紅衣櫥旁時，寒冬之際，我偶爾會縮躲其中，並自詡遠勝於「藏鏡人」的「藏棉被人」。話雖如此，但我其實對大棉被也非情有獨鍾，改口說是愛恨交加的話，應該會較恰當些。恨的是，大棉被總是散發出一股令人作嘔的霉味；愛的是，經過阿嬤巧施魔法後，大棉被總會散發出淡香的陽光味道，若再和榻榻米的稻草香交融混合，我的大字型酣甜午覺，立即無所遁形。阿嬤這時已瞥見我，潔白上衣的電繡學號旁，幾處污穢無忌憚地張牙舞爪，而墨綠尪仔仙也探出深藍短褲的口袋。阿嬤一副習以為常的樣子，只是稍停一下拍打棉被的動作，說道「阿佑，飯桌頂有綠豆湯，嘜呷家己袋嘿！」話一說完，則又繼續「彭、彭、彭」

反覆拍打著。

我聽到「綠豆湯」這個關鍵字，二話不說，一溜煙地跑進廚房，貪婪地捉住銀白大鍋的兩只耳朵，然後大剌剌地將饞嘴「嘟」靠到鍋緣上，咕嚕咕嚕地喝了好幾大口。當我還在意猶未盡的時候，前院廣場傳來阿嬤的叫喊聲，只好心不甘、情不願地離開神仙滋味般的綠豆湯。「阿嬤，按怎？」我來到阿嬤腳跟邊。「你係母係直接飲，無用碗袋吼？」阿嬤猶如媽祖婆座下的千里眼，看穿了我在廚房的胡作非為。我先是楞了幾秒鐘，呆望著阿嬤，然後緊張又興奮答道，「你那ㄟ知？你按怎會知？」阿嬤笑著說，「我著知！」

後來，我們祖孫兩人就坐在小木櫈上閒聊胡謅，至於閒聊胡謅的內容是什麼，我早已忘得一乾二淨。不過，其中有一段對話，現在算是刻骨銘心。那時，阿嬤半開玩笑地問我，「阿佑你大漢了後，一個月乎阿嬤五百元作索費，甘好？」而我竟然想也不想，大言不慚地說「好」，就這樣與阿嬤立下約定。

後來，我忘記了這項約定，隨著時間的流逝，從國小、國中、高中，一路走進大學校園。我不僅沒有成為眾人期待的高材生，反倒開始沉溺在電玩、撞球等等的次文化之中，甚至漫無目的地與狐群狗黨四處閒晃。我，看不清自己的未來；我，聽不到自己的價值；我，找不到自己的定位。那時的我，迷失了。

我在大學畢業後，旋即入伍服役，一眨眼就是兩年，成為二十五歲的退伍生。因為希望快點進入職場賺錢，所以縮短了從軍旅回歸社會的陣痛期，取而代之的是，積極且熱情地投遞履歷。果然，退伍不到一個月，就在臺中補習街找到一份補教業的工作。這份工作的月薪是兩萬八千元，招生季節則有額外補貼，表面上，薪資似乎能夠應付現實生活的開支，不過日復一日機器般的生活模式，卻足以讓生命陷入行屍走肉的茫然。但是，就在第一天下班的車水馬龍中，我腦海猛然閃過一個念頭，「這是我要的生活嗎？難道這是我要的生活嗎？難道我只是為了賺錢而賺錢嗎？難道我要渾渾噩噩過一輩子嗎？」

帶著質疑自我的思緒，停停走走地返回到中興大學旁的老舊租屋處。或許是天公伯的安排吧！將摩托車塞進擁擠車位的那一時，我毅然下定決心，甚至堅定不二的緩緩說出，「我要讀書！我要讀書！」接著，我撥打電話向工作主管致歉，其後，又徵詢家人的同意。一切就緒，我效法項羽的破釜沉舟，只是將攻秦救趙，調整成攻「書」救「己」罷了。這次重拾陌生書本之旅，即是企圖為自己找到存在價值之旅。

說句實在話，對於退伍後的立志向學，我自己都覺得不樂觀，畢竟我有一段荒唐的過去。那時，我還如此告訴自己，「你縱使有家人的支持與鼓勵，但年少荒怠的遺毒，豈能讓你稱心如意？」我是難掩忐忑不安的心情。然而，學習過程的挫折磨難，卻未擊潰我，一年後，報考的碩士班，陸陸續續放榜。我獲得兩間學校「備取」的認同，這雖然不能說是戰勝現實困境，但卻已戰勝了我自己。

當我重回到校園的第一天，或許是過於興奮，竟然在天尚未亮的清晨六點，獨自帶著微笑巡禮校園一大圈。此時，我不再是二十六歲的「不成熟」男性，反而像是第一天背著書包上學的「成熟」小學生。這種感覺，如同就讀小學的第一天，阿嬤牽著我的肥胖小手，語重心長地說：「阿佑，你著愛好好仔讀冊嘿！」而已經模糊不清的約定記憶，又漸漸清晰起來。為了實現這個約定，為了報答「昊天罔極」之恩，我惕勵自己要加倍努力，時間雖然不斷流逝，但距離實現約定應該也是越來越近。

但是，天公伯仔有另一種安排。

電話筒的另一端，母親似乎壓抑著悲傷，「你阿嬤送到大林慈濟醫院急救，這禮拜要回來。」我掛上顫抖的電話筒，不知所措地看著筆電螢幕上密密痲痲的文字，多麼想要轉移低落的情緒，然而，新細明體卻不知為何逐漸變成模糊的蝌蚪文。

在加護病房的祖孫對話，只是一說一聽的對話，因為阿嬤不再講話，雖然阿嬤本來就是一個不善言辭的傳統女性。我與兩個哥哥鼓勵著阿嬤，「阿嬤，你身體愛卡早好起來」、「阿嬤，你今那日精神卡好哦」、「阿嬤你要卡緊好起來，回家過年」……。奇蹟降臨在阿嬤的身上，醫生口中病情危殆的阿嬤，撐過來了。而奇蹟發生的原因，我猜想是，阿嬤不顧病魔的折騰，拚盡生命最後的能量，只為完成憨孫們的過年團圓心願。

舊曆年終於來了，這是阿嬤每年最重視的一個節日。記憶中，她老人家總是忙進忙出，有時會延展兩側臉頰的皺紋叫喊著，「阿佑，呷卡濟ㄟ，給呷掛」，有時會躺坐在紅木搖椅上，認真地提醒我那些芝麻綠豆的小事。不過，這次的農曆年，阿嬤頹坐在輪椅中，被一名護士從救護車推進屋裡，突兀的氧氣罩套掛在憔悴臉孔上，更遑論其他林林總總的急救用品。

阿嬤的兒女們、孫子們，環繞在她老人家的四周，陸陸續續遞上紅包，並且說了些吉祥話。母親在農曆年前已告知我，阿嬤會回家過年兩小時，而我當然也意識到，這祖孫團圓的兩小時是彌足珍貴。當我握著阿嬤冰冷的雙手，將紅包放在阿嬤的手掌上，這是我給阿嬤的第一個紅包。而且，我強迫自己盼望著，阿嬤一定還記得我們的約定，以後每個農曆年都要給阿嬤一個六千元的大紅包，履行一個月五百元「索費」的約定。

但是，天公伯呀有另一種安排。

舊曆年後的某一天，我接到最不願意接到的電話，忍不住哽咽的母親，說出我無力阻止的六個字，「你阿嬤往生了」。六年過去了，時間能夠沖淡一切嗎？透明淚幕播放著過往記憶，以後返鄉不必直奔阿嬤家，因為「阿嬤家」已改名為「舅舅家」，雖然我仍然常常口誤說成「阿嬤家」，可是推開大門的那一刻，已不會再聽見千遍一律的臺語問候。直到現在，我還深深懊惱自己的少壯不努力，雖然有許多事可以重新再來，但是，那個舊曆年，我送給阿嬤的第一個紅包，也只能是孝敬老人家的最後一個紅包。

故事說完了，我也就是在阿嬤人生的句號上，真正體會到「哀哀父母」。倘若還有人問我，「為何到現在還悲痛地追思阿嬤？這豈不是沉溺過往而停滯不前？」我想〈蓼莪〉的「哀哀父母」，應當是最合宜的四個字了。因為透過「哀哀父母」的嘆吟，我不僅重新開啟對阿嬤的思念，同時也能激發生命更新與成長，絕非只是沉溺過往的無病呻吟。

作者小傳

施盈佑，一九七六年生，臺灣臺南人。現為東海大學中國文學系博士班研究生，並於東海大學、靜宜大學、臺中教育大學、朝陽科技大學等校兼任授課，主要研究領域為王船山義理。

親恩深似海

李佳玲

〈小雅．蓼莪〉

蓼蓼者莪，匪莪伊蒿。哀哀父母，生我劬勞。
蓼蓼者莪，匪莪伊蔚。哀哀父母，生我勞瘁。
缾之罄矣，維罍之恥。鮮民之生，不如死之久矣，
無父何怙？無母何恃？出則銜恤，入則靡至。
父兮生我，母兮鞠我。拊我畜我，長我育我，
顧我復我，出入腹我。欲報之德，昊天罔極。
南山烈烈，飄風發發。民莫不穀，我獨何害？
南山律律，飄風弗弗。民莫不穀，我獨不卒。

這首詩寫的是孝子哀傷自己父母早逝，寫出不能奉養父母的悲傷。詩中道盡父

母對於子女的付出、疼惜孩子的用心，也寫出子女對父母的懷念。本詩一口氣運用了「生、鞠、拊、畜、長、育、顧、復、腹」九個動詞，加上九個「我」字，生動數說父母對「我」的撫養過程，作品中字字含情，句句有淚，最後又以呼天搶地的呼喚問道「我獨不卒？」傾訴千古孝思，情真意切，勾人眼淚，撼人之心，感人至深！

那年初夏，在薰風襲人的六月，家母到臺北接受膝關節手術，為了方便照顧母親，我到臺北阿姨家小住了數週，也在這段客居歲月中偶然見到白頭翁家庭的親子之愛，似乎與〈小雅・蓼莪〉篇的內涵相互輝映，在不自覺間敲響心中感動。

記得那天，初到臺北之時，阿姨殷勤接待，介紹住家周遭環境，同時以略帶興奮的語氣告訴我，院中還有另一對新房客也住了進來……，原來，她口中所說的「新房客」，就是一對白頭翁夫婦。阿姨說，她偶爾發現兩隻白頭翁在院子裡低迴飛翔，忙碌穿梭，仔細觀察，才看見白頭翁嘴裡啣著雜草、細枝、葉片，其中還夾雜著塑膠袋的碎屑，他們忙著在院中的楓樹枝椏間共築愛巢，夫婦倆來回往返、啣草無數，不辭辛苦，累積時日，終於築成單薄的小小窩巢。

後來，白頭翁或安靜看守，或殷勤覓食，即使離開巢穴，也會站在距離不遠的圍牆上，蹲踞牆頭探看，隨時保持警戒狀態。院中偶有貓咪出沒，阿姨擔心這些不速之客貿然造訪，更深恐飢餓的惡貓攻擊幼鳥，趁白頭翁父母不注意時，邀我出去探看，只是，當我們稍微靠近楓樹，白頭翁爸爸媽媽就認定我們是惡意入侵者，立即發出陣陣「巧克力、巧克力」般的鳴聲，似乎想要警告我們不准跨越雷池一步！

面對鳥爸爸、鳥媽媽急切護子的心情，我們真的不敢造次，只能遠遠觀望，捕捉家庭成員間親密互動細節，約莫兩、三星期之後，三隻小小白頭翁誕生後，這對爸媽更是加倍忙碌，一日數回，勤勞往返哺育，讓嗷嗷待哺的小白頭翁不挨餓。只見剛孵化出來的雛鳥，張開大大的嘴巴，等待父母啣回食物，嗷嗷待哺的畫面，真是生動有趣，溫馨至極！

不久，我們又發現幼鳥展現調皮的本性，牠們小小的身子，幾次充滿好奇的探出巢穴，彷彿想要窺探世界，剛開始還看見大白頭翁諄諄善誘，引領雛鳥拍翅學飛，此時的白頭翁似乎體會到雛鳥本身的脆弱嬌嫩，擔心學飛過程出現意外，也恐怕小白頭翁遭到襲擊，兩隻成鳥表現得特別緊張，彷彿進入高度警戒狀態，戒慎恐懼，不肯怠慢！

有幾次，我們擔心小白頭翁在練習過程墜落魚池，想要出來探看，卻被這一對愛子心切的白頭翁父母視同大敵，每每奮不顧身，衝撞而出，以小小的身軀，抵抗與身材不成比例的我們。白頭翁深黑的眼睛，彷彿傳遞焦急心境，綠色的羽翼，又如同剪刀般銳利，把空氣剪做簌簌疾風，疾飛穿梭的身影，用肉身與眼前的龐然巨物抗衡。白頭翁爸媽發出急急切切的啾啾悲鳴，在小小的院落間，彷彿哭聲與淚水齊下，讓人忍不住鼻酸，斯時斯境，斯景斯情，深深刻畫「生我劬勞」的父母恩情，也把天地間的至情至愛，一點一滴，織進聲聲鳥鳴之中！

幸運的是，這三隻小白頭翁，果然靈慧聰穎，才幾天工夫，就可以在小院子裡做短暫飛翔，我站在窗前，看見親密的親子互動學飛過程，感覺無限溫馨，其中一隻瘦弱的小白頭翁，似乎學得慢了些，還看見鳥媽媽循循善誘，一次次引導牠練習，鳥聲啁啾，彷彿聲聲叮嚀，讓人感受母愛的力量！

這時候，再回頭閱讀《詩經》裡的〈蓼莪〉篇，感受詩中所運用的：「生、鞠、拊、畜、長、育、顧、復、腹」等九個動詞，不就是在白頭翁夫婦生育、養育雛鳥的過程？用最精簡的文字，佐以複沓的節奏，體現了人間最深刻的真情！

《詩經》裡潛藏著無盡的智慧，用精簡言語將父母之愛收錄詩句之間，教我們學習愛人、學習被愛、學習將心中的愛表達出來，更學習珍惜當下，珍惜所愛！

如今，回憶起那年初夏的薰風習習，輕聲朗讀《詩經》中熟悉的詩篇，竟覺得心中澎湃，不能自已！想到父母對我們無私的付出，想到自己曾經讓父母如此操勞，想到父母為了我們受過的苦、擔過的心，流過的淚……這點點滴滴，都要等到我們也為人父母之後，才能深深體會吧！

父母對孩子的牽掛，是天地間最綿長的感情，人同鳥獸，都在平凡生活中敲響心靈悸動！只是，在羽翼豐盈、展翅飛翔的一瞬間，一心想追求理想的我們，是否也如同巢中的小小白頭翁一樣，因為急著探詢天地間的廣闊，而遺忘了要回頭道別，遺忘了要去關懷父母眼底的那一抹眷戀與不捨呢？

展翅高飛的小白頭翁，從此沒有再回頭了！只留下空盪盪的鳥巢，映著悠悠藍天，萋萋芳草，在徐徐的微風中裡，勾勒出一幅溫馨畫面。

那是生生世世，父母對孩子無盡的牽掛；更是歲歲年年，孩子對父母永恆的孝思！

作者小傳

李佳玲，一九六五年生於臺中，東海大學中國文學系畢業，曾擔任作文老師、安親班主任、說故事媽媽，目前任教於私立小學，於東海中國文學系碩士在職專班進修。喜歡孩子，喜歡看書、喜歡買書、更喜歡說故事給孩子聽。

家庭樹

呂思潔

〈小雅・鹿鳴之什・常棣〉
常棣之華，鄂不韡韡。凡今之人，莫如兄弟。
死喪之威，兄弟孔懷。原隰裒矣，兄弟求矣。
脊令在原，兄弟急難。每有良朋，況也永歎。
兄弟鬩于牆，外禦其務。每有良朋，烝也無戎。
喪亂既平，既安且寧。雖有兄弟，不如友生。
儐爾籩豆，飲酒之飫。兄弟既具，和樂且孺。
妻子好合，如鼓瑟琴。兄弟既翕，和樂且湛。
宜爾室家，樂爾妻帑。是究是圖，亶其然乎？

《詩經》中有許多感念父母養育之恩的篇章，也有〈常棣〉呼籲兄弟友愛並旁及夫妻之情的重要性，透過許多例子與議論反覆申述，讓人能真正了解手足親情，自然就會去重視與經營。〈常棣〉開頭採用《詩經》一貫的起興手法，從常棣花萼相依互襯聯想到兄弟友愛，然後闡述「今人莫如兄弟」這一主題，用處理身後事、急難相助、聯手抵禦外敵等例子提點手足，又以朋友對比更加深強調。其中兄弟鬩牆這個例子尤其深刻，儘管口角爭執，心中有芥蒂，但在面對外來的威脅時能毫不猶豫的共同對抗，只有親情才能讓人如此了。接著是正面呼籲，在安寧平靜的生活中，也不該忘記兄弟，人確實很容易耽於安逸，從而忽視了真正重要的東西，我們不能只在患難中見到真情，平素的生活裡發生的每一件小事，一定都有值得我們注意與感激的部分，仔細經營手足、夫婦關係，讓家庭和樂，人生還能有什麼不開心嗎？還有什麼困難不能解決呢？

齊家治國平天下是古代文人的三個目標，但在現代民主自由社會、反戰、注重個人大於公共、教育普及等等新的生活背景及觀念之下，每個人都有心目中的最佳生涯路線。致力於投身政治舞臺、報效國家，擔負天下責任的這種孔子思想已淡化於時間洪流之中。治國、平天下早已不是讀書人的終極目標，國和人之間的關係可能因為認同感的低落而斷開，但家庭和個人緊密相連難以分割，家是每個人社會化（建立認知觀念）最初的場所，這絕對是個相當重要且必須受到妥善經營的關係。上述所有的看法算不上什麼高見，也許人人心知肚明，試看倫常關係講求父子有親，夫婦有別，長幼有序，這些都和家庭有密切的關係，但在現代社會卻越來越多人並不敬愛父母、愛護兄弟、尊重伴侶，幾乎每天打開電視都看得見不孝子為錢傷害父母、夫婦之間的家暴官司、兄弟姊妹爭奪財產……等等令人痛心的新聞，家庭內部各種爭執問題層出不窮，在各種資訊爆炸，科技發展超然的時代，人與人的疏離除了在社會上，也在家庭內，我們只「知道」家人很重要，卻不是真正的知曉或著能去實行，若能學學「兄弟既具，妻子好合，宜爾室家」，生活一定會更和樂吧！

作者小傳

呂思潔，閱讀時總是皺著眉頭看起來怒氣衝天，實際上只是很認真而已。順利度過了二〇一二世界末日，在二〇一三年畢業於東海大學中國文學系。接下來的人生也打算靠著對中國古典文學的喜愛繼續過下去。

你們是弓，你們的孩子是從弦上發出的生命之箭

黃家祥

〈鄭風・將仲子〉

將仲子兮，無踰我里，無折我樹杞。豈敢愛之？畏我父母。仲可懷也，父母之言，亦可畏也。

將仲子兮，無踰我牆，無折我樹桑。豈敢愛之？畏我諸兄。仲可懷也，諸兄之言，亦可畏也。

將仲子兮，無踰我園，無折我樹檀。豈敢愛之？畏人之多言。仲可懷也，人之多言，亦可畏也！

在《詩經》中，疊章複沓的類句，像是迴環唱誦的歌聲，時有可見，而此詩既

有樂音的主旋律，又有事件隨之進展的變奏。這是一位心亂如麻的少女的殷切求訴，是焦急的獨白，也是與男子的為難之言。

「我的戀人啊，希望你不要踰跨了里牆，強折了我的杞樹。」踰跨里牆，像是僭越了禮法，迴避了禮教所規範框囿的世界，少女驚覺到眾人的悠悠之口將如何碎嘴八卦這件私會之事，情急之下決絕地喝止男子的衝動。男子堅篤的神色怕是倏地詫愕不已，為這不容轉圜的拒絕，感到心碎。

然而，這個初逢愛戀的少女內心又是如許柔情，像是唯恐男子誤解了本意，繼而娓娓解釋著：「並非我真的在乎那些植株，而是害怕父母啊！你當然是我最思念之人，然而父母之言有千鈞之重，不可抗悖亦不敢違逆啊。」

從斷然斥逐到軟言溫語，少女心中的慌亂衝突可想而知，那生怕男子生氣而對其心思的猜臆，與疑懼父母厲色揭穿的誠惕，少女在愛情與親情兩極間徘徊躊躇。這裡尚是對直系長輩的畏言，此後隨著男子由里至牆至園的迫近，對流言之畏怖似乎反而愈形遙遠，從父母到兄弟最後直至整個鄉里，似乎都能耳語遞傳著這些不堪的僭禮之事。

這是傳統禮教下，媒妁之言、男女之防橫肆充盈的社會風氣，少女意識到這樣的人際羅網將如何纏勒人們，因此抑斂著鼓盪不已的心思，被迫讓愛「發乎情，止乎禮」。然而，以今窺古，我們認識到人們制定儀文禮制是為了維繫與捍護人生而為人的諸般價值，在適恰的訂製下，使人們安頓自己的生活，乃至生命。但一旦這樣的制度鑄鐐反噬了人們生來自然的身心，那何止悲慘可言。

蔣勳說：「因為，只有無法活出自己生命形式的人，會花費許多時間關心他人的隱私，比關心自己的生活更多。」這首詩對里巷之間的謠諑訕謗，父母兄弟間可能的嘲笑與凌威，做了一次完整的擬想演繹，或能提醒我們，禮法的初衷從來就不是用以審判別人的，而是拿來要求自己的。

大千世界，每個人皆是殊異相別的靈魂範型，他們的形塑應是以自我的理想追求來完成，而非眾人曰是則是曰非則非。這每每使我聯想到，老子「不生之生」、「不仁之仁」的哲學：不強加施壓，反而能讓事物自然的生長，不妄言仁義的狹限，反而成全了更大的仁德。

時至今日，「自由戀愛」仍終有極限，現代的許多電影與歌曲猶歌頌著自由的可貴價值，對自由昂翔的豐滿羽翼投以熱切的注視，我們彷彿去古未遠，這些人類的心智地層，從一而終未曾變動。正因為現實的不可能，才能飆唱出最繁麗的音階，我們從〈將仲子〉一詩所能透視與延伸的，是「同情的理解」，這可以成為我們對待不同的事物、對待他者，一種予以尊重與肯納的態度。

就像是詩人紀伯倫在〈先知〉一書談述婚姻與孩子時說到：「盛滿彼此的杯盞，但不要只從一只杯中取飲」、「你的孩子並不是你的。他們是對生命本身充滿渴望的兒女」這些話語，總以人間的深愛為基調：「愛，除了自身別無所欲，除了自身別無所求。愛，不佔有也不被佔有；因為，在愛裡一切都足夠了。」

這樣的愛不會執著與固守，孩子不再害怕父母所設下的框架，不再因此感受到生命被關禁的牢籠，因為，鳥兒原本生來飛翔，牠終有一天，會掙脫桎梏，飛往開闊的天空。

作者小傳

黃家祥，嘉義人，東海大學中國文學系三年級學生。喜歡文學，喜歡寫作。認為閱讀和寫作皆是一件疼痛的事，是讓自己在這個夢遊人世保持清醒的一種方式。

知音難尋，友情無價

劉叡蓉

亞里斯多德曾說：「喜歡孤獨的人，不是野獸就是神靈。」畢竟生活在人際關係密切的現今多元社會中，只要是正常的人都會有朋友。除非那些甘願遁入山林與野獸為侶，或者是想遠離人群社會去尋求一種更高尚，猶似神仙的生活者，是以「朋友」在每個人的生命之中是不可缺少的重要元素之一！生命如果像是一首歌謠，那麼朋友便是替我們合音的天使。如果一個人在沒有友誼和關懷的人群中生活，那種苦悶正恰如古拉丁人的諺語：「一座城市如同一片曠野。」所看到的每一張臉，冷漠的猶如一張沒有色彩的圖案；所聽到的每一句交談，則不過是一片噪音。由此看來，友情在人生之中是占有一席多麼重要的地位！

中國傳統農業社會是一種群居的生活型態，在這樣的型態下，必定相當注重人與人之間的倫理關係，《詩經》所反映出的倫理關係，便是在這樣的社會下所產生。《詩經》作為中國第一部的詩歌總集，對傳統倫理有著很大的影響作用，對於探究倫理思想的起源也具有十分重要的意義。

《詩經》中的「友」字一共出現二十三次。由此可見，當時候的詩人是相當注重與朋友之間的關係。其中，最具代表性的詩篇即是〈小雅・伐木〉一篇。此篇可說是一首求友之歌。成語中的「求其友聲」指的就是朋友因志趣相投而結交，如鳥鳴聲同相應。此則成語便是典源於此詩：

伐木丁丁，鳥鳴嚶嚶，出自幽谷，遷于喬木。
嚶其鳴矣，求其友聲，相彼鳥矣，猶求友聲。
矧伊人矣，不求友生，神之聽之，終和且平。

鳥類是一種呼朋引伴的動物，鳥兒之間是那樣的和樂，詩人由此起興，認為人類更是需要友愛的滋潤，更需要親情和友情的維繫。朋友之間友情的基礎，可能是共同的利益，也可能是共同的愛好、共同的志趣、共同的理想；而真正的友情歷久彌新，並不會因為彼此的社會地位變遷而有所改變。因此很多時候，朋友之間互相親愛敬重的程度絲毫不遜色於手足之情，因此也可以這麼說：「真正的朋友不是親人，然而卻勝似親人！」

知心的朋友固然能夠分享快樂，更重要的是能夠分擔憂患。如果我們把自己心中的快樂告訴一個朋友，那麼我們將得到兩個快樂；而相反的，如果我們把憂愁向一個朋友傾訴，那麼我們將被分掉一半的憂愁！這首〈小雅・伐木〉中所用比喻「知音」，即朋友之間彼此的高度理解與相知，是友情達到的至高境界。由此可見，友情對於一個人是非常珍貴的。在自然界之中，物質可以透過結合的作用得到增強的效果；而人與人之間的情感，難道不也是如此嗎？沒有朋友的人，就是啃噬自己心靈的人！

而朋友之間的關係是相對的，當你對別人好時，同樣的別人也會對你好。〈衛風・木瓜〉一篇中寫的就是友情之間的互助互惠：

投我以木瓜，報之以瓊琚，匪報也，永以為好也。
投我以木桃，報之以瓊瑤，匪報也，永以為好也。
投我以木李，報之以瓊玖，匪報也，永以為好也。

崔述在其《讀風偶識》中認為：「木瓜之施輕，瓊琚之報重，猶以為不足報，而但以為『永好』，其為尋常贈答之詩無疑。」而方玉潤在《詩經原始》中則更明確地指出：「此詩本朋友尋常饋遺之詞。」兩位學者藉由〈衛風・木瓜〉這一首詩揭示了我們每一個人在和他人交往當中的一個重要原則，那就是：「滴水之恩，應當湧泉相報」；也就是當我們受到他人的恩惠，必當竭盡回報。這一舉動並不是為了禮尚往來的回報，也不是用來衡量彼此的友情，而是真誠的希望能夠維持兩人之間永恆的情誼，畢竟那份真心最為可貴！

生活中並不是所有的人都能成為朋友。每個人都有自己的人生態度、處世方式、情趣愛好和性格特點，在選擇朋友上也就有各自的標準和條件。我自己在結交朋友的原則上是追求心靈上的溝通與了解。我相信：每一個人活在這世界上都離不開友情，離不開互助，離不開關心，離不開支持。當朋友遇到困難、受到挫折時，如果我能夠及時伸出援手，幫助對方度過難關，戰勝困難，要比贈送名貴禮品來得有意義，來得有價值，也牢靠得多。因此，我深信兩人既為朋友，就意味著彼此應該相互承擔著排憂解難、歡樂與共的義務，唯有如此，友誼才能持久常存！

作者小傳

劉叡蓉，一個正在追尋人生夢想的高職國文老師，我始終相信：「我是我，你是你，他是他，除了我自己，沒有人能做我的詩，而我也不能做別人的夢」！生命的第一步要先認清自己，了解自己本身的優缺點之後，再肯定自己，保有自我的特色，並提升自信心，開創人生的光明面。

五　政治社會篇

傾聽人民的聲音

呂珍玉

傾聽是社工人員所需具備的基本素養，雖然未必能幫忙解決他人的問題，然而在他訴說困境的過程中，聆聽他的憂傷、難過，讓他把心中想說又不知向誰訴苦的話說出來，對他而言就是提供可以抒發的窗口，使他的情緒得以宣洩；有時很幸運的在他一面訴說的過程中，他自己也整理好了情緒，找到解決問題的出口。即便不然，讓他暢所欲言，拍拍他的肩，遞張衛生紙給他拭淚，讓他感覺還是有人願意聽他說話，關心他的問題。當然最理想的狀況就是協助轉介社會福利機構，解決他的問題。能傾聽的人是溫柔的天使，是最好的心靈治療師。

然而不少人們的痛苦是來自於施政者的錯誤決定，這種全民性的訴苦恐怕為政者就要好好傾聽了，《詩經》中有些詩篇就是反映這樣的困境，詩人以各種寫作方式代替人民發聲，希望為政者能聽出民意。《詩序》多用美刺、教化說詩，期望在位者讀了這些詩以之為戒。傳統經學注解多從政治道德教化說詩，將詩篇詮釋延伸為施政者的政治教科書，並非毫無意義，從中我們看到儒家美學與倫理道德教化密切的關係。

《詩經》中人民的痛苦的聲音有哪些呢？或許從以下的篇章可以窺知，首先應該是希望生活在一個有禮的社會吧！

〈鄘風・相鼠〉

相鼠有皮，人而無儀；人而無儀，不死何為！
相鼠有齒，人而無止；人而無止，不死何俟！
相鼠有體，人而無禮；人而無禮，胡不遄死！

該如何痛斥那些無禮的施政者呢？詩人用連老鼠都有外皮人卻無威儀；連老鼠都有牙齒人卻無容止；連老鼠都有肢體，人卻無禮節，這樣的人不死還幹什麼？不死還等什麼？何不快快去死？寫出人民渴望以禮治國，彬彬有禮的社會。有禮才會講理，無獨有偶的這隻老鼠施政者好像普遍存在於各國，肆無忌憚的啃囓民脂民膏：

〈魏風・碩鼠〉

碩鼠碩鼠，無食我黍！三歲貫女，莫我肯顧。
逝將去女，適彼樂土；樂土樂土，爰得我所。
碩鼠碩鼠，無食我麥！三歲貫女，莫我肯德。
逝將去女，適彼樂國；樂國樂國，爰得我直。
碩鼠碩鼠，無食我苗！三歲貫女，莫我肯勞。
逝將去女，適彼樂郊；樂郊樂郊，誰之永號？

多麼大的一隻老鼠啊！安安穩穩的坐在朝堂上吃著我們的黍、麥，甚至連還沒長成的苗都不放過，我們長年供養你生活所需，然而你卻對我們一點都不眷顧，我們決定要離開你，去尋找心目中的樂土。詩人寫出人民在苛稅剝削下痛苦的哀嚎，呼告為政者給他們合理的對待。

〈魏風・伐檀〉

坎坎伐檀兮，寘之河之干兮，河水清且漣猗。不稼不穡，胡取禾三百廛兮！
不狩不獵，胡瞻爾庭有縣貆兮！彼君子兮，不素餐兮！
坎坎伐輻兮，寘之河之側兮，河水清且直猗。不稼不穡，胡取禾三百億兮！
不狩不獵，胡瞻爾庭有縣特兮！彼君子兮，不素食兮！
坎坎伐輪兮，寘之河之漘兮，河水清且淪猗。不稼不穡，胡取禾三百兮！
不狩不獵，胡瞻爾庭有縣鶉兮！彼君子兮，不素飧兮！

在上位的施政者不用稼嗇，穀倉卻存滿糧食，不用打獵，庭院卻掛滿獵物。重視品德的君子，不能尸位素餐啊！人民被過度剝削，反覆唱出他們的怒吼之聲，強烈詰問施政者豈能不勞而獲，這樣他還算是一位君子嗎？

其次是安定的生活，《詩經》中有關征戍、行役之詩最能反映人民的心聲，其實他們所求不多，只要能在家好好種田奉養父母，不要有戰爭，不要離開家人這樣微薄的願望就好。

〈唐風・鴇羽〉

肅肅鴇羽，集于苞栩。王事靡盬，不能蓺稷黍，父母何怙？悠悠蒼天，曷其有所！

肅肅鴇翼，集于苞棘。王事靡盬，不能蓺黍稷，父母何食？悠悠蒼天，曷其有極！

肅肅鴇行，集于苞桑。王事靡盬，不能蓺稻粱，父母何嘗？悠悠蒼天，曷其有常！

戰爭常是施政者個人的野心和衝動所決定，卻要老百姓上戰場拚命，這就像硬逼雁子上樹，能不顫抖畏懼嗎？他們渴望的只是過平常的日子。

〈魏風・陟岵〉

陟彼岵兮，瞻望父兮。父曰：「嗟！予子行役，夙夜無已，上慎旃哉！猶來無止。」

陟彼屺兮，瞻望母兮。母曰：「嗟！予季行役，夙夜無寐，上慎旃哉！猶來無棄。」

陟彼岡兮，瞻望兄兮。兄曰：「嗟！予弟行役，夙夜必偕，上慎旃哉！
猶來無死。」

一個擔負國家重責的人，辛苦行役於途，他如何傾訴離家奔波之苦呢？詩人從對面寫他父親、母親、兄長對他的聲聲叮嚀，希望他在外一切小心，不要死在外面。

《詩經》時代人民的心聲大致不外生活在一個講理的社會，施政者恤民，工作能有合理所得，不要有戰爭行役被迫離開家人，也就是一個基本的安定生活。但這樣簡單的要求也不容易達成，因為他們深知要施政者不能有個人的慾望那是很難的。在〈邶風・雄雉〉詩人說：「百爾君子，不知德行。不忮不求，何用不臧。」一針見血點出百姓無法安居，所有災難的產生都是因為施政者有所嫉妒，有所貪求，不知德行為何物？看來施政者應該聽出人民的心聲，好好根除個人喜好，民之所欲，常存我心，這樣一定能成為一位好的領導人。〈大雅・泂酌〉：「豈弟君子，民之父母。豈弟君子，民之攸歸。」如何做到豈弟君子？為萬民所歸向，一定要有視民如子之愛心，如何才能視民如子？首先應該傾聽他們的聲音。

《詩經》不僅是我國最早的文學總集，更是一部闡揚政治哲學的經典，對於現代社會仍有許多可借鑑的寶貴經驗。

作者小傳

呂珍玉，桃園縣人，東海大學中國文學系研究所博士，現任東海大學中國文學系教授，講授詩經、訓詁學、詩選等課程。著有高本漢詩經注釋研究、詩經訓詁研究、詩經詳析等專書。熱愛教學研究工作，不知老之將至，最高興看到學生有傑出表現。

禮尚往來，以直報怨

謝智光

人的情緒非常複雜，即便再有「忍辱」工夫，遇到不公正、不合理的事情，或被人欺侮、遭人毀謗，內心的悲憤該如何表達呢？山東電視臺《孔子傳》連續劇當中，「夾谷盟會」裡，齊國、魯國表現出「禮尚往來，以直報怨」的精彩對話，兩國外交官所運用的不是別的學問，而是《詩經》中的篇章。

故事的背景是這樣的：魯定公時，魯國開始重用孔子，很快的魯國國政大治，隔壁大國：齊景公及齊國大臣則開始慌張，擔心齊國地位削弱。齊國諸侯想到一計，希望藉兩國的盟會，藉機挾持魯定公，屆時天下都知魯國聽命於齊國，魯國國力及名聲不至持續擴張。兩國相會於國界處——山東夾谷。一開始，兩國都行禮如儀，賓主相互作揖、交換禮物。為了這次的「兩君合好」，齊國首先演奏《詩經》〈國風・周南〉中的〈關雎〉，詩的意境是追求美好，引申為追求兩國的友好與和平、永息干戈。魯國同樣為兩國和平而來，回應演奏的是《詩經》〈國風・召南〉

中的〈采蘋〉。擔任魯相官的孔子說：「齊魯兩國應當和睦修好，今日盟會，若能處處尊禮而行，勢必傳為天下美談。何處設祭壇？宗廟門窗間。執禮誰主祭？虔誠美少年。」說的正是〈采蘋〉的第三章：

于以奠之？宗室牖下。誰其尸之？有齊季女。

盟會至此，都很順利。接著兩國交換盟書，寫著彼此應盡的義務及條件。閱讀盟書的同時，齊國大臣先請奏了《詩經．秦風》中的〈駟驖〉，說明齊國為東方大國，認為兩國要能和平，魯國必須依附齊國。並要求當齊國有戰事，魯國必須出兵車三百輛相助。盟書上並無此項，魯定公才發現齊國的居心不良，不予接受。齊國回應，盟約應真誠坦蕩，魯國應接受盟約。質疑魯國如不接受，則盟會誠意無存。兩國僵持不下，擔任魯相官的孔子靈機一動，請奏了《詩經》〈國風．鄘風〉中的〈鶉之奔奔〉：

鶉之奔奔，鵲之彊彊。人之無良，我以為兄。
鵲之彊彊，鶉之奔奔。人之無良，我以為君。

「安鶉尚知共飛，喜鵲也知雙翔。那人品行不良，何以尊為兄長？」說的是詩句中的第一章；孔子義正嚴詞的說：「齊國既然是大國，就應該有大國的氣度。」並臨機應變，要求齊國應把侵占魯國的三地歸還。聲明如果齊國不如此，就是破壞盟約！之後齊國一方氣急敗壞，演奏夷狄音樂，預備挾持魯君，幸賴孔子預先準備了武事，才能化險為夷。齊國為免被天下人恥笑，最後歸還了魯國三地。

《論語》〈子路篇〉中，孔子說：「誦詩三百，授之以政，不達；使於四方，不能專對。雖多，亦奚以為？」在兩國外交的場合上，若做錯一個決定，危害到的不只是自己，而是全國人民的安全。身為夾谷盟會魯相官的孔子，確實做到了「專對」——臨機應變，自主應對，並且化險為夷。孔子罵人不帶髒字，而是引〈鶉之奔奔〉之詩文，借這首以衛人口吻諷刺衛公子頑及衛宣公之詩，來諷刺身為大國的齊國，竟然不義在先，為大眾所不齒。這首詩原本講的也非光彩之事，出於《左傳》。衛宣公之子——公子頑是衛惠公的哥哥，被迫與衛惠公的生母宣姜淫亂。而早在先前，衛宣公身為太子伋的父親，竟於伋迎娶宣姜時，見到即將成為兒媳婦的宣姜美貌，強奪為妻。這可是一家上下，淫亂一起。孔子引此詩，其實是重重的責罵齊國之不義，難怪齊景公回到駐紮的地方，對於大臣出的主意感到氣憤、顏面全無。

《論語》〈陽貨篇〉說：「詩可以興、可以觀、可以群、可以怨」；《禮記》〈經解篇〉則說詩教是「溫柔敦厚」。從這驚險的外交比試場合，足見運用《詩經》需要豐厚的智慧。古人講求的不只是禮尚往來，而以直報怨，也可以用溫柔敦厚的詩篇加以表現！

作者小傳

謝智光，臺中人。東海大學中國文學研究所碩士，國立中正大學中國文學研究所博士生。畏懼古奧難懂的經典，在師長殷切引領下，開始喜歡閱讀。研究近代論語學，對於孔子有許多想像，受「意義上的真實」而感動。

就職窄門

蔡雨純

現今臺灣的年輕人，在高等教育文憑無用的情形下，大學生多是「畢業即失業」，或成了月領二十二K的「窮忙族」；中生代面對的處境亦十分艱難，中年失業、無薪假以及企業主不負責任的責任制。社會現象演變至此，牽涉層面極廣泛複雜，例如：全球的經濟環境、教育政策的推行和政府施政等，總之，就業市場不景氣加上通貨膨漲等問題，令國人生活苦不堪言。

全民已然面臨的是一個不穩定、嚴苛剝削的就業市場，相形之下，服公職較為穩定且福利優渥，故由傳統的鐵飯碗躍升為求職者心目中的金飯碗。六、七〇年代臺灣經濟起飛，無處不可淘金，服公職是等而下之的選擇；現時，報考公職卻成了全民運動，不論性別年齡、待職者、帶職者均投身其中，各級公務人員考試錄取率屢創新低，著實令人感慨亦感擔憂，一方面是感慨社會環境變遷每下愈況，也憂心若是頂尖人才都成了安穩度日的人民公僕，國家競爭力勢必衰弱頹危。

公務人員的工作性質，在社會大眾眼中形塑輪廓樣貌：工作穩定、朝九晚五、生活品質佳、各項福利補助優渥。因此吸引大批報考者前仆後繼，投身考場三、五年已是常態，甚至將近十年仍屢敗屢戰者，亦多有所聞。令人懷疑古代科舉考試，在二十一世紀又敗部復活了，驚嘆於歷史重演法則！比科舉任官更久遠的《詩經》時代，一般小公務員的工作和生活情形又如何呢？《詩經》的〈邶風‧北門〉如是記載：

出自北門，憂心殷殷。終窶且貧，莫知我艱。已焉哉！天實為之，謂之何哉！
王事適我，政事一埤益我。我入自外，室人交遍讁我。已焉哉！天實為之，謂之何哉！
王事敦我，政事一埤遺我。我入自外，室人交遍摧我。已焉哉！天實為之，謂之何哉！

這位可憐的小吏一臉憂慼地步出城北門，生活困乏卻沒有人了解，王室、官府交付龐雜、難以應付的工作，下班後又受到家人的指責譏諷，只好告訴自己算了吧！這都是上天的安排吶！

古今皆然，人們在苦難中往往不外乎幾種態度：相信人定勝天，努力克服；向現實低頭但不屈服於命運，雖遭逢困境仍用心過日子；最消極的是意志薄弱者，浮沉於命運之流，漂向南北西東。〈邶風・北門〉詩中的小吏究竟屬於何者？或許沒有定論，但他面對這無力翻轉的現實，最後將一切歸諸天意，如此自我排解或可稍感寬慰。當人面對逆境時，經常尋求宗教給予心靈上的慰藉寄託，看似意志不夠堅強才需借助宗教救贖，反面觀之卻是一種積極，為自己灌注努力活著的能量。

除了宗教之外，家庭也是座溫暖的避風港，當在外受挫時，家人的關愛提供我們復原的力量。〈邶風・北門〉詩中的小公務員，顯然面對的是內外交迫的困頓，於公鬱鬱不得志，於私不見諒於家人，孤立無援的處境，難怪只能向上天歎惋命運多蹇。

身處這個變化迅速卻心靈空虛的世代，人類以其蹣跚的步履追逐轉動不停的世界，莫不感到無能為力的失落，尤其是未受歷練的年輕人，一踏出單純的校園便得立刻與現實的社會戰鬥，難免適應不良甚或自我懷疑。德國哲學家弗里德里希・威廉・尼采（Friedrich Wilhelm Nietzsche）認為，無意義的受苦才教人無法忍受，若那苦難深具意義，人是斷不會逃避的。無論是月領二十二K或是令人爆肝的工作責任制，勇於面對承擔，必定能在困蹇的汪洋中乘風破浪，航向心嚮往之的美好未來！

作者小傳

蔡雨純，一九八一年出生，故鄉為現代與傳統兼容並蓄的臺南市。畢業於國立臺南師範學院（後改制為臺南大學）數學教育學系，現為國小教師，著有兒童讀物《歷代偉人故事》。

愛賢安才濟蒼生

吳佳憲

《詩經》一書並非一時一人一地之作，而是日積月累、東削西減而成，所收錄的作品年代大約跨越西周初期至春秋中期五百年左右。在這麼長的時間裡，無論政治局勢、社會文化、宗教思想的變遷，都留下明顯的痕跡，可以供後人研究或借鏡，作為一定的法度與依歸。

中國在封建制度下，自古以天子一人為尊，藉由群臣輔佐，統領天下各種大小事，於是形成「政治」制度。儒家重要經典如五經：《詩》、《書》、《易》、《禮》及《春秋》或多或少皆有隱含的政治目的與意義，然《書》者，對於中國古代歷史與政治之研究有著重要的作用自然不用多說，於《詩經》中與政治、社會相關的議題所在多有，例如〈新臺〉寫衛宣公劫奪兒媳為妻，〈君子偕老〉寫衛宣姜的美而淫亂，〈南山〉寫齊襄公、文姜兄妹不倫事，〈黃鳥〉寫秦穆公以活人殉葬……，這些詩篇都具有高度的史料價值，是當時政治、社會、習俗的真實反映。這些宮廷醜聞，或其他社會諷刺詩篇具有現實意義，頗能反映當時政治、社會情況，讓我們看到國君的殘暴不仁，人民生活的痛苦。然而《詩經》中也不全是這些不堪入目的詩篇，亦有不少統治者求賢愛才，和睦下臣的正面形象的書寫。例如〈小雅・鹿鳴〉：

> 呦呦鹿鳴，食野之苹。我有嘉賓，鼓瑟吹笙。吹笙鼓簧，承筐是將。人之好我，示我周行。
>
> 呦呦鹿鳴，食野之蒿。我有嘉賓，德音孔昭。視民不恌，君子是則是傚。我有旨酒，嘉賓式燕以敖。
>
> 呦呦鹿鳴，食野之芩。我有嘉賓，鼓瑟鼓琴。鼓瑟鼓琴，和樂且湛。我有旨酒，以燕樂嘉賓之心。

《詩序》：「燕群臣嘉賓也。既飲食之，又實幣帛筐篚以將其厚意，然後忠臣嘉賓得盡其心矣。」實是很妥貼的說解！此詩是一首周王宴請群臣以及賓客的樂歌，第一章極寫周王娛樂、賞賜在座的賓客，並且垂詢、希望聆聽眾人的忠告，以行治國之大道。第二章再寫周王希望眾臣可以做一個勤政廉明的好官，建立被民間百姓所效仿的模範，成為綻放耀眼光輝的榜樣，由此可知這場宴會並不真屬於單純的遊樂酒食，而是包含了一定程度的政治意味。末章則著墨於君臣一體一心，藉由此宴安樂其心，群臣得以心悅誠服，賓主盡歡，方能為國家的未來盡忠盡力。

再如〈小雅・鶴鳴〉：

> 鶴鳴于九皐，聲聞于野。魚潛在淵，或在于渚。樂彼之園，爰有樹檀，其下維蘀。它山之石，可以為錯。
> 鶴鳴于九皐，聲聞于天。魚在于渚，或潛在淵。樂彼之園，爰有樹檀，其下維穀。它山之石，可以攻玉。

很明顯地，近人常用的成語「他山之石，可以攻錯」乃出於詩中句子的組合。然而，若就詩論詩，不深度地探討解釋，那麼也不過就是字面上的讚頌園林、池沼的美麗。但是，於《詩經》之中，比興既然是其寫作技巧特色，如此通過描寫隱居地的清幽高遠、淨潔美麗，用以聯想、聯結隱居賢者品德之清高，風姿煥發，亦是恰如其分，相當合適。

此詩也說明了對人、事、物都應有全盤、全面的了解，大概就如荀子所說的「虛、壹、靜」，不要有所成見，蔽於一隅，以及賢者當居其位，輔佐君王，不要刻意遮掩自己的光芒，故有招隱之意味。

由以上所舉的詩篇可以得知，在久遠的年代，便有君王可以善待群臣、求賢若渴，為己一扛天下大機。也誠如歷史上有名的君臣「唐太宗與魏徵」，在上位者可以聽諫；居下位者得以進言，以此上下交相利，而非交相賊，文武百官若皆能如此急公好義，國事自然興盛昌隆！然而，反觀我國之現實，隨著時光的流轉變遷，民智開化至今、高等教育普及民間，於政治上卻是以政黨、藍綠之分為要，而不以事情、政策的「是非對錯」為考量，用人主要以相同政治立場為是，能力是否足以勝任常常受到忽略；而對於政治立場不同的人則總想抓住對方的把柄，並以自身為絕對之規範，難用客觀的態度面對政治，故而急功好利，以致我國因政黨的惡鬥進而內耗本身的根基與實力，政治自此變調；國力遂轉衰頹。若以古鑑今，豈能不感到悲愴與憤恨！

作者小傳

吳佳憲，臺灣高雄人，個性隨和自適。現就讀於東海大學中國文學系三年級，喜好文學，對於古典詩創作興趣濃厚。除文學之外，兼愛一級方程式和羽球，動靜皆宜。

六　價值觀篇

簡單的歡喜心

呂珍玉

物質文明越進步，人類在食衣住行方面的需要，也隨之而要求越多，這本非壞事，但過度的追求外在的需要，而使身心靈疲憊，就本末倒置了。現在社會人人忙著賺錢，以提高生活享受，過度的競爭，使得多數人精神緊張，得了一堆文明病。生活的需求其實並不多，如果將全副精神花在追逐物質，而忽視其他，這對生命來說是種浪費。周人對生命是有意識的，他們深體生存的意義，品嚐生與死、哀與喜、痛苦與歡樂等各種人生滋味，因為有這樣的體認，他們努力去探求生命的價值，追求生命的永恆。在〈唐風・蟋蟀〉透露了他們的生命哲學：

蟋蟀在堂，歲聿其莫。今我不樂，日月其除。
無已大康，職思其居。好樂無荒，良士瞿瞿。
蟋蟀在堂，歲聿其逝。今我不樂，日月其邁。

無已大康，職思其外。好樂無荒，良士蹶蹶。
蟋蟀在堂，役車其休。今我不樂，日月其慆。
無已大康，職思其憂。好樂無荒，良士休休。

歲末年終，唐地的人有感於一年到頭辛苦的工作，應該好好慶賀歡樂一下，但是他們又戒勉自己不要太過安逸而怠忽職責。面對生活，他們以盡其在我，但也要適度休息來調劑，具有十分正向的人生觀。此外唐地的人，對於食衣住行日常的需求，也有一番不錯的見解，〈山有樞〉：

山有樞，隰有榆。子有衣裳，弗曳弗婁；子有車馬，弗馳弗驅。宛其死矣，他人是愉。
山有栲，隰有杻。子有廷內，弗洒弗埽；子有鐘鼓，弗鼓弗考。宛其死矣，他人是保。
山有漆，隰有栗。子有酒食，何不日鼓瑟？且以喜樂，且以永日。宛其死矣，他人入室。

有衣服捨不得穿，有車馬捨不得用，有好房子捨不得住，有酒食捨不得請客，這樣的吝嗇小氣，將來死了，這些東西全歸他人所有，自己一點也無法帶走。詩人諷刺不懂得適度享受人生的守財奴，最後將窮得只剩下錢，這樣的警告於今日還是一帖良藥，值得我們思考物質生活和精神生活如何才能達到平衡。

周人認真思考過如何生活，在一些詩篇中也看到他們以一種「簡單的歡喜心」，品味生活的樸素觀念。〈周南・芣苢〉：

采采芣苢，薄言采之。采采芣苢，薄言有之。
采采芣苢，薄言掇之。采采芣苢，薄言捋之。
采采芣苢，薄言袺之。采采芣苢，薄言襭之。

他們採車前子要做什麼？我們不得確知，不過看到他們一邊唱歌，一邊採摘，越採越急，越採越多的快樂，在不知不覺中也隨著他們而活力充沛，充滿生活熱情。〈魏風・十畝之間〉：

十畝之間兮，桑者閑閑兮。行，與子還兮。

十畝之外兮，桑者泄泄兮。行，與子逝兮。

詩人走在郊外看到採桑人如此閒逸，興起歸隱之念。荒郊野外的田夫野老何足以羨？他應是在這些人身上找到自己久已失去的那份本心吧！使他願意偕友退隱回歸田園。〈衛風．考槃〉：

考槃在澗，碩人之寬。獨寐寤言，永矢弗諼。
考槃在阿，碩人之薖。獨寐寤歌，永矢弗過。
考槃在陸，碩人之軸。獨寐寤宿，永矢弗告。

這是衛國的一位隱者，獨自一人在山中隱居，他每天獨自睡，獨自醒，高興時唱唱歌，享受那種難言的歡喜心，他發誓永遠不忘此樂，永遠不再回到朝廷，也不以此樂去告訴人，因為山林之趣要自己來體會。〈陳風．衡門〉：

衡門之下，可以棲遲。泌之洋洋，可以樂飢。
豈其食魚，必河之魴？豈其取妻，必齊之姜？

豈其食魚，必河之鯉？豈其取妻，必宋之子？

陳國這位隱者安於貧窮，居住淺陋，喝水充饑，食魚不求美味，娶妻不求貴族。凡事降格求次，稱心易足。

慾望是很難滿足的，生活所需並不多，但許多人禁不住誘惑，走失了最原始的簡單歡喜心，結果是財產越多，越不快樂，山珍海味吃多了，白開水怎麼會有味道呢？全球首富賈伯斯的遺言其實早在《詩經》中就出現了。

作者小傳

呂珍玉，桃園縣人，東海大學中國文學研究所博士，現任東海大學中國文學系教授，講授詩經、訓詁學、詩選等課程。著有《高本漢詩經注釋研究》、《詩經訓詁研究》、《詩經詳析》等專書。熱愛教學研究工作，不知老之將至，最高興看到學生有傑出表現。

生命無常
珍惜生命中的春天

劉叡蓉

時間的流逝總是無影無蹤，來的快，去的也快。而能否把握與珍惜時間，做自己時間的主人往往決定著一個人一生的命運。陶淵明曾經說過：「盛年不重來，一日難再晨。及時當勉勵，歲月不待人。」人生短短數十年，想要在如此短暫的時間內，完成自己的夢想，攀上人生的頂峰，談何容易。也正因為如此，如何珍惜時間這門課題就顯得非常的重要。時間，它就像人們生命中的小偷，往往在我們不知不覺中，便偷走了我們的青春歲月，不留下一絲痕跡，也因此常常在時間逝去後，我們才驚覺自己的時間已經所剩無幾了。也正是如此，才有了古人一聲聲的嘆息：少壯不努力，老大徒傷悲！

中國傳統詩中的時間意識非常明顯，他們常常藉由詩歌來表達自己的情感，〈唐風・蟋蟀〉所描述的時間意識極為強烈，詩中充滿時間的詞彙俯拾即是！

蟋蟀在堂，歲聿在莫。今我不樂，日月其除。
無已大康，職思其居。好樂無荒，良士瞿瞿。
蟋蟀在堂，歲聿其逝。今我不樂，日月其邁。
無已大康，職思其外。好樂無荒，良士蹶蹶。
蟋蟀在堂，役車其休。今我不樂，日月其慆。
無已大康，職思其憂。好樂無荒，良士休休。

這是是一首感時之作，詩人因歲暮而感到時光易逝，又因為時光易逝而興發了及時行樂的思維，但這種行樂並不是放縱沒有節制的，詩人警惕自己要懂得克制、懂得做好自己時間的主人，千萬不要怠忽職守。在這首詩中，詩人運用了「除」、「邁」、「慆」等具有強烈動態的字詞來表達時間的流逝，深刻的寫出了時間消逝在詩人心中留下了無限的感慨！

人生苦短，轉眼間就是百年身。「高堂明鏡悲白髮，朝如青絲暮成雪。」歲月的無情，人生的短促，早就被詩人領悟透了。人的一生該怎麼活，在古人的心目中似乎只有享樂和建功立業光宗耀祖兩條路徑。要嘛是及時行樂，荒淫無度，醉生夢死；要嘛是立功立言與立德。然而在〈蟋蟀〉中我們看到的是另一種不一樣的生活法則，那就是——既要及時行樂，又要有所節制；既要充分享受人生，又要保持忠於職守的精神和憂患意識。在放逸享樂與勤奮工作的平衡點選擇一條中間道路，似乎是比較符合現代人的生活法則。

這種放逸享樂與勤奮工作的「中庸生活法則」對於現代人而言是很實際，也非常有吸引力的，大概可以算得上一種比較理想的生活。它不要求我們時時刻刻都要不斷地去進取、去冒險、去尋求刺激；也不要求我們像神職人員一樣不食人間煙火。不過，要真的實行起來，中間活法怕是有相當難度的。人是一種不大經得起誘惑的軟弱的動物，具有自制力和理性精神的人畢竟很少，不知不覺或有意識放縱自己的人卻很多。我們實行起來多半不會偏於苦行和工作狂的一面，而會偏向縱情於聲色犬馬風花雪月而不能自拔的一方，時常樂而忘返，樂不思蜀。

和古人一樣，我們也在思索人生，選擇自己的生活態度和生活方式。那麼，面對短暫的一生，我們到底該選擇怎樣的活法呢？「該以怎樣的態度去面對生活」，「以怎樣的方式去投入生活」這兩項重大人生課題是生活在忙碌二十一世紀的我們所必須要面對與學習的！

作者小傳

劉叡蓉，一個正在追尋人生夢想的高職國文老師，我始終相信：「我是我，你是你，他是他，除了我自己，沒有人能做我的詩，而我也不能做別人的夢」！生命的第一步要先認清自己，了解自己本身的優缺點之後，再肯定自己，保有自我的特色，並提升自信心，開創人生的光明面。

聆聽蟋蟀鳴聲

高穗坪

〈唐風・蟋蟀〉

蟋蟀在堂，歲聿其莫。今我不樂，日月其除。無已大康，職思其居。好樂無荒，良士瞿瞿。

蟋蟀在堂，歲聿其逝。今我不樂，日月其邁。無已大康，職思其外。好樂無荒，良士蹶蹶。

蟋蟀在堂，役車其休。今我不樂，日月其慆。無已大康，職思其憂，好樂無荒，良士休休。

猶記得小時候閱讀的《伊索寓言》中，有一隻光鮮亮麗的蟋蟀，鎮日笙歌樂舞，歡度光陰，惹得辛勤工作的螞蟻心中頗不是滋味。而在中國，也在〈唐風・蟋蟀〉中出現了一隻蟋蟀，在天氣漸漸寒冷的深秋中，躲入人類居住的廳堂，緊抓住短暫一生的末尾，用盡最後一絲氣力歌頌出屬於自己的生命篇章。儘管蟋蟀無緣得見白雪皚皚、寒梅片片的冬日景色，但牠們富有生命力的歌聲卻喚醒了春花、唱綠了夏蔭，更奏涼了秋月，為一年三季增添了許多聲韻。更為可貴的是牠的叫聲急促，提醒人們一年將盡，是不是還有什麼事情該反省？

古人見到蟋蟀在堂，竭盡心力將自己生命的尾聲奏成最華美動人的篇章，不禁有感而發，以為人生壽考在天地間亦如白駒過隙，轉瞬即逝，所謂「浮生若夢，為歡幾何？」不如秉燭夜遊、及時行樂，人生縱然不盡如滾滾長江波瀾四起，亦應如淺淺清溪，有數點落英、游魚相伴，莫如螻蟻般庸庸碌碌過完一生，猶未嚐遍人生酸甜苦辣之味，宛若一灘不知為何而存在的死水。

縱然人生得意須盡歡，過度耽溺於放逸享樂亦非好事。倘若過度沉湎於酒色財氣，到頭來糟蹋的不只是自己的健康，縮短的不僅是自己的生命，更會影響到自己的一世英名。夜夜舞低楊柳樓心月，歌盡桃花扇底風，最後至多只能贏得青樓薄倖名，無法建永世之業，留金石之功。故行樂亦需有度，過於節制或過於放縱都不適當，在逍遙人間之餘，也應適度克制自己的欲望，並思考該如何運用自己短暫的一生來成就一番事業。

人生於天地之間，皆有其要順應的天命，以及應負起的責任。正值意氣風發少年時，應立志建一番事業，將社會變得更加美好；到了壯年時，不僅要修身齊家，更要致力於守護、開展自己的事業，即使沒有足夠的能力創建出一番功業，也要擇己所愛，愛己所選，為自己的人生、自己的家庭和自己的工作負責。

「上帝為我們關一扇門，必會為我們開一扇窗。」自古以來有多少騷人墨客懷才不遇，行吟澤畔？如屈原、曹植因不見用而作出流傳千古的佳作，飛將軍李廣戎馬一生，少受封賞，縱然他們在報效國家的實際成果上不盡如仕途得意之人，但他們竭盡心力的燃燒生命之火，使自己的名聲成就比諸大多數的成功人士更加光輝璀璨，永垂不朽。在我看來，引良士以為戒，用以自策勵、自警惕時，不僅要效法功成名就之士，更應學習失意之人調適心情，曠達自適以悠然自得的境界。畢竟人生不會一路順遂，也不會永陷低谷，能不以物喜，不以己悲，把握每個機會全力以赴，就不枉此生。

〈唐風・蟋蟀〉藉由蟋蟀在歲暮時分鳴唱不已，來警惕人生苦短，應及時行樂，且勿過於放浪形骸，更應把握時機建功立業，無論上天給予我們怎生的安排，無論命途順遂或多舛，都要善盡自己的能力，為自己譜一曲足以繞樑三日，撼動人心的樂章。

作者小傳

高穗坪，高雄市人，東海大學中國文學系三年級學生，加入博雅書院生，接受通才教育學習，曾任博雅書院媒體助理。

享樂卻不淫樂

卓莉雯

〈唐風・蟋蟀〉

蟋蟀在堂，歲聿其莫。今我不樂，日月其除。無已大康，職思其居。好樂無荒，良士瞿瞿。

蟋蟀在堂，歲聿其逝。今我不樂，日月其邁。無已大康，職思其外。好樂無荒，良士蹶蹶。

蟋蟀在堂，役車其休。今我不樂，日月其慆。無已大康，職思其憂。好樂無荒，良士休休。

這是一首唐人歲暮將臨的感懷，勸勉人生短暫及時行樂的詩。雖是勸勉行樂詩，但後有戒語收轉，警惕人的行樂要有限制，否則就是荒淫無道。全文短短三章，每章前四句勉及時行樂，後四句戒語收轉，不要過於享樂而荒費事功，應要居安而思危。

此詩雖短，但蘊含了無限大的智慧，帶給我不同的見解與體悟。人生說長不長，說短也不短，若一生戰戰兢兢、拘謹的過一生，未免也太貧乏，枯燥而無味啊！但若懂得把握時機，面對短暫的人生還能自由的及時行樂，未嘗也不是一樁美事。不過享樂歸享樂，沒有節制的享樂是會變成「淫樂」的，在享樂當中，還是不能太過放逸自己的心志，職責本分依然要面面俱到，享樂且盡責。

為何說這首詩蘊藏了無限大的智慧呢？是因為古人對人的心性已經洞燭先機了啊！容易打著「光陰短暫，及時行樂」的口號，讓自己沉溺於過分的玩樂裡面，於是自己身上的責任就這麼一點一滴被玩樂給丟棄了，將自己封閉在舒適圈裡，完全不知道危險即將來臨，故此詩已經先警惕了我們要有居安思危、未雨綢繆的思維，它以戒語收轉極為恰當，讓人有頓然開豁之感。

其實這首詩也是給現在大學生一個警戒之語，時常容易過於玩樂，而忘了學生的本分與職責，然後為自己創造了一個大的舒適圈，等到了要就業的時候，才發現沒有半點能力可以跟上人家。行樂是一樁美事，適當的行樂是為生活加分，充實人生；超過了就是荒淫糜爛的人生。在這一首詩當中，雖是小小淺顯易懂的道理，但若謹慎遵守必可為人生添加不少分數，亦是《詩經》給現代人留下的智慧財產！

作者小傳

卓莉雯，目前就讀東海大學中國文學系三年級。出生於濱海小村，終年吹著自然海風，與大自然密切接觸，個性純真、樸實、直率，交友廣闊，人緣甚佳。

及時行樂勿忘本

謝于敏

現今的社會充滿誘惑，科技發達，娛樂充斥整個生活，在這樣的環境中，許多人沉溺在酒池肉林中，甚至流連在聲色場所。大學時期是人生中一個重要的階段，但大學生卻越來越貪玩，甚至連最初該盡的本分都遺忘了，翹課、不交作業、沉溺於物質等誘惑中……在這時期雖然可以好好享受大學生活，但卻不要忘記自己該盡的職責。

蟋蟀在堂，歲聿其莫。今我不樂，日月其除。無已大康，職思其居。好樂無荒，良士瞿瞿。

蟋蟀在堂，歲聿其逝。今我不樂，日月其邁。無已大康，職思其外。好樂無荒，良士蹶蹶。

蟋蟀在堂，役車其休。今我不樂，日月其慆。無已大康，職思其憂。好樂無荒，良士休休。

《毛詩序》：「〈蟋蟀〉，刺晉僖公也。儉不中禮，故作是詩以閔之。欲其及時以禮自虞樂也，此晉也而謂之唐，本其風俗，憂深思遠，儉而用禮，乃有堯之遺風焉。」

詩人認為在世應好好把握當下，及時享樂，不浪費每一寸光陰，好好享受生活，做自己覺得開心的事，不要後悔，也問心無愧，但該時時謹記自己的職責，勿忘本，不僅思居、思外，還要思憂，以良士為典範，時時效法良士。

蟋蟀在歲末的時候躲入房內，以尋求安全的立身之地，詩人以蟋蟀為興喻，蟋蟀在歲末時不忘記自己最初的位置，告誡人們時光荏苒，短暫的人生及時享樂雖重要，但別忘了不要荒廢不要沉溺，這首詩反覆的說「無已大康」，告誡我們歡樂卻不能太放縱，從「日月其除、日月其邁、日月其慆」，歲月流逝之快來告訴我們應當及時行樂，「思其居、思其外、思其憂」告誡我們由小而大，勿忘自己該負的職責。

古人曾說：「生於憂患，死於安樂。」安逸的生活是每個人都想要的，這首〈蟋蟀〉希望人們享受生活，緊緊抓住每個屬於自己的日子與快樂，但安逸中也要時時憂於其職，過於安樂會使人怠惰，荒廢學業及職責，與古人的告誡語有相似之處。

韓愈〈進學解〉也曾說：「業精於勤，荒於嬉。」學業及事業需要勤勞去鑽研，不要荒誕沉溺於玩樂，怠忽職責，連自己該盡的本分都沒有完成。〈蟋蟀〉這首詩告訴我們人要及時行樂，人生短暫，不要有遺憾，好好去追尋自己想要的快樂，但重要的是不忘本，盡職做好自己的身分，別荒於嬉。

作者小傳

謝于敏，出生桃園，為家中長女，喜好閱讀、創作及旅行，平時會與弟妹歌唱、自導自演，擁有天馬行空的想法，個性熱情、活潑，對學習語言很有興趣。

尋找價值觀

莊岳蓉

〈陳風．墓門〉

墓門有棘，斧以斯之。夫也不良，國人知之。知而不已，誰昔然矣。

墓門有梅，有鴞萃止。夫也不良，歌以訊之。訊予不顧，顛倒思予。

墓門前有棵棗樹，用斧頭劈開它。他不是好人，國人都知道。他的罪惡從不停止，從以前便是如此。

墓門前有棵梅樹，貓頭鷹（不祥之鳥）在那聚集，他不是好人，勸諫他悔改，勸諫他也不聽，等他失敗時就會想起我。

我把這首詩借用過來說明現今社會扭曲的價值觀，把詩中的「夫也不良」用來指目前臺灣社會的價值觀。只要打開家中的電視節目即可知曉一二，大部分電視臺的頻道不外乎是展示介紹名牌包、豪宅、上流名媛的奢豪生活，而且這種節目還不停地放送。然而在這座小島嶼上真有如此多的「上流人士」嗎？答案是否定的，在臺灣多數的人還是不知下頓餐飯在哪的辛苦勞工，無知的炫富比較只會使他人更加自卑受傷、憤恨不平，然而崇富的現象至今依然存在。在這媒體所造成的這種風氣下，人們只學習到「上流人士」的愛好名牌的表面，非名牌衣不穿、非名牌包不帶、非名牌手機不戴，不論本身的經濟是否負擔得起。如果不如此武裝自己，就如同潮流中的異端，不僅不體面而且落伍俗氣。許多國人是知道這個道理是不好的，但從以前就有，而且從來沒有停止過，也有許多積極之士對於這風氣提出評判，然而依舊「夫也不良，知而不已」。

其實在〈陳風・衡門〉對於人類過於追求物慾就提出過勸導：

衡門之下，可以棲遲。泌之洋洋，可以樂飢。
豈其食魚，必河之魴？豈其取妻，必齊之姜？
豈其食魚，必河之鯉？豈其取妻，必宋之子？

吃魚一定要吃黃河最美味的魴魚鯉魚嗎？娶妻一定要娶貴族的齊姜和宋子嗎？詩人使

用激問句，在問題的反面強烈地表達出他們對於價值觀的看法，身為人不該盲目地一直追求物質的慾望，而是要知足常樂。詩人深知人所須其實不多，簡陋的房子，就可以安居，喝杯白水就可以止饑，過於追求物質，慾望永難填滿，反而使人失去最簡單自然的本心。這讓我想起孔子弟子顏回實踐安貧樂道的精神，孔子讚譽他說「賢哉回也！一簞食，一瓢飲，在陋巷，人不堪其憂，回也不改其樂。」何以孔子在弟子三千中，唯獨最讚譽顏回？因為顏回做到了一般人最難做到的安貧樂道。

作者小傳

莊岳蓉，臺灣高雄市人，目前就讀東海中國文學系三年級。為人看似隨和沒太多意見，事實上卻是凡事喜歡評論，意見很多的人。她喜愛魯迅的著作，特別是暗諷的寫作技巧。

美人形象

黃玉如

二〇一一年跨年倒數的演唱會上，Mc Hot Dog和張震嶽正與演藝圈的甜姐兒侯佩岑合唱著搖滾歌曲我愛臺妹：「我愛臺妹，臺妹愛我，對我來說，林志玲算什麼？我愛臺妹，臺妹愛我，對我來說，侯佩岑算什麼……」

熱鬧歡樂的饒舌歌聲中，道出了臺灣近幾年來正在反思美女的定義與審美標準。俗話說：「愛美是人的天性。」臺灣的女性受到全球各地選美比賽活動和一般社會大眾價值觀影響下，也不斷的追求著體態的高挑纖細與均勻，皮膚的白皙如雪，擺脫花瓶形象而能機智的應對進退，或者能有甜死人不償命的百分笑容和無距離感的親和力……等等的美女共通標準和準則，並期待能結合臺灣人的在地特色，打出臺灣的美女招牌。

而這塊招牌，莫不以事業版圖橫跨中、日的臺灣第一名模林志玲為最佳代言人。二〇〇八年的林志玲正投入了赤壁的電影拍攝，時間進入了三國時代，一位現代美女正在詮釋周瑜之妻、曹操傾慕的女子——小喬的絕世美人形象，瓜子臉、蛾眉淡掃，頭上髮髻端莊工整。這一幕幕的古代美人影像透過電影播放出來，不禁讓人試圖連結紀元前六百年以前的《詩經》作品中，娓娓的吟唱出一首首令人一見傾心的美人詩歌：

碩人其頎，衣錦褧衣。齊侯之子，衛侯之妻，東宮之妹，邢侯之姨，譚公維私。

手如柔荑，膚如凝脂，領如蝤蠐，齒如瓠犀，螓首蛾眉。巧笑倩兮，美目盼兮。

一幅使人駐留的美人圖畫，就依此靜態的絕美外觀描摹而出，不管是纖纖細手或明眸皓齒，都如此的無懈可擊；加上了那眼神的一抹秋波送水與靈動，更凸顯女子動人的形象。歷史中的小喬，該是也有如此姣好的面貌，才能使當代眾人傳頌她的自然可愛。

但世人皆知，一位真正令人發自內心讚揚與喜愛的美人，不能光只有外表的美麗，還得具有良善的品德、內涵，才能在愛情開花結果後的婚姻生活中成為良人的佳偶。例如〈關雎〉中便曾指出一種擁有嫻熟溫柔個性的佳人，最終成為君子的良配：

關關雎鳩，在河之洲。窈窕淑女，君子好逑。
參差荇菜，左右采之。窈窕淑女，琴瑟友之。
參差荇菜，左右芼之。窈窕淑女，鐘鼓樂之。

在〈桃夭〉中，亦以桃花詠美人，再從桃花開花、結果、散葉，一連串的物象義來加以比喻和吟詠祝頌美人嫁到夫家後能和樂夫家：

桃之夭夭，灼灼其華。之子于歸，宜其室家。
桃之夭夭，有蕡其實。之子于歸，宜其家室。
桃之夭夭，其葉蓁蓁。之子于歸，宜其家人。

自古英雄愛美人，美人在與英雄有情人終成眷屬後，如能以其內在之賢德輔助良人，共同締造一悠揚的協奏曲，也能破除自古以來紅顏禍水的偏見，讓人真心祝福美人獲得好歸宿的愛情結局。

作者小傳

黃玉如，喜好種花植草，讀讀小說詩文，樂居田園生活，吟風弄月，攜狗閒行，悠然忘機，此中有真意，留待心中曉。

七　人際關係篇

宴以合好

呂珍玉

雅詩中不少宴饗篇章，過去被視為是歌頌貴族腐朽生活，是《詩經》中最無價值的作品。然而若從飲食文化與人際和諧觀點去看這些詩，也頗能展現周人在宴饗中，所企求達到人際間和諧真誠的一面，而非僅止於粗淺的吃喝享樂而已。

〈小雅・鹿鳴〉

呦呦鹿鳴，食野之苹。我有嘉賓，鼓瑟吹笙。
吹笙鼓簧，承筐是將。人之好我，示我周行。
呦呦鹿鳴，食野之蒿。我有嘉賓，德音孔昭。
視民不恌，君子是則是傚。我有旨酒，嘉賓式燕以敖。
呦呦鹿鳴，食野之芩。我有嘉賓，鼓瑟鼓琴。

鼓瑟鼓琴，和樂且湛。我有旨酒，以宴樂嘉賓之心。

詩寫天子的鹿鳴宴開始了，朝臣嘉賓魚貫入宴，他和客人一一握手寒暄，演奏美妙的琴瑟笙簧，樂聲悠揚，接著端上一道道的佳餚，賓主開心的吃飯喝酒，感受彼此之間的互信互重。他極力的推崇客人的才華洋溢，美德足以為民法則，懇求他們要毫不保留的為國奉獻，並搬出一筐筐的幣帛，當作禮物贈送給他們，客人感受到主人的真誠，願意竭盡所能的付出全力。一場吃喝的鹿鳴宴，背後是上下交為泰，具有深刻意涵的政治哲學。

家人異於外人，通常我們都會有求於人，而這人都是指外人而言，因為家人不須求，當有難時他們總會幫忙處理，於是我們對外人總是特別客氣，不僅言語互動上謹慎小心，在送禮請客時更是大方周到，而對自己的兄弟、妻子就忘了也該有所表示，〈常棣〉作者有鑑於此，提醒我們：

……

儐爾籩豆，飲酒之飫。兄弟既具，和樂且孺。

妻子好合，如鼓瑟琴。兄弟既翕，和樂且湛。

宜爾家室，樂爾妻帑。是究是圖，亶其然乎。

是啊！對待兄弟、妻子這些家人也不能隨便，偶爾吃頓飯，對彼此感情的維護大有增益，家庭因此會更為和樂。家庭的宴饗背後，也不單是吃喝而已，還有更深的意涵。永遠關心你的手足，不要因為一些小事爭鬥；更要愛你的妻子，使他們生活得到保障，這才是齊家之道。記得當所有朋友離你而去時，只有你的兄弟會在你死喪、急難、受侮時主動伸出援手，你的妻子會終生守候著你，與你同甘共苦。

〈鹿鳴〉是君臣的宴饗，關乎治國；〈常棣〉是家人的宴饗，關乎齊家。此外親戚朋友之間維護情感，宴饗亦為必要途徑，如此人際關係才能圓滿。〈伐木〉：

伐木丁丁，鳥鳴嚶嚶。出自幽谷，遷于喬木。嚶其鳴矣，求其友聲。
相彼鳥矣，猶求友聲；矧伊人矣，不求友生！神之聽之，終和且平。
伐木許許，釃酒有藇。既有肥羜，以速諸父；寧適不來，微我弗顧。
於粲洒埽，陳饋八簋。既有肥牡，以速諸舅；寧適不來，微我有咎。
伐木于阪。釃酒有衍，籩豆有踐，兄弟無遠。民之失德，乾餱以愆。
有酒湑我，無酒酤我。坎坎鼓我，蹲蹲舞我。迨我暇矣，飲此湑矣。

詩人聽到林中鳥鳴嚶嚶，朋伴互鳴求群，聯想到人也需要和親戚朋友友好，如何增進維持彼此情誼呢？他深知人和人之間失和，往往不是什麼天大的事情，而只是因為飲食細故之類的小事，不能過於小氣，也不能過於隨便，於是他準備豐厚的酒食，演練歌舞娛賓，慎重的邀請叔父、伯父、舅舅這些親戚，以及朋友來家吃飯，雖然一時大家的時間不能配合，但他還是耐心的等待他們有空過來參加宴饗。

周人深知宴饗不止於吃喝玩樂，主人、客人皆深知其背後的意涵。因此宴會雖有對酒食豐盛的頌讚，如〈魚麗〉：

魚麗于罶，鱨鯊。君子有酒，旨且多。

魚麗于罶，魴鱧。君子有酒，多且旨。

魚麗于罶，鰋鯉。君子有酒，旨且有。

物其多矣，維其嘉矣。

物其旨矣，維其偕矣。

物其有矣，維其時矣。

詩寫宴饗時魚、酒等餚饌盛多又美味，一片豐年太平氣象，主人的大方好客顯露無遺。但食物的豐盛與否，並非一場宴會的主體精神體現，如〈瓠葉〉：

> 幡幡瓠葉，采之亨之。君子有酒，酌言嘗之。
> 有兔斯首，炮之燔之。君子有酒，酌言獻之。
> 有兔斯首，燔之炙之。君子有酒，酌言酢之。
> 有兔斯首，燔之炮之。君子有酒，酌言酬之。

餐桌上只有一隻燒烤兔子，一盤瓠葉，一瓶酒，如此簡單，亦見主人和客人開心的一來一往敬酒。〈車舝〉：「雖無旨酒，式飲庶幾。雖無嘉殽，式食庶幾。雖無德與女，式歌且舞。」雖是一首燕樂新婚之詩，但頗能說明宴饗的精神所在，不是旨酒、嘉殽，而是人際間發自內心對對方美德的欣賞與敬重。

周人的生活即是一場場宴饗的組合，有天子宴請群臣嘉賓、皇宮中的夜飲、貴族家庭的宴饗、士人的聚會吃飯等等，不論酬謝、賞賜、慶功、祭祀、豐收、婚禮、壽慶、日常聯誼都要用飲食的方式來呈現，在其中我們看到周人重德、敬天、維繫人際和諧都依賴宴饗，發展出獨特的宴饗文化。順便一提〈賓之初筵〉是一篇鮮活的餐桌禮儀圖，可為今日酒駕立法鑒戒：

……

賓之初筵，溫溫其恭。其未醉止，威儀反反。曰既醉止，威儀幡幡。
舍其坐遷，屢舞僊僊。其未醉止，威儀抑抑。曰既醉止，威儀怭怭。
是曰既醉，不知其秩。
賓既醉止，載號載呶。亂我籩豆，屢舞僛僛。是曰既醉，不知其郵。
側弁之俄，屢舞傞傞。既醉而出，並受其福。醉而不出，是謂伐德。
飲酒孔嘉，維其令儀。凡此飲酒，或醉或否。既立之監，或佐之史。
彼醉不臧，不醉反恥。式勿從謂，無俾大怠。匪言勿言，匪由勿語。
由醉之言，俾出童羖。三爵不識，矧敢多又。

周人深知商之亡國係因耽溺於酒，酒在宴饗中雖可催化氣氛，使人卸下心房，盡情盡性，然而喝多了，往往失控，會做出一些失禮脫序的舉動來。像詩中的來賓三杯黃湯下肚，不勝酒力，竟然不安於坐，大呼小叫，弄亂杯盤，歪歪斜斜的跳起舞來，還說出公羊無角之類荒唐無稽的話，可說是醜態畢露，丟臉到家了。

這樣的描述，是不是仍然在我們周圍天天上演？而周人早就有所體認了，看來可以將這首詩作為喝酒不開車或餐桌禮儀的宣導。

作者小傳

呂珍玉，桃園縣人，東海大學中國文學研究所博士，現任東海大學中國文學系教授，講授詩經、訓詁學、詩選等課程。著有《高本漢詩經注釋研究》、《詩經訓詁研究》、《詩經詳析》等專書。熱愛教學研究工作，不知老之將至，最高興看到學生有傑出表現。

送禮送到心坎裡

陳珮怡

「送禮」是一般人常見的社交行為，雖然看似平凡，但其中卻隱藏著深厚的意涵，無論是送禮或是收禮的人都一定要真誠，才能感受到這份禮物代表兩人之間的情誼，溫暖彼此的心靈！

回顧你曾經收過的禮物中，哪一份才是最貴重的呢？我想價錢的高低絕非重要的因素，反而是能在正確的時間點，選擇對東西，送給對的人，那才是最重要的。在送禮時千萬別忘了也順道將深深的情意包進禮物中，向對方獻上滿滿的祝福，這樣當對方打開禮物的剎那，才會有大大的驚喜與感動！

在〈衛風．木瓜〉中我們恰可感受到禮物雖輕，但卻情深意重的情景。發現送禮真的不是價錢很「貴」心意就會很「重」，這兩者之間沒有必然的關係，凸顯出用心給予與真心接納並回饋，那份微妙的友好關係才是最珍貴的。兩千多年前的詩人就用樸實的文字，將這種深獲我心的感覺寫了下來：

投我以木瓜，報之以瓊琚。匪報也，永以為好也。
投我以木桃，報之以瓊瑤。匪報也，永以為好也。
投我以木李，報之以瓊玖。匪報也，永以為好也。

詩中我們彷彿可以想見當時在一投一報之間傳遞了彼此的濃情密意，將禮物的價值提升至最高，雖然木瓜、木桃、木李都不是什麼貴重的禮物，可能在我們現在看來還會覺得好粗俗。但接受禮物的人不但不嫌棄，反而開心的接受後回報更貴重的美玉，這不正是俗話所說：「受人點滴，湧泉以報。」送禮者的真心相待不也是一種難得的恩情，只要能敞開心胸並用心感受，哪怕是微不足道的禮物也能夠傳送溫馨與關懷，為生命注入源源不絕的暖流，在往來的互動中深耕彼此的心田，自然而然人與人之間的情感就會永續經營，再也無法輕易割捨，明白人與人之間真誠交流的可貴，詩中詞句雖然簡潔，但情意卻能無限延伸。雖說回贈禮物是「匪報也」，但傳達永保情誼的心意與希冀，在此展露無遺。

明朝徐渭《路史》中，有一個我們熟知的小故事可以順道一提以為佐證：在唐朝貞觀年間，回紇國為了表示對大唐帝國的友好，於是派遣使者緬伯高帶著珍貴的寶物前來朝貢，可是在途中卻丟了一隻罕見的白天鵝，只留下一根小小的羽毛，他在無計可施之下急中生智，將羽毛用綢子慎重的包好，並在綢子上提了一首詩，詩中寫到：「禮輕情意重，千里送鵝毛」，最後竟成功的化解災禍，並不負托付的送達了等值貴重的禮物。唐皇因能感受對方的真情至意，於是接受了這份心意。這份禮物，使得彼此間的友好關係能繼續維持下去。仔細想想：其實心意的傳遞與情感的交流才是人與人交往間最彌足珍貴的啊！古人折柳枝送別亦同，無非是希望即將遠行的人能帶著送別者真誠的祝福，盼其視柳如見人在一路相伴，因而平安順利。此處的「柳條」不也是禮輕情意重的深情表現？

反思現今，人們在人情世故的經營上似乎越來越顯淡薄，可能是害怕吃虧，抑或是怕麻煩，總覺得在禮尚往來中缺少了那麼點真誠與情意！至今徒留形式，有時更是禮到人不到，抑或是純粹因為商業間生意往來利益所做的交換，這樣的禮怎麼送也送不進對方的心坎裡，枉費了送禮背後的重要意義，更別談永久的友好關係了，這樣豈不是非常可惜？其實人是感性的動物，只要你能打從心底真心誠意的去付出、去關懷，時時將對方放在心上，並常替對方著想，那麼即便是很簡單的禮物，相信同樣用心的人收到了，也會覺得這便是天下最貴重的禮物了，而彼此之間的友好關係自然也就水到渠成，直到永遠！

作者小傳

陳珮怡，生於臺中后里，中興大學中國文學系畢業，目前任教於臺中市私立常春藤高中——美式住宿學校，教授中文。

願還以眞心

周子馨

〈衛風・木瓜〉

投我以木瓜，報之以瓊琚。匪報也，永以為好也！
投我以木桃，報之以瓊瑤。匪報也，永以為好也！
投我以木李，報之以瓊玖。匪報也，永以為好也！

男女之間有所謂的純友誼嗎？電視劇「我可能不會愛你」裡面程又青和李大仁之間的情誼羨煞所有人，但起初，又青只認為大仁是可以傾吐一切事情，不會有任何雜念的「最好的朋友」。雖然到最後兩人在一起了，但令人感到可貴的是，交往前兩人去蕪存菁的真摯友情。

去除男女之間可能會萌發的情愫，如果單以朋友來看，其實男女之間是適合發展成純友誼的。男生願意以自己的觀點提供女生參考；女生也可以用自己的看法告訴男生，這樣可以減少各種不必要的想像，造成溝通上的誤會。畢竟男女之間思路不同，著力點及偏重的方向就會讓事情有南轅北轍的差別，這時候沒有有效的溝通及冷靜的分析，往往會造成爭執。而這樣的結果，出發點往往太過於自私，而這是無論男女一致的通病。

現在的人們想法比較以自我為中心，說話往往出口便是「我覺得」、「我以為」、「要不是他的話，我也不會……」等等，關心的層面總圍繞在自己身邊，在乎自己得到的會不會比付出的還多，稍有不平衡便覺得吃虧，吝於計較付出更多。其實，當我們開始算計付出多少的時候，對方是感受得到的，回饋給自己的無形中也會少很多。假如我們結交朋友的目的只是讓自己受到關愛，受到注目，那麼就失去交朋友的真諦了。朋友其實和情人一樣，需要磨合、吵鬧、不計前嫌的原諒、然後和好如初。一切的一切都應該發自真心，沒有你多我少的分別，也沒有無話可說的時候。

或許有些時候難免為自己疲憊的付出不平，也常常怨懟身邊的朋友怎麼不懂這些用心良苦，但這些賭氣如果不好好處理的話，可能會有不必要的爭吵。然而，這些其實是可以避免的。一味的在小地方糾結，自己也理不清頭緒時，不妨冷靜想想，其實有時候是自己的多心了。有可能朋友也覺得，其實是他付出的比較多呢！

斤斤計較並不會使一段友誼長久，互相猜忌反而會讓彼此形同陌路，這樣真的是我們想要的嗎？

反觀古人單純且直接的感情，正如〈衛風〉的這首詩歌一樣，雖然後代有許多不同的解讀，但毫不考慮的釋出自己的真心是一致的。願意不去計較自己收到物品的質量，只因為眼前的這個人值得，所以解下身上唯一貴重的玉珮予以回贈。正如同裡面所提到的「匪報也」，珍視的是這樣的情感，所以置物質的貴重於事外。假如現在身邊有這樣可以對待的朋友，是多麼難得的一件事！因為相信他，所以願意為他做出能力所及最大的犧牲，肯定是一件過癮的事！又如果身邊有朋友願意這樣對待自己，毫無疑問，應是世界上最幸福的人了吧！

大仁之所以如此為又青付出（撇開喜歡又青的緣故），是因為又青也釋出了同樣的感情，讓大仁得到反饋，因而繼續給予更多。如果這不是一種精神對等的認同，這段友誼應該很快就結束了。能夠找到志同道合，頻率相同的朋友不是一件很寶貴的事嗎？所以從今天開始，放下審視別人的標準，對自己好的人以真心相待，那麼就會發現，知心好友不再難尋。

作者小傳

周子馨，現就讀東海大學中國文學系三年級。視音樂如生命，待朋友如自己。情感豐沛，相當念舊。喜歡說話一針見血，厭煩囉唆虛假。欣賞家中貓咪獨善其身，卻又放不下家人。參觀過許多大學，最愛的還是東海自由學風和充滿人文氣息。

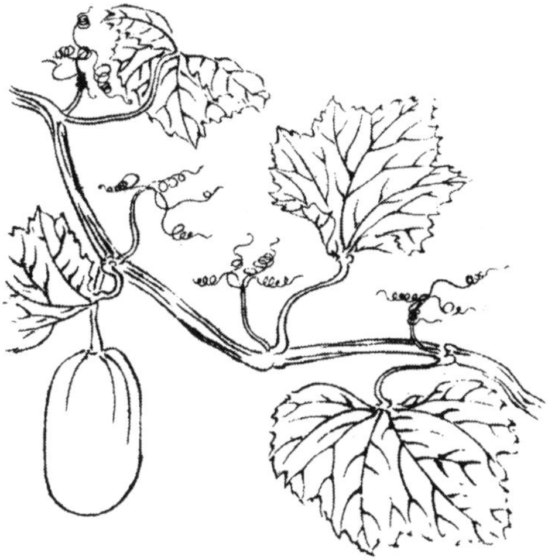

互惠見眞情
〈衛風．木瓜〉

吳冠霖

「助人為快樂之本」，一直都是我的座右銘，我一直以幫助別人為我的人生目標！同時，我幫助別人純粹出於善意，也只是單純想解決他人的困難而已，所以我不要求任何回報。也因為如此，所以我常被朋友、死黨們說是「爛好人」；而父母更是毫不留情的訓誡我：「做人不要那麼雞婆！」但我堅信人人只要多一點愛心，這個世界就會變得更美好，所以我仍是盡我所能地幫助人，不求回報。

因為這樣的原則，使得我不太會拒絕別人的請託。但也因為如此，我認識了一位影響我很大的朋友。那是我在高中二年級時的某一個周末，我去幫忙母親的豆花店工作後，便獨自先回家睡覺。當我走到公車站牌時，看見一名膚如凝脂，齒如瓠犀，神采動人的清秀佳人，在人群間來回穿梭，而從她身邊經過的男子，都只是停下腳步回頭望望她，隨後又一臉錯愕地轉身離去，卻沒有人因為她的美貌而向前搭訕。當我看到她手裡拿著一大疊問卷，頓時明白這些人何以對她敬而遠之，因為許多業者雇用工讀生在街頭請人填問卷，然後要他們強行推銷商品，這樣的工作沒有人喜歡做，因此顯得格外辛苦，往往站了好幾個小時，願意填寫的人是寥寥無幾，更不用說掏錢來買商品了。

看著那位妙齡女子接二連三的碰壁，找不到願意幫她填寫的人，內心一陣鼻酸。心想我是不是應該主動上前幫她填寫呢？忽然間，那名女子緩緩地向我走來，笑容滿面地對我說：「同學，你可以幫我填一份問卷嗎？」當下其實我糾結了，因為同一時間，我要搭的公車已經靠站了！內心百感交集，到底是要填呢？還是要搭公車呢？我看向公車，再看向女子，我咬緊牙關做下決定！靜靜地看著公車駛離，而我默默的幫她填了問卷。她非常開心，而且非常興奮地和我聊天，我發覺她好可愛，靈動活潑的模樣讓人無法忘懷。看了一看問卷的內容，原來是一間美國保養品的直銷商——如新（NU SKIN），難怪皮膚會那麼好。填完問卷後，她忽然用手摸了我的臉龐，輕聲說道：「你的皮膚是容易出油型的，如果你不介意的話，下個星期天要不要約個地點，我們一起來敷臉，我想幫你改善你的皮膚！就當謝謝你幫我填問卷的回禮吧，而且是免費的喔！」

一個星期過後，我和她在臺北車站碰面了，她把我帶到如新在臺北車站的分部，一到她的辦公室，她就拉著我去體驗敷臉，同時也教了我許多保養的方法。在聊天的過程中，才知道她跟我相差大約五歲左右，但她卻有了許多寶貴的人生經驗，同時也才明白，她本身有一份穩定的工作（在行政院退輔會工作），她做直銷只是純粹的想幫助跟我有類似困擾的人。發現她跟我有著想幫助人的想法時，我不知不覺感到莫名的共鳴感，也因為如此，我們倆變成了好朋友。同時也因為她的關係，我的皮膚也真的有變好，長年長青春痘的問題也不藥而癒，真的很感謝她；此外，她是個人緣廣闊的人，所以我也間接透過她的關係結交了來自四面八方的朋友，了解到許多不同的人生觀和價值觀，真的很感激她。

認識她已有四個年頭，目前她到了澳洲打工留學，真的很為她感到欣喜，因為她完成了人生的另一個目標。現今回想起來，我們只是單純的互相幫忙而已，但人與人之間透過幫忙而產生的緣分，真的是十分難得！此時想起〈衛風‧木瓜〉：

投我以木瓜，報之以瓊琚。匪報也，永以為好也。
投我以木桃，報之以瓊瑤。匪報也，永以為好也。
投我以木李，報之以瓊玖。匪報也，永以為好也。

在一投一報，樸實無華的文辭中，詩人寫出了人與人之間真誠相待，人際之間的情誼，不在於所贈物質的貴重，而是在於那一來一往，願與對方永以為好之心！俗話說：「千里送鵝毛，禮輕情意重」也說明著人與人的互相贈與，最重要的還是彼此愛惜彼此的心。在今日人際互動頻繁的時代，反而真情不如過去，產生莫名的疏離感，不再容易為他人付出。而我能有如此偶然的際遇交到好朋友，讓我覺得三生有幸，同時《詩經》也應驗了這番際遇，《詩經》果真是一部千古流傳的經典，闡釋了人際間最真誠的情誼。

作者小傳

吳冠霖，現在就讀東海大學中國文學系三年級，他有著粗厚的濃眉，大而豐厚的耳朵。好擊劍，通曉箭術。為人務實卻不苟言笑，喜歡幫助人，總是默默付出，不求回報。

互信的智慧

黃怡鳳

人與人之間的相處，最重要的不外乎互相信任。但現今社會人與人的關係越趨淡薄，不管遇到何人，都先存有警戒、懷疑之心，就連一件很普通的善舉，也能讓人懷疑是否另有目的。人們不再像以前一樣，能夠單純的接受別人幫助，總是會有人想著：你對我好是不是想從我這裡拿到什麼好處，是否想利用我什麼？

舉兩個新聞當例子，有人撿到了一大筆錢，因為拾金不昧，失主為了感激那個人，大方分了一半給人；過了不久，又有人撿到了一大筆錢，這時失主卻沒有分錢給撿到的人，撿到的人因此要求失主依法給予一定的謝金，這時失主就算不願意，也不得不給。

明明是同樣的一件事，卻有兩種截然不同的結果，前者拾取的人並非有意要得到他人的酬謝，後者卻是有意的，而且還據理力爭他應得的權利。兩位失主的心情想必也是相反的，一位真正出於感激，一位不情不願。後者以後再遇到同樣的情況的話，想必腦海裡洗不掉這次的經驗和不快，以後自己幫忙別人，也會評估一下能否能得到好處，才決定是否幫忙。

其實這樣做並沒有必要，如果像〈鹿鳴〉這首詩一樣，主旨雖然是說君臣上下交為泰，國君待他的群臣如大賓。但若從另一個角度分析，則是因為君臣之間能夠互相信任，才能夠如此。藉由宴飲，君臣之間氣氛和樂安詳，臣子提出自己的見解時能夠安心，不用提心吊膽會恐懼觸怒上顏，國君也因為得到好的建言而改善施政，和樂融融。「人之好我，示我周行」，客人是真正為主人好，於是提出自己的意見，如果這時主人存有懷疑之心，認為客人其實想從他身上得到什麼利益，或對他有所批評的話，就不會有以下的發展了，主人將會無法感到開心，因為隨之而來的將會是索求報酬，就不會有下面的描述了：

視民不恌，君子是則是效。
我有旨酒，嘉賓式燕以敖。
我有旨酒，以燕樂嘉賓之心。

正因為這首詩中，主客互相信任，不認為對方是因為有利可圖，所以才做出如此的舉動，彼此才能夠真正的感到快樂，單純的因為得到好的建議而開心，單純的因為被熱情招待而感到高興。

鹿是一種群居性的動物，只要看到甜美的芳草就會呼朋引伴一同分享，很單純的想分享，很單純的接受好意。而宴飲是一種交際場所，如果這時雙方互相懷疑，那麼此一景象就是假象，主客的開心都是裝出來的，其實內心暗暗的在算計接下來的收益。君臣之間是互相信任的，相信臣子的建言是真心的，臣下也相信國君是真正想聽他的意見，才能夠如此單純的欣賞宴會的音樂、舞蹈。

又例如〈木瓜〉這首詩：

投我以木瓜，報之以瓊琚。匪報也，永以為好也。
投我以木桃，報之以瓊瑤。匪報也，永以為好也。
投我以木李，報之以瓊玖。匪報也，永以為好也。

若單純從字面來看，你送我木瓜、木桃、木李之類，我回送玉石，並不是為了報答，而是想要和你交好。目的很單純，並不是因為以後能得到什麼利益，單純只是想交你這個朋友，也不必再思考把你當作朋友是為了什麼。

但無奈的是，現在也總是會有人思考這類多餘的事，認為別人永遠想從他身上得到什麼，於是遇到困難時，不會想要尋求旁人協助。這完全是因為他無法信任別人。其實只要坦率的接受就好，不必想太多。

如果大家能像〈木瓜〉詩所寫那樣，坦率真誠的和朋友交往，互相信任，不計較、不懷疑；人際關係像鹿鳴宴上的氣氛一樣，如此才能和樂融融，而不是草木皆兵。

作者小傳

黃怡鳳，目前就讀東海中國文學系三年級，生平無啥大志，只希望能夠開心的過好自己的日子，與人相處能夠不觸犯別人就好了。

八　人物典範篇

一個令人難忘的君子

呂珍玉

「君子」一詞在先秦儒家典籍中是一個出現頻率最多的詞彙，孔子在《論語》中對君子的形象從各種面向加以揭示，例如「君子不器」是說君子不能像器皿一樣，有固定的形狀，面對不同的職務，須展現出多方面的學識能力。「君子固窮」是說君子能安於逆境。「君子恥其言之過其行」是說君子實踐重於言論。「君子不憂不懼」是說君子坦蕩蕩行事，無所憂懼。「君子喻於義，小人喻於利。」是說君子和小人臨事起心動念有義利之別。「君子無終食之間違仁」是說君子行事無時不以仁為準則。大致上說孔子在《論語》中已經具體闡述儒家君子典範，而且不脫離日常生活的實踐。

比《論語》更早的《詩經》「君子」一詞更是高頻詞，廣泛的被用來指稱周天子、諸侯、知識分子、婦人稱其夫。用來修飾君子最常見的詞語有「顯允」、「豈弟」（愷悌），一個具有顯赫信實、和樂平易美德的君子，通常指的是周天子，他不僅是民之父母，還是可以綱紀四方，地位最為崇高的君子，詩人以「壽考不亡」、「萬福攸同」之類有福、有壽的敬愛語來祝福他。《詩經》中最常出現「未見君子……，既見君子……」的套語，這裡的君子並不限地位高低，千篇一律的詠歎未見君子時使人憂心焦慮，見到君子時則憂病全除；可見「君子」可以給人帶來生命的光源，可以拯人於危難，「君子」一詞等於難以衡量的安定力量。《詩經》中可以算是君子的人物有文王、武王、成王、宣王、周公、召穆公虎、尹吉甫、仲山甫、衛文公、衛武公……，還有一些不知名的人，這些人是維繫周代穩定的力量，其行事作為符合儒家君子的典範。

在《詩經》中對君子形象描繪最為具體的篇章要屬〈衛風・淇奧〉：

瞻彼淇奧，綠竹猗猗。有匪君子，如切如磋，如琢如磨。瑟兮僩兮，赫兮咺兮。有匪君子，終不可諼兮。

瞻彼淇奧，綠竹青青。有匪君子，充耳琇瑩，會弁如星。瑟兮僩兮，赫兮咺兮。有匪君子，終不可諼兮。

瞻彼淇奧，綠竹如簀。有匪君子，如金如錫，如圭如璧。寬兮綽兮，倚重較兮。善戲謔兮，不為虐兮。

全詩以淇水岸常綠、有節、空心的綠竹起興，用綠竹的形象來譬喻君子的美德。接著以四個博喻描寫君子進德修業所下的功夫，說他所下的苦功好像治骨、象、玉、石之切磋琢磨，好像鍛鍊金錫、琢磨圭璧，終成精純溫潤的寶器。又寫他的充耳、弁帽上的美玉，用服飾的不俗來映襯他的好品德，這樣的君子外顯出來的威儀是莊嚴、昭顯，在人群中氣質獨特，這樣斐然成章的君子，令人忘都忘不了啊！此外在最後一章作者還給這位君子一個特寫鏡頭，當這個君子站在雙重較木的車上時，散發出一種恢宏的氣度。他是那麼富有幽默感，喜歡開玩笑，卻又能謹守分寸。

這個君子到底是不是《詩序》所說的衛武公？那個作〈抑〉戒，刺周厲王的敦厚長者，已經無法證實，就讀詩所受感動而言，論辨所寫何人似乎變得不是那麼重要。《詩經》為我們留下一個鮮明難忘的君子形象，他除了具有儒家君子深厚的學養，美好的品德，穿戴服德相稱，由內而外散發出昭顯的威儀，靠在車廂隨便一個舉止，都令人覺得風采萬千。他說起話來幽默有趣，不是一個硬梆梆滿口仁義道德的君子，自然使人想親近他，而且永遠記得他。這樣一個嚴謹中有幾分瀟脫，氣韻生動的人物形象，幾千年前的詩人就為我們勾勒出來，期望我們以他為學習典範。

作者小傳

呂珍玉，桃園縣人，東海大學中國文學研究所博士，現任東海大學中國文學系教授，講授詩經、訓詁學、詩選等課程。著有《高本漢詩經注釋研究》、《詩經訓詁研究》、《詩經詳析》等專書。熱愛教學研究工作，不知老之將至，最高興看到學生有傑出表現。

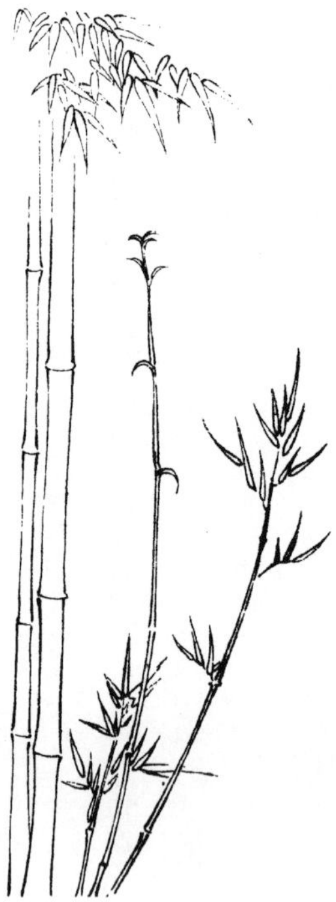

才德兼備的仲山甫

呂珍玉

〈大雅・烝民〉

天生烝民，有物有則。民之秉彝，好是懿德。天監有周，昭假于下，保茲天子，生仲山甫。

仲山甫之德，柔嘉維則。令儀令色，小心翼翼；古訓是式，威儀是力。天子是若，明命使賦。

王命仲山甫：式是百辟，纘戎祖考，王躬是保。出納王命，王之喉舌。賦政于外，四方爰發。

肅肅王命，仲山甫將之；邦國若否，仲山甫明之。既明且哲，以保其身。夙夜匪解，以事一人。

人亦有言：「柔則茹之，剛則吐之。」維仲山甫，柔亦不茹，剛亦不吐；不侮矜寡，不畏彊禦。

人亦有言：「德輶如毛，民鮮克舉之。」我儀圖之，維仲山甫舉之；「愛莫助之」，袞職有闕，維仲山甫補之。

仲山甫出祖，四牡業業，征夫捷捷，每懷靡及。四牡彭彭，八鸞鏘鏘。王命仲山甫，城彼東方。

四牡騤騤，八鸞喈喈。仲山甫徂齊，式遄其歸。吉甫作誦，穆如清風。仲山甫永懷，以慰其心。

根據朱熹《詩集傳》說〈烝民〉是周宣王命樊侯仲山甫在齊築城，臨行時尹吉甫作詩送他。這篇至文，洋洋灑灑的歌頌了仲山甫的才德，詩的背後是肯定周宣王任賢使能，為周朝的中興之主。

在雅詩中不乏寫功臣的篇章，例如〈小雅〉〈六月〉中的尹吉甫、〈采芑〉中的方叔、〈黍苗〉中的召伯；〈大雅〉〈崧高〉中的申伯、〈韓奕〉中的韓侯、〈常武〉中的南仲、程伯、〈江漢〉中的召虎，形象都躍然紙上，彷彿麒麟閣上千古不朽的圖像，在這群圖像中，尤以尹吉甫筆下的仲山甫最令人稱頌難忘了。

尹吉甫首先寫天為保佑周朝而降生仲山甫，如此神奇的出生，已非常人，接著鉅細靡遺的敘寫其人：

他行事以善為法則，對人和顏悅色，做事小心翼翼，以古訓為法式，盡力修養威儀，天子信賴他，放心讓他頒布宣達命令。

天子期勉仲山甫為諸侯之法式，繼承他父祖之事業，協助朝政，當天子的喉舌，不僅布達政令，還要接納各方意見，以廣天子視聽。

仲山甫戒慎的執行王命，對於邦國施政之善否瞭若指掌，他不僅明哲保身，還早晚不懈怠，盡力完成王事。

俗話說：「吃到軟的東西，就一口吞下它；硬的東西吞不下，就吐出來。」欺善怕惡是一般人的通病，只有仲山甫與眾不同，他不欺負孤苦無依之人，對於強橫之人也不畏懼。

俗話說：「美德輕如羽毛，然而一般人卻不願修行它。」因此成德的人不多。我尹吉甫遇事僅能揣度之，而仲山甫則能舉德身體之，可惜眾人未能幫助他把美德推行出去。天子之德如有缺失，只有仲山甫忠誠的為他補闕。

現在仲山甫要到齊國築城防禦東方，出行時祭道路之神，他率領的軍隊是如此威武，車騎是如此嚴整，每位征夫都懷著惟恐不能完成任務的使命感。

望著仲山甫和雄壯威武的王者之師往齊地出發，我希望他快快完成事功回國，寫下這首誠摯溫和如清風的詩送給他，或許他可以藉這首詩得到一些安慰吧！

上面大略介紹詩的內容，尹吉甫真的是仲山甫的知音，從大處寫他對內輔佐天子，出智獻謀，調和鼎鼐；對外英勇率軍東征，是位允文允武的人才。又從品德上寫他不欺善怕惡本性，行事能身體推行美德，對天子犯過能糾正補闕。我想仲山甫受到尹吉甫如此崇高的肯定，必然會很心慰，幾千年後的我們讀《詩》，看到這樣完美的朝臣典範，也會很期待政治人物中有像仲山甫那樣才德兼備的人，而不僅是一個久遠的歷史人物畫像而已。

作者小傳

呂珍玉，桃園縣人，東海大學中國文學研究所博士，現任東海大學中國文學系教授，講授詩經、訓詁學、詩選等課程。著有《高本漢詩經注釋研究》、《詩經訓詁研究》、《詩經詳析》等專書。熱愛教學研究工作，不知老之將至，最高興看到學生有傑出表現。

典範的意義

〈召南．甘棠〉

黃守正

德國教育家福祿貝爾（Froebel, 1782-1852），曾有一句經典名言——「教育之道無他，唯有愛與榜樣。」雖然福祿貝爾的影響力主要集中在幼兒教育，但這句話卻適用在所有的教育理念上。所謂的「榜樣」就是一種「典範」，一種可供人學習的準則模範。這讓我想到《詩經》的〈甘棠〉，〈甘棠〉敘述周代有位賢者，由於施行德政而受到人民愛戴，就連他曾駐足的甘棠樹，人們都愛護有加而不願稍有毀傷。詩中說道：

蔽芾甘棠，勿翦勿伐，召伯所茇。
蔽芾甘棠，勿翦勿敗，召伯所憩。
蔽芾甘棠，勿翦勿拜，召伯所說。

那茂盛的甘棠樹，請不要剪它，不要砍伐它，召伯曾在那樹下住宿啊。
那茂盛的甘棠樹，請不要剪它，不要毀壞它，召伯曾在那樹下憩息啊。
那茂盛的甘棠樹，請不要剪它，不要攀折它，召伯曾在那樹下停歇啊。

宋儒張載《正蒙》說：「〈甘棠〉初能使民不忍去，中能使民不忍傷，卒能使民知心敬而不瀆之以拜。非善教寖明，能取是於民哉！」張載認為人民對於甘棠樹從不忍心拔除、毀傷，直到心存恭敬，都是因為召伯善於教化而逐漸影響人民，因召伯人格的典範而感動百姓。

記得第一次吟詠這首詩，就有種莫名的感動，很想多了解這位賢者的事蹟。查閱注家們的詮釋後，才知道詩中被人緬懷的賢者「召伯」有兩種說法。一是周武王、成王時期的召公奭，「齊、魯、韓」三家詩、司馬遷、鄭玄等依此說；另一是周宣王時期的召虎，當今學者多從此說，如屈萬里、程俊英。閱讀召公奭與召虎的資料後，這兩人的事蹟都讓我稱嘆，兩人的賢者形象都深深烙印在我心中。太史公司馬遷《史記・燕召公世家》：「召公巡行鄉邑，有棠樹，決獄政事其下，自侯伯至庶人，各得其所，無失職者。」宋儒朱熹《詩集傳》說：「召伯循行南國以布文王之政，或舍甘棠之下，其後人思其德，故愛其樹而不忍傷也。」賢能的官吏斷案分明、愛民如子，人民感念其恩德，就連他處理政事曾憩息其下的甘棠樹也不忍毀傷。

隨著時間的累積與人生的歷練，我對這首詩的體會就更加深刻。詩人運用烘托的寫作手法，藉由人們對甘棠樹的愛憐，襯顯出召伯受人愛戴的形象。明人曹學佺《詩經剖疑》說：「南國之人思召伯而祀之，其廟有棠焉，曰茇、曰憩、曰說，以神之所棲耳，社依於樹，即此之謂。」甘棠樹是召伯曾經住宿、憩息、停歇的地方，是召伯精神發光發熱之處，所以「神之所棲，社依於樹」，人民因崇敬思念召伯而依著甘棠樹建廟祭祀。詩人將無窮無限的價值，凝聚於甘棠樹，完美的烘襯出一個受人景仰的精神典範。尤其詩中所蘊含的象徵意義，更常讓我思索著「典範的意義」。

今人所知的「典範」，可被理解為準則模範。然而「典範」（paradigms）一詞，原是近代猶太裔科學家孔恩（Thomas Kuhn, 1922-1996）在科學研究上所提出的觀念。關於「典範」的定義，孔恩在《科學革命的結構》書中〈後記〉曾說：「『典範』這個詞有兩種不同意義的使用方式。一方面，它代表一特定社群的成員所共同的信仰、價值與技術等構成的整體。另一方面，它指涉那一整體中的一種元素，就是具體的問題解答，把它們當作模型或範例，可以替代規則作為常態科學其他謎題的解答基礎。」歸納孔恩的重點，所謂的「典範」具備的兩種意義，不僅是

「集體理念的價值標準」，更是「一切研究的指導原則」。倘若將這兩種意義運用在人文領域上，「典範」就是眾人所公認的專業素養、品格操守、行為準則與奉獻精神。

在閱讀〈甘棠〉的過程中，我強烈的感受到「召伯」人格的典範性。上海博物館藏戰國楚竹書《孔子詩論》記載著孔子的看法：「吾以〈甘棠〉得宗廟之敬，民性固然。甚貴其人，必敬其位；悅其人，必好其所為；惡其人者亦然。」孔子在吟詠〈甘棠〉時，可以體會到「宗廟之敬」的原理。人們的心性有共同的本質，重視一個人，就會尊敬他的工作，喜歡一個人，也會愛好他的作為。百姓們對官吏的愛戴，直接反映出對宗廟的崇敬。相對的，百姓們若是厭惡官吏的為人，也影響著對國家的認同。因此人格的「典範」具有舉足輕重的存在意義，倘若所有的官員都能廉政愛民、修養身心，成為眾人心中的典範，那麼一切的政事必當風行草偃，人民和樂後，天下自然太平。

「典範」是科學研究的里程碑，更是燈塔性的指標，引領著科學研究不斷的向前邁進。「典範」的確立在科學研究上具有莫大的意義，不僅科學研究如此，在人文的世界裡，更需要「典範」的存在，需要精神的導師。尤其進入網路時代，人們容易取得各種資訊，在冰冷的螢幕前獲得知識，有時反而無法感受人性的溫度。社會走向多元化，大張旗鼓的提倡適性發展，有時適性成為任性的偽裝，過度的自由卻模糊了基本的核心價值。因此，「典範」的存在有其重要的意義，它能引領著人們不斷的自我提昇，虛心的向上學習。

倘若缺少「典範」，價值標準就容易混淆，傲慢與恐懼便在人心滋長。不知反省的人，從自以為是到目中無人；想要進步的人，從遲疑觀望到無所適從。有一次在電視上看到影歌紅星劉若英接受訪問，主持人問她不僅歌唱事業發展順利，又曾兩度（1995、1999年）獲得亞太影展最佳女主角獎殊榮，在唱歌演戲兩得意之際，心中最大的感想是什麼。不料她的答案卻讓我陷入許久的沉思，她說：「我感到恐懼。」得獎前，在她前面有許多老師指導她，她有追趕的對象，一步步的往前邁進。得獎後，老師們都謙虛的不敢教她了。她似乎有一種錯覺，她走到了最前線，她恐懼著前面沒有神的指引。

神是完美化的人，是最崇高的「典範」。《周易・觀・彖傳》說：「聖人以神道設教，而天下服矣！」聖人以神道施行教化，天下百姓順服。所謂「神」，其實就是人格的完美化，值得永生學習的「典範」。學習完美的人格特質，才能讓我們擺脫惡性劣習，逐漸趨於完美。

「典範」有時也不需說太多道理，它只是一種精神的感動，就像甘棠樹感動了我，讓我想向召伯學習，希望有一天，我也能受到眾人的認同與懷念。那你呢，什麼樣的人能感動你呢？

作者小傳

黃守正，東海大學中國文學所博士生，經歷：國、高中國文教師、東海大學中國文學系兼任講師。愛好閱讀、學術、教學、音樂。

寂寞的先知

〈王風・黍離〉

黃守正

當你被人誤會，費盡心思仍被曲解時，你如何排解憂悶心情呢？我總會想起〈黍離〉這首詩，不自覺的吟詠著詩句。

彼黍離離，彼稷之苗。行邁靡靡，中心搖搖。
知我者，謂我心憂；不知我者，謂我何求。
悠悠蒼天，此何人哉！

彼黍離離，彼稷之穗。行邁靡靡，中心如醉。
知我者，謂我心憂；不知我者，謂我何求。
悠悠蒼天，此何人哉！

彼黍離離，彼稷之實。行邁靡靡，中心如噎。
知我者，謂我心憂；不知我者，謂我何求。
悠悠蒼天，此何人哉！

眼前那小米整齊茂密，眼前那粱苗青青蔥蔥。
我的腳步卻遲緩沉重，我的心神卻搖搖不安。
了解我的人，知道我心中憂傷悲痛，
不了解我的人，還以為我別有所求。
悠悠蒼天，這是什麼樣的人啊！

每次讀這首詩，就強烈的感受到一股不被了解的鬱悶心情。尤其是「知我者，謂我心憂；不知我者，謂我何求。」這句經典名言，常在自己被誤解時，自然的在心頭湧現。

關於此詩的詮釋，歷來注家們有不同見解，始終無有定論。《毛詩序》：「黍離，閔宗周也。周大夫行役，至於宗周，過故宗廟宮室，盡為禾黍。閔周室之顛覆，彷徨不忍去，而作是詩也。」寫一個士大夫感慨國家滅亡的悲悽心情，而《韓詩》、《魯詩》遺說，各自寫出兄長被殺的家庭之變。漢代以後的學者便依著「毛、韓、魯」的三種論述主軸爭辯而各有發揮。

閱讀各家學者的注疏後，我贊成清人崔東壁的見解。在《讀風偶識》說：「玩其詞乃似感傷時事，殊不見遭家庭之變者也。」崔東壁傾向《毛詩序》的解讀，但卻轉出獨特的卓見，所謂「玩心憂、何求之語，乃憂未來之患，亦不似傷以往之事者也。……未亂而欲憂之，非已亂而追傷之。蓋凡常人之情，狃於安樂，雖值國家危險之會，賢者知之，愚者不之覺也，是以不知者謂之何求。」這並非一個士大夫悲悽國家的滅亡，而是一個「先知」的形象，他煩惱著別人所未察覺的危險即將到來。

「先知」總能預見別人所無法觀照的未來，當他說出預言，平庸之輩往往無法理解；當他提出建議，有時還被誤認為別有企圖。所謂「高處不勝寒」，「先知」除了憂心於扭轉危機的無能為力，更苦惱著不被人知的寂寞。

「先知」總是要受苦的。在希臘神話中，普羅米修斯（Prometheus）的名字象徵著「先知」之意。他教導人類文字、算術、建造房屋、觀測氣候等，使人類走向文明生活。為了幫助人類解脫困苦，他冒險從奧林匹斯偷取了天火，教人類使用火種，不僅讓人類懂得用火烹調，遠離飲血茹毛的生活，更讓人類在黑夜之中也能見到光明。「偷火」一事觸怒天神宙斯，為了懲罰普羅米修斯，宙斯將他鎖在高加索山的懸崖上，每天派一隻老鷹去啄食普羅米修斯的肝臟。然而白天被啄食的肝臟，到了夜晚竟又重新復原，如此日復一日，普羅米修斯必須遭受著永無止盡的苦痛。「先知」能做到別人所無法完成的事，相對的，有時勢必就要付出某些代價。

「先知」不僅要受苦，更要承受不被人知的寂寞，這是我涵詠〈黍離〉時最深刻的感受。詩人所望見的小米、高粱從幼苗青翠、抽莖發穗到結實飽滿，眼前所見的一切雖是美好，然而腳步卻是沉重遲緩的「行邁靡靡」，心中竟是憂苦難耐的「搖搖、如醉、如噎」。因為他知道眼前這一切美好，即將被摧毀卻無力挽救。「如噎」一詞更是貼切傳神，「噎」是咽喉有物蔽塞而無法透氣之意，孔穎達說：「心中如噎，故知憂深不能喘息，如噎之然是也。」詩人被憂苦壓得不能喘息，更沒有知音了解他的苦痛。他的憂苦說不出，縱使說了，也沒人懂得。他只能呼喚蒼天，求蒼天垂憐，希望有人能來了解他。

法國常勝將軍拿破崙是以砲兵起家的，傳聞他是以倒數第二名的成績被編入炮兵班。十五歲的拿破崙（1784）進入巴黎軍官學校後，步兵的基本行陣訓練經常跟不上他人，甚至連步伐都會踏錯。有一次長官訓斥他：「為什麼你的腳步總是無法跟住鼓聲呢？」拿破崙雙眼凝視著遠方，淡淡的回答：「因為我聽到未來的鼓聲，我配合著未來的鼓聲往前邁進。」這個答案不僅讓拿破崙受到嚴厲的處罰，隨即就被轉到砲兵部。

這雖是一個編造的有趣傳聞，卻也說出「先知」是要受苦的。當你的言行與他人有異時，或許你真的如拿破崙一樣聽到「未來的鼓聲」，然而在他人眼中，卻是嗤之以鼻的笑話。從這個角度來思考，也足以讓我們反省自己出現「先知」心態時該如何調適心情。

孔子曾說《詩》可以「怨」，「怨」是一種抒發，藉由詩裡文字的意境，抒發心中不平的情緒。每當我陷入不被他人理解的苦痛時，〈黍離〉總是慰藉安撫的良藥。吟詠著〈黍離〉的詩句，憂悶的心緒似乎逐漸淡散。詩句不斷的提醒自己，「先知」的寂寞是一種必然，「先知」的憂苦也是一種必然。古來的先哲們尚且如是，況且自己並非「先知」，自己那些不被人知的寂寞，小小委屈又何足掛齒呢。有時我甚至思索著，倘若屈原讀過〈黍離〉，或許他不會抑鬱一生，更不會去投汨羅江。

親愛的朋友，當你被人誤會，費盡心思仍被曲解時，試著吟詠〈黍離〉吧，相信你的憂悶心情將逐漸淡散而去啊！

作者小傳

黃守正，東海大學中國文學所博士生，經歷：國、高中國文教師、東海大學中國文學系兼任講師。愛好閱讀、學術、教學、音樂。

九　態度篇

永言配命，自求多福

呂珍玉

俗話說：「人各有命。」每個人對自己的命運都很好奇，想知道未來如何，如何趨吉避凶，於是各種算命、占卜之術盛行，成為一般大眾另類的心理輔導方式。「命」是什麼？命可不可以改變？要如何改變？周人在《詩經》中已有清楚的認識。

「命」多出現在〈雅〉、〈頌〉詩篇，而且是以「大命」、「天命」的構詞出現，將它視為是不可違逆的偉大天命，「天命無常，惟德是輔」，天命它不偏愛於一家一姓，而是輔助有德之人。周人以這樣的信念，在《詩經》中展現滅商的合理性，並用來說服商人應該順服於周。〈大雅・文王〉：

> 假哉天命，有商孫子。商之孫子，其麗不億。上帝既命，侯于周服。無念爾祖，聿脩厥德。永言配命，自求多福。殷之未喪師，克配上帝。宜鑒于殷，駿

命不易。……侯服于周，天命靡常。……

周天子安撫著殷商遺民說：「偉大的天命啊！殷商的眾多子孫們，上帝已經下令你們要臣服於周了，不要再想念你們的祖先，好好修你們的德吧！千萬不要違逆天，應該自求多福。從前你們商朝未喪失群眾時，所為也是能配合天命的。而今應以亡國為戒，天命是不能改易的。……請好好順服於周，天命是無常的……」這番話透顯出君權神授觀念，一國之君就是天子，他奉行天的旨令行事。

周人深信他們所以能承受天命是有緣故的，〈周頌・賚〉：

文王既勤止，我應受之，敷時繹思。我徂維求定，時周之命。於繹思。

周武王克商後，祭祀文王廟，大告諸侯周之所以承受天命，是因為文王黽勉，自己才能接受土地與人民。應該敷布文王之德澤於天下，以及於無窮，安定天授予周的國運。諸侯們請和我一起黽勉努力吧！周人以黽勉敬畏之心來維持天命，因為他們知道「天命降監，下民有嚴」（〈商頌・殷武〉）天是如此嚴厲的下察人民，〈大雅・雲漢〉寫天以旱災示警，宣王憂旱說：「大命近止，靡瞻靡顧」，天命將亡，上帝不來眷顧拯救我，他是如此的害怕失去天命，而虔敬的祭禱。〈小雅・小宛〉「各敬爾儀，天命不又」，對於那些飲酒後不能自持，驕縱自滿的周天子提出警告，使他們知道飲酒無度，不能敬慎威儀，將失去天命。

除了寫周天子對於天命的態度外，朝臣對於天命的態度，相對就較少述及。〈召南・小星〉：

嘒彼小星，三五在東。肅肅宵征，夙夜在公。寔命不同！
嘒彼小星，維參與昴。肅肅宵征，抱衾與裯。寔命不猶！

詩寫一位小官吏披星戴月，奔走於途，不得休息，因而和其他人比較，抱怨自己命不如人。這裡的「命」比較接近我們平常所說的「命運」。它和前面的天命，都是由天掌控，人只能順應天命，以勤勉敬慎的態度來接受天命，這位小官吏發了一頓牢騷，抱怨兩下子，最後還是抱著衾和裯上路了，他對自己的職責一點都不敢怠慢。〈小雅・小明〉末兩章：

嗟爾君子，無恆安處。靖共爾位，正直是與。神之聽之，式穀以女。

嗟爾君子，無恆安息。靖共爾位，好是正直。神之聽之，介爾景福。

一位仕於亂世的官吏，遠離家鄉為國辛勞，對其僚友呼告要盡力朝事，結交正直之人，如此才能受到天的賜福。

周人知道福不會憑空從天而降，只有自求多福才能改變命運。他們相信天命、命運，但他們絕非宿命論者，因為在《詩經》中他們揭示了人的主動性，雖然天命不可違逆，但可以用行動來改變天意。〈大雅・烝民〉：「天生烝民，有物有則，民之秉彝，好是懿德。」於是他們以修懿德為途徑，從天那裡分得了一些主導權，而不完全受制於天，然後以積極的態度接受天命，克服生活中的重重困難。天作孽猶可為，自作孽不可活，在對天的神秘信仰下，周人花更多功夫在努力改變現實的狀況。今日算命、占卜之術盛行，處在困頓中的人，往往無法擺脫命定，消極的接受命運，或可學習周人自求多福的方法吧！

作者小傳

呂珍玉，桃園縣人，東海大學中國文學研究所博士，現任東海大學中國文學系教授，講授詩經、訓詁學、詩選等課程。著有《高本漢詩經注釋研究》、《詩經訓詁研究》、《詩經詳析》等專書。熱愛教學研究工作，不知老之將至，最高興看到學生有傑出表現。

頌禱聲中的內省

呂珍玉

面對生活上的挫折，人經常顯得軟弱無力，於是有各種宗教來撫慰無助的心靈，有人相信上天，有人相信佛祖，有人相信耶穌，有人相信天主，更有人相信神鬼。《詩經》中的周人稱天為上帝，這個上帝有眼能看，有耳能聽，有口能說，有手能做，有腳能行，具有常人的喜怒哀樂情緒，祂公正無私，明察在上，讓下界的人一言一行無所遁形。周人相信「皇天無親，惟德是輔」，只要以敬謹之心修德，則能得到上天的保佑。除了天之外，周人也相信死去的祖先靈魂跑到上帝的左右，於是在〈雅〉、〈頌〉詩篇中，我們看到周天子虔敬的向上帝或祖先祈禱時的身影，他們透過祭祀和祈禱的途徑，來和上帝、祖先交流，在他們的信仰中，上帝、祖先以神的獨特形態真實存在，而這樣的思維方式，延續至今普遍為中國人所接受，也成為一種宗教信仰。

〈大雅・雲漢〉寫周宣王時發生嚴重的旱災，老天多年不下雨，熱氣逼人，周宣王憂旱祭祀上天，他卑微的祈禱說：「於乎！何辜今之人？天降喪亂，饑饉薦臻。靡神不舉，靡愛斯牲。圭璧既卒，寧莫我聽。」不斷的檢討自己懷著虔敬的心，按時祭祀眾神，不敢有絲毫的怠慢態度；於祭品的準備，不論牲禮、圭璧，按照規定數量，一點都不小氣，為何上天要如此懲罰我？祖先又怎麼忍心看我受苦，讓我的子民餓死，朝中百官離我而去呢？我的祈禱並非為我個人？而是為了安定百官，讓大家齊力為百姓造福啊！也許是他憂國憂民虔敬的心，感動了上天、祖先，奇妙的上達天聽，化解了這次嚴重的旱災危機。

在〈周頌〉中更有許多詩篇描寫周天子在祭祀祖先時，除了頌揚先人之功外，還流露出對現實的焦慮不安，透過祭禱，娓娓道出內心期盼，言辭中洋溢著懇切的自省：

〈昊天有成命〉

昊天有成命，二后受之。成王不敢康，夙夜基命宥密。於緝熙，單厥心，肆其靖之。

《詩序》說這首詩是描寫成王郊祀天地，成王向天地祈求保佑，流露出自己夙夜敬勤於天命，一心一意盡力於國事的努力，用這樣的自覺自醒，來祈求神的幫助。

〈我將〉

我將我享，維羊維牛。維天其右之。儀式刑文王之典，日靖四方。伊嘏文王，既右饗之。我其夙夜，畏天之威，于時保之。

《詩序》說這首詩是祀文王於明堂。周的後王祭祀文王於祖廟，擺上豐盛的牛羊祭品，向文王祈求佑助，禱詞宣示要效法文王治理天下以德，還以勤勉於政，敬畏天威，保有績業自我惕勵。

〈閔予小子〉

閔予小子，遭家不造，嬛嬛在疚。於乎皇考！永世克孝。念茲皇祖，陟降庭止。維予小子，夙夜敬止。於乎皇王，繼序思不忘。

朱熹《詩集傳》說這首詩是寫周成王除喪後祭祀先王之廟所作。在這首詩中我們看到了一個徬徨無依的小皇帝，他在祖廟緬懷祖先偉大的功業，憂心自己能否繼承，在禱詞中他祈求祖先保佑自己能承擔重任，也流露了他勤勉恭敬於朝政的反思。

〈敬之〉

敬之敬之，天維顯思。命不易哉。無曰：「高高在上。」陟降厥士，日監在茲。維予小子，不聰敬止。日就月將，學有緝熙于光明。佛時仔肩，示我顯德行。

方玉潤《詩經原始》以為成王自箴之詩。全詩寫成王敬天自箴，依神之旨意，戒慎憂懼，努力有為。

〈小毖〉

予其懲，而毖後患。莫予荓蜂，自求辛螫。肇允彼桃蟲，拚飛維鳥。未堪家多難，予又集于蓼。

《詩序》說這首詩是嗣王求助。周公歸政成王，成王接受天命，祭祀祖廟，內心戒慎恐懼，祈求賢臣輔助。

從這些祈禱詩中，看到周人對上帝、祖先的信仰，他們在祭祀時，把天和祖先當成神，不斷的向祂們禱告，將個人憂思、感傷、苦悶、煩惱之事，對著神訴說，更重要的是在禱詞中時時反省自己，檢討自己的行為，勤勉謹慎，理性的克制自己的慾望，使自己的作為能符合天的要求，做出對國家、人民有益的事。

《詩經》的頌禱詩建立了中國人人神交流溝通的方式，積澱成中國人天神、祖先崇拜信仰。在周人的祭禱詞中，我們看到了更多人對神的承諾，存在一種自助然後得到天助，不斷自我反省、勤勉努力，充滿積極向上的生活熱情。下次禱告時記得學習周人，不要只會向上帝訴苦抱怨，以積極努力的態度來和祂交換條件吧！

作者小傳

呂珍玉，桃園縣人，東海大學中國文學研究所博士，現任東海大學中國文學系教授，講授詩經、訓詁學、詩選等課程。著有《高本漢詩經注釋研究》、《詩經訓詁研究》、《詩經詳析》等專書。熱愛教學研究工作，不知老之將至，最高興看到學生有傑出表現。

忍耐與等待

呂珍玉

人生不如意事十常八九，與其灰心喪志，一蹶不振，未若忍耐等待，或許還有改變的契機。《詩經》是周人生活的畫卷，其中有不少詩篇敘寫面臨忍耐與等待的困境，向我們展示詩中人物痛苦焦灼的內心，還有那份堅定不移的意志，持續的等下去吧！不管結果如何，為他而活，展示出人物心中溫婉美好的人間畫面，至今那種畫面不變，依然時時浮現在在我們生活周圍，讀來親切感人，既溫馨又心酸。

〈邶風・日月〉

日居月諸，照臨下土。乃如之人兮，逝不古處。胡能有定？寧不我顧！
日居月諸，下土是冒。乃如之人兮，逝不相好。胡能有定？寧不我報！
日居月諸，出自東方。乃如之人兮，德音無良。胡能有定？俾也可忘。
日居月諸，東方自出。父兮母兮，畜我不卒。胡能有定？報我不述。

那個人變了心，不像從前那樣待她，於是她痛苦無告，只能呼天呼父母，然後耐心的等他回頭。

〈邶風・雄雉〉

雄雉于飛，泄泄其羽。我之懷矣，自詒伊阻。
雄雉于飛，下上其音。展矣君子，實勞我心。
瞻彼日月，悠悠我思。道之云遠，曷云能來？
百爾君子，不知德行。不忮不求，何用不臧。

因在上位者個人的慾望，迫使她的丈夫離家行役，她只能每天憂心著他，並且獨自承擔家庭，引領期盼他早日歸來。

〈邶風・匏有苦葉〉

匏有苦葉，濟有深涉。深則厲，淺則揭。
有瀰濟盈，有鷕雉鳴；濟盈不濡軌，雉鳴求其牡。

雝雝鳴雁，旭日始旦。士如歸妻，迨冰未泮。
招招舟子，人涉印否。人涉印否，印須我友。

一位在濟水渡船頭等候情人的女子，看著每個人都上船準備過河，船夫再三催促，然而她堅定的不肯上船，耐心的等待那個遲到的情人，她深信他終會來的。

〈衛風・伯兮〉

伯兮朅兮，邦之桀兮。伯也執殳，為王前驅。
自伯之東，首如飛蓬。豈無膏沐？誰適為容！
其雨其雨？杲杲出日。願言思伯，甘心首疾。
焉得諼草？言樹之背。願言思伯，使我心痗。

這應該是個將軍夫人吧！她很驕傲丈夫如此武壯，拿著長殳，帶領軍隊，為周天子的先鋒，上戰場和敵軍作戰。自從丈夫出征後，她再也無心妝扮，甚至天天頭痛、心痛的思念著他，只有這樣她才覺得踏實，也不須要雨來潤澤焦渴，忘憂草來療癒憂心。

〈王風・君子于役〉

君子于役，不知其期；曷至哉？雞棲於塒；日之夕矣，羊牛下來。君子于役，如之何勿思！

君子于役，不日不月；曷其有佸？雞棲于桀；日之夕矣，羊牛下括。君子于役，苟無飢渴？

丈夫上前線作戰，不知生死，還有歸期嗎？夕陽下那個思婦，看到家中的雞群棲息架上，牛羊也從山坡下來，而丈夫人在哪兒？也只能一天天這麼錐心泣血的等下去。

〈唐風・有杕之杜〉

有杕之杜，生於道左。彼君子兮，噬肯適我。中心好之，曷飲食之？

有杕之杜，生於道周。彼君子兮，噬肯來遊。中心好之，曷飲食之？

有一個孤獨的人，他是多麼期望自己喜歡的君子快來他這裡吃飯。也許是思賢的詩吧！他渴望有賢才來輔佐他。

〈秦風・晨風〉

鴥彼晨風，鬱彼北林。未見君子，憂心欽欽。如何如何！忘我實多。
山有苞櫟，隰有六駁。未見君子，憂心靡樂。如何如何！忘我實多。
山有苞棣，隰有樹檖。未見君子，憂心如醉。如何如何！忘我實多。

一位賢臣看到鸇鳥飛向森林，植物各得其所的長在山隰，而自己呢？卻被國君遺忘已久，內心不覺憂心滿懷，該怎麼辦？他雖沒說出來，應是等耐下去，期待國君總有一天會想起他吧！中國的君臣觀原本如此。

〈檜風・素冠〉

庶見素冠兮，棘人欒欒兮，勞心慱慱兮。
庶見素衣兮，我心傷悲兮，聊與子同歸兮。
庶見素韠兮，我心蘊結兮，聊與子如一兮。

相思最蝕人心靈骨肉，一位女子因為過度想念對方，因而瘦弱傷悲，內心憂鬱不解，她一心只想著和對方同生共死，等待就成了辛苦而折磨人的一條漫漫長路。

〈唐風・葛生〉

葛生蒙楚，蘞蔓于野。予美亡此，誰與獨處。
葛生蒙棘，蘞蔓于域。予美亡此，誰與獨息。
角枕粲兮，錦衾爛兮。予美亡此，誰與獨旦。
夏之日，冬之夜。百歲之後，歸于其居。
冬之夜，夏之日。百歲之後，歸于其室。

死別即斷念，或許不如生離來得令人黯然銷魂，然而對未亡人來說，也已是心如止水，她每天望著丈夫的墳墓，想著他的孤獨，沒有他的日子，時間已經失去意義，日出日落，夏去冬來，她忍耐失去他的生活，等待的終點是死亡，而這是她期望的最好結果。

無盡的忍耐等待，然而最後結果竟是未知，或只是和所愛之人長相廝守，這些過程都是詩中人物甘之如飴的，因為那過程是愛和包容，也是一份體驗感受，希望你能了解。《詩經》中也有像〈鄭風・風雨〉那樣最後所等待的君子終於出現，歡愉驅走焦盼，喜悅取代憂心，圓滿的結果，然而更多的是像上面這些詩篇，展現人生離別悲劇性的必然。《詩經》中最為獨特的等待詩要屬下面這首了：

〈陳風・東門之楊〉

東門之楊，其葉牂牂。昏以為期，明星煌煌。
東門之楊，其葉肺肺。昏以為期，明星晢晢。

這是一首期約詩，雙方相約黃昏時在東門外那棵楊樹下等候，然而一方從黃昏等到夜晚星空滿天，另一方還是沒出現。他會不會一直等待下去？對方最後會不會來？都不得而知。在如此靜謐的夜色下，微風吹拂著楊柳，那個等待的身影，如此絕美神秘，那人來不來似乎不是那麼重要了，猶如果陀之不來，等待的過程還是一場可看的戲。

《詩經》中上演著一個個接連不斷的等待畫面，不論等待何人何事，結果是喜是憂，那種「一日不見，如三月兮」的心靈煎熬，「願言思伯，甘心首疾」的無怨無悔，「百歲之後，歸于其居」一生不如死的期待，甚至「昏以為期，明星煌煌」的獨立中宵，夜涼如水，每個等待的身影都令人難忘。等待沒有理由，而是一種深厚情感的流洩，因此能打動人心。

作者小傳

呂珍玉，桃園縣人，東海大學中國文學研究所博士，現任東海大學中國文學系教授，講授詩經、訓詁學、詩選等課程。著有《高本漢詩經注釋研究》、《詩經訓詁研究》、《詩經詳析》等專書。熱愛教學研究工作，不知老之將至，最高興看到學生有傑出表現。

憂國絕不悔

呂珍玉

「生年不滿百，常懷千歲憂」這句古詩是中國人生命態度的寫照，在有限的人生中，無時不操煩，甚至對未來的事也預先設想準備，擔憂各種突發狀況萬一發生，自己是否有能力解決。很多人一輩子辛苦工作，累積不少財富，卻捨不得花用，存下大筆金錢以備老年之需，但往往根本用不上或者用不完。也有人為子女的未來憂心不已，擔心著他的學業、事業、婚姻，替他規畫好人生路線，甚至預存一大筆錢給他，以免他未來吃苦。這樣未雨綢繆的人生態度，本無可厚非，然而卻無形中形成中國人保守、勤儉、依賴、缺乏膽識、不敢放手的個性。看來孔子說：「人無遠慮，必有近憂。」中國人是把憂慮狹隘的貫徹在生活上不必掛心的小事上，以求所謂的放心了。

《詩經》主憂，唐詩主情，宋詞主愁，標示中國主要文學表現的情感基調。在充滿憂慮情感的《詩經》中光是形容憂心的重言詞「憂心殷殷」、「憂心欽欽」、

「憂心惙惙」……就有二十幾組，有征夫思婦之憂，有追求愛情不得之憂、有受到讒譖之憂，有生離死別之憂，有遭受離棄之憂，有懷歸不得之憂，有不被了解之憂，有國勢衰微之憂，有愛情受阻之憂，有懷人之憂，有人生短暫之憂、有肩負重責之憂，有遭受離間之憂，有對國君好奢之憂……，竟有這麼多事情令人憂煩，可見中國人在情感上真的很放不開，心情沉重多於輕鬆。於是〈小雅・無將大車〉詩人寫下這樣的詩句：

無將大車，祇自塵兮。無思百憂，祇自疷兮。
無將大車，維塵冥冥。無思百憂，不出于熲。
無將大車，維塵雝兮。無思百憂，祇自重兮。

他苦口婆心的勸告凡事愛操心的人，過於煩憂只會讓自己生病，對於問題的解決並沒有幫助；就像力量不夠卻要推動大車一樣，不僅推不動車子，揚起的灰塵，反而搞得人灰頭土臉。所以當不能解決煩憂時，就豁達灑脫的放下吧！這真是很好的生活告誡，既然無法解決的事，又何必為它煩惱呢？

詩人頗有哲思的勸人不必要對無法解決的事煩心，但是對於知識分子憂國情懷的描述，則又大大不同。詩人描述知識分子憂國絕不悔的形象，讀來格外動人心魄，樹立了中國知識分子關心國是的好典範。〈邶風・柏舟〉全詩以憂為主線，字字句句寫出這位知識分子內心充滿憂傷，因為他威儀棣棣，卻被朝中小人所忌妒，聯合詆毀他，在家兄弟又不了解他，他無助的唱出內心的苦悶憂愁，擔心國君受到蒙蔽，這是早於屈原行吟澤畔的憂國者形象。

〈魏風・園有桃〉中也有一位這樣的憂國詩人：

園有桃，其實之殽。心之憂矣，我歌且謠。不知我者，謂我士也驕。「彼人是哉！子曰何其？」心之憂矣，其誰知之？其誰知之？蓋亦勿思！

園有棘，其實之食。心之憂矣，聊以行國。不我知者，謂我士也罔極。「彼人是哉！子曰何其？」心之憂矣，其誰知之？其誰知之？蓋亦勿思！

他看到桃實可以供人食用，自己富有才能卻不為所用。一個人黯然悠忽的走在國中，沒人知道他內心的憂傷，大家都批評他是個恃才傲物的讀書人，並對他說：「你操心這麼多做什麼？」唉！他長嘆一氣，反覆的問自己：「他們說得沒錯，可是我能對國事漠不關心嗎？雖然沒人了解我內心的煩憂，可是我能不憂心嗎？」

知識分子最可貴的情操在於毫無保留的為國貢獻所學，具有過於常人的見解，有為有守，不同流合汙，當施政偏差，國情危急時，更能展現「風雨如晦，雞鳴不已」的情操。他不願隨波逐流人云亦云，或者只圖安逸得過且過；更不會因為眾人的批評而退縮，忘記自己應有的使命。詩中這位知識分子不是不知道國情並非他個人所能改變，當其他人退縮閃躲時，他背負眾人的責難，依然堅持「其誰知之？蓋亦勿思！」這真是了不起的情操，每個人都希望獲得他人的支持和肯定，在無法得到他人的認同下，他依然堅持做對國家有益的事。這是中國知識分子所樹立的風骨，也是中國文化之河流淌的血液，不論屈原〈離騷〉：「亦余心之所善兮，雖九死其猶未悔。」范仲淹〈岳陽樓記〉：「先天下之憂而憂，後天下之樂而樂。」顧憲成：「家事國事天下事事事關心」，這種精神永遠鼓舞我們，以做為一個知識分子為榮，而這也是最為《詩經》中詩人所歌頌禮讚的憂吧！

作者小傳

呂珍玉，桃園縣人，東海大學中國文學研究所博士，現任東海大學中國文學系教授，講授詩經、訓詁學、詩選等課程。著有《高本漢詩經注釋研究》、《詩經訓詁研究》、《詩經詳析》等專書。熱愛教學研究工作，不知老之將至，最高興看到學生有傑出表現。

不要聽信讒言

呂珍玉

說讒言的人往往是因為自己能力不如人，或是覬覦無法得到的東西，而在心態上產生偏頗，於是顛倒是非，編造故事，利用人性偏聽、獵奇弱點，不擇手段來陷害他人，以達到目的。在我們周圍這種人無所不在，許多人都曾深受其害，對他們防不勝防，束手無策。其實三千年前的周人也曾遭受如此慘痛的教訓，因而留下不少詩篇提供後人作為教戰手冊。

首先看周人對讒言可畏的認識是多深刻啊！〈王風・采葛〉：

彼采葛兮，一日不見，如三月兮！
彼采蕭兮，一日不見，如三秋兮！
彼采艾兮，一日不見，如三歲兮！

詩人把讒言比喻為茂盛的葛，一天不見到它，藤蔓就不知長到哪裡去了，好像讒言的快速擴散一樣，令人憂心害怕。除了以葛藤的曼延隱喻讒言的形象外，〈小雅・青蠅〉：

> 營營青蠅，止于樊。豈弟君子，無信讒言。
> 營營青蠅，止于棘。讒人罔極，交亂四國。
> 營營青蠅，止于榛。讒人罔極，構我二人。

在這首詩中詩人又把讒言比喻為青蠅，既生動又形象，那隻令人厭惡的蒼蠅一會兒飛到樊，一會兒飛到棘，一會兒飛到榛，由內而外，由近而遠，無遠弗屆，無善行的讒人只會構陷離間我們間的感情，成為國家的亂源，和平樂易的君子啊！可千萬別相信它裹上蜜糖的話啊！

如何描述讒言的可怕和令人生厭，詩人以葛、蒼蠅這些常見的植物、昆蟲形象為說，以加深我們對讒言特質的了解。在〈小雅・巷伯〉詩中，詩人對讒人進讒言的過程，又巧妙的以織錦、南箕星為喻，並警告讒言終有被拆穿之時：

萋兮斐兮，成是貝錦。彼譖人者，亦已大甚。
哆兮侈兮，成是南箕。彼譖人者，誰適與謀？
緝緝翩翩，謀欲譖人。慎爾言也，謂爾不信。
捷捷幡幡，謀欲譖言。豈不爾受？既其女遷。

讒言一字一句就像絲線的美麗文采，一條條絲線慢慢的編織，就可以織成有貝殼花紋的漂亮錦緞。說讒言的人張大他的嘴巴，就好像南箕星一樣嚇人，他貼著你的耳朵，低聲說些竊竊私語，你在不知不覺中卸下心房，相信了他的甜言蜜語，變成他的推手，可是讒言終歸是經不起檢驗，總有一天他的假面還是會被揭穿。

雖說讒言終究無法得逞，然而對深受讒言所害的人來說，讒言還真是無孔不入，難以防範，使人陷入心憂困境，〈陳風・防有鵲巢〉：

防有鵲巢，邛有旨苕。誰侜予美，心焉忉忉。
中唐有甓，邛有旨鷊。誰侜予美，心焉惕惕。

這個人因為所愛的人相信堤防上有鵲巢，邛丘上有旨苕；中庭有甓磚，邛丘有旨鷊這樣的假話，兩人之間的情感受到挑撥離間，使得他的內心憂傷痛苦不已。

讒言是人際關係無形的殺手，說讒言的人內心嫉妒陰狠，他只要掌握人與人間矛盾所在，加油添醋，興風作浪，三兩句話，不費吹灰之力就可以搞得天翻地覆，偏偏人們最喜愛聽這種讒言，而去懷疑對自己忠心耿耿的人。在〈小雅・鶴鳴〉詩人說：「我友敬矣，讒言其興。」我的好友如果戒慎些，那些讒言哪能發酵呢？若非深受其害，是無法體認這種感受的。在〈唐風・采苓〉詩人更加客觀落實於現實生活中，深知我們無法杜絕讒人，無法教他們不去說讒言，然而我們總可以不去聽信讒言吧！

采苓采苓，首陽之巔。人之為言，苟亦無信。舍旃舍旃，苟亦無然。人之為言，胡得焉！

采苦采苦，首陽之下。人之為言，苟亦無與。舍旃舍旃，苟亦無然。人之為言，胡得焉！

采葑采葑，首陽之東。人之為言，苟亦無從。舍旃舍旃，苟亦無然。人之為言，胡得焉！

誰能杜悠悠之口呢？於是詩人很聰明的從不要聽讒言這邊立說，提出「防騙三部曲」秘訣，他說如果有人告訴你在首陽山上採苦苓，在首陽山下採苦菜，在首陽山東邊採蕪青這類假話，千萬不要相信他。謹記「不要相信」、「拋之腦後」、「勿以為然」三個步驟，這樣讒言就不能得逞了。對！就是斬釘截鐵的對他說：「不！」這樣他的讒言就失靈了。

今日社會詐騙案件層出不窮，若我們謹記〈采苓〉詩人的教戰手冊，歹徒應該無法得逞。所以讒言雖可怕，但是只要我們隨時保持警覺和理性，堅守防騙三部曲，就可以輕易擊退它。

作者小傳

呂珍玉，桃園縣人，東海大學中國文學研究所博士，現任東海大學中國文學系教授，講授詩經、訓詁學、詩選等課程。著有《高本漢詩經注釋研究》、《詩經訓詁研究》、《詩經詳析》等專書。熱愛教學研究工作，不知老之將至，最高興看到學生有傑出表現。

網路謠言眞可怕

林增文

本月九日（二〇一三年五月九日）我國小琉球籍漁船廣大興二十八號在臺菲重疊經濟海域作業時，遭到菲律賓海巡公務船開火掃射，造成我國漁民洪石成中彈身亡。事發後菲律賓政府一味迴避我政府所提出的懲兇、道歉與賠償之嚴正要求，反指廣大興二十八號越界捕魚並企圖衝撞菲國公務船，他們不得已下才開槍示警，導致我漁民死亡完全是正當防衛下的意外事故。對比廣大興二十八號漁船上的五十多個彈孔，這種卸責之辭自然教人無法接受，加上菲國總統府發言人與副發言人三天兩頭召開國際記者會，以其英語強項向世界強力放送、企圖混淆視聽，這種種輕佻、惡劣的行徑，終於令我政府祭出對菲國的制裁措施，同時也激起我國人民的反菲情緒。義憤填膺的臺灣與大陸網民先是聯手對菲國政府機關進行網路攻擊，隨後菲律賓駭客也密集攻擊我政府網站，雙方你來我往、劍拔弩張，呈現互不相讓、僵持不下的對峙狀態。

值此臺菲關係緊張之際，幾天後臺灣網路開始出現多篇「（在臺）菲勞被排擠買不到便當，多虧我伸出援手幫忙」的文章，呼籲臺灣民眾不要遷怒在臺的菲人。這些所謂「便當文」多係貼文者自述在便當店「路見不平、拔刀相助」的「行俠仗義」過程，吸引大量網友按讚稱讚、並分享轉發八萬餘次。儘管也有人質疑過這些事件的真實性，但貼文者總信誓旦旦地表示確有其事。然而很諷刺的是在檢調機關介入調查後，這些網路貼文最後都被證明是毫無事實根據、子虛烏有的虛構故事。在真相逐漸大白之後，這些事件理應塵埃落定，不再掀起任何波瀾才是。但事實上，菲律賓媒體竟不加查證便競相引用這些網路「新聞」，作為菲律賓人在臺灣遭受不人道對待的證據而大肆報導，使得我國人在國際上遭到誤解為不理性，也使得政府在處理臺菲爭議時處境更為艱難。

相信大多數人都知道「謠言止於智者」，也都了解「不聽信謠言、不散播謠言」的重要。只是身處資訊爆炸的時代，要判斷何者是真、何者是假似乎並不容易，而哪些是事實、哪些是謠言也很難分辨得分明。而且，像這些打著「正義」旗號的所謂「正義哥」、「正義姐」的「善行義舉」的謠言，更容易因「唯恐善行不為人知」的獎善心理反而獲得快速傳播的機會。其實，大家只要靜下來想想，不管包裝得多麼富麗堂皇，「謠言」之所以是「謠言」，必有其不合理之處。早在千年以前，《詩經‧采苓》就提示我們了：

采苓采苓，首陽之巔。人之為言，苟亦無信。舍旃舍旃，苟亦無然。人之為言，胡得焉！

采苦采苦，首陽之下。人之為言，苟亦無與。舍旃舍旃，苟亦無然。人之為言，胡得焉！

采葑采葑，首陽之東。人之為言，苟亦無從。舍旃舍旃，苟亦無然。人之為言，胡得焉！

《白話詩經》中吳宏一先生對此詩的翻譯更加明白：

採苦苓啊採苦苓，在首陽山的峰頂。
別人的捏造謠言，如何也不要相信。
別理它啊別理它，如何也不會同意。
別人的捏造謠言，哪裡會合情理呢？

採苦茶啊採苦茶，在首陽山的山下。
別人的捏造謠言，如何也不要參加。
別理它啊別理它，如何也不會同意。
別人的捏造謠言，哪裡會合情理呢？

採蕪菁啊採蕪菁，在首陽山的嶺東。
別人的捏造謠言，如何也不要贊同。
別理它啊別理它，如何也不會同意。
別人的捏造謠言，哪裡會合情理呢？

也許面對不是明顯以訕謗為主，而是以正義作為包裝的現代網路謠言，好好省思才是明辨之道，誰說《詩經》沒給我們留下時代的啟發意義呢？

作者小傳

林增文，福建省林森縣人，出生於臺中市豐原區。東海大學中國文學研究所碩士、博士班肄業，曾任高中教師、現任東海大學與修平科大兼任講師，喜獨處、愛自由、喜好古典詩詞，著有《從當代譬喻理論解讀李清照》等專書。

釘死的印象

談流言

范明恩

〈陳風．防有鵲巢〉

防有鵲巢，邛有旨苕。誰侜予美，心焉忉忉。

中唐有甓，邛有旨鷊。誰侜予美，心焉惕惕。

「別人的八卦有著幸福的味道；他們不幸就是我們的快樂」。

這是某個午後，我所聽到的一席談話，千真萬確。當時陽光正在陪著我喝茶。事情經常是如此。

八卦消息，其實只是眾多雙眼睛，分散追蹤某畫面後，集合參差的片段殘像。謠言，也不過是多對口耳積極齊力相傳的結果。

然這些捕風捉影往往超越真實；堪比著附人身的魑魅，一旦現形，它們輕輕鬆鬆地糾纏上被附身者，常駐其左右，無所不在，無法驅趕。於是乎，被附者一切真誠的所思所感所行，在這群魑魅的束縛下，都可能遭受質疑。

可疑的行跡。

閒話，空穴來風，多非事實。它們的輪廓是虛設，多一個人，多一張嘴，它們的模樣越加可怖，威力漸次強大。一個個孤魂集聚成勢力，兇猛攀附著受附者，吸乾生存的靈氣，致使他終日陰陰鬱鬱，寡言沉默，跟它們沒兩樣。

「防有鵲巢，邛有旨苕；中唐有甓，邛有旨鷊。」

被抹黑的清白，遭顛倒的是非，任憑你說破了嘴也無力挽回。

「誰侜予美，心焉忉忉；誰侜予美，心焉惕惕。」

曾經最親密的伴侶，過去最信任的盟友，一天一天，隨著魑魅操縱的活口傀儡倍增，密侶與你少了互動，親朋和你多了無言。終於，你們彼此劃做兩邊陣線。

悲上加悲，無法改變。

直到流言襲來的一天，才懂得，它是最無需精算的伎倆，處處紕漏、破綻百出。它攻擊散亂，手段淺弱，但卻能一寸一寸地潰蝕緊密關係的城堡，毫無預警地成功攏絡昔日知心。

直到考驗當頭的一天，才醒悟，軟弱的耳朵，好鬥的舌，荼苦的心，正需要這種腥甜的滋味，啃噬嚐鮮，偶爾還能在飯後茶餘間回味。

信賴背叛之人，缺乏警敏；依靠紙紮城堡的，不夠聰明。被謠言附身者，很可憐亦很可悲，絕非全然無罪。

記得一個午後，我在午茶店喝茶，水晶鬆餅映著金色陽光，上頭的蜂蜜彷彿黃鑽，潺潺涎涎，奇幻的亮閃。

斜對面一桌男男女女，十餘人，約莫十八九歲、二十出頭。鬼鬼祟祟又得意洋洋的談笑著，沒有刻意壓低音量。

事情經常是這樣。

魑魅總有信徒。崇拜它，餵養它，仰仗它應酬交際。將來有一天，為它做祭牲。

楓葉茶很香，深紅的水色，將我白瓷杯底的黃玫瑰，浸染成褐橙印花。

「別人的八卦有著幸福的味道；他們不幸就是我們的快樂」。這就是那個午後，斜對桌一群男女的談話，千真萬確。當時，我知道陽光正陪我在喝茶，而我也知道，某人或者某些人，已死在議論的棺材下。

作者小傳

范明恩，南投市中興新村人，現居臺中。東海大學中國文學系碩士班一年級學生。自幼喜愛閱讀及創作，曾獲得東海大學「文學院大一新生散文創作獎」佳作。

切磋琢磨

施盈佑

「切磋琢磨」這四個字，出自〈衛風・淇奧〉的「如切如磋，如琢如磨」：

> 瞻彼淇奧，綠竹猗猗。有匪君子，如切如磋，如琢如磨。
> 瑟兮僩兮，赫兮咺兮。有匪君子，終不可諼兮。

〈淇奧〉一詩讚美衛國的君子，全詩共三章，上引詩文為第一章，描繪這位衛國君子的「品德學問」，而修養「品德學問」的功夫，又要經過「如切如磋，如琢如磨」。不過，筆者與「切磋琢磨」的第一次親密接觸，並非發生在《詩經》的直接閱讀上，而是在研讀《論語・學而》時受到啟發：

> 子貢曰：「貧而無諂，富而無驕，何如？」子曰：「可也。未若貧而樂，富

而好禮者也。」子貢曰：「《詩》云：『如切如磋，如琢如磨。』其斯之謂與？」子曰：「賜也，始可與言《詩》已矣！告諸往而知來者。」

藉由子貢和孔子的這段對話，筆者間接地進入《詩經》的世界，感覺特別奇妙，因為陌生的文字，卻能帶來真實的生命感動。這個生命感動，也促使我返回《詩經》文本，希望能開啟此詩句的全貌，而不讓這份感動成為斷章取義的幻妄想像。令人充滿愉悅的感動，就在閱讀〈淇奧〉的過程中，再次被引燃。為何「感動」？簡單來說，它讓我更加確定生命是要「不斷調整」與「擴而充之」。

先就不斷調整來說，對骨角或象牙這樣美好的材質，仍舊要「切」和「磋」；對美玉這樣美好的材質，仍舊要「琢」與「磨」。所謂「切」、「磋」，實是針對一物不同狀態的不同整治，而「琢」、「磨」亦然。試問，〈淇奧〉詩文中的「君子」，為何是「君子」？絕不僅是君子有美好材質，必然是要有「切磋琢磨」的工夫，這是不斷調整的工夫。更重要的是，人又如何能夠不斷調整？看似簡單，實踐起來並不容易，因為涉及到能否知「己」。人若無法認識自我，便難以有自我調整的動能，更遑論在稍有偏差時及時調整過來。進一步再問，認識自我為何很難？人對自我的認知，泰半選擇取自己的優點，對自己的缺點則視而不見。舉例來說，他人花費三天工夫，才能完成的事，而我一天就可完成，在這樣的情況下最容易讓自己得意忘形，以為天資過人，那麼我所見到的自我，便聚焦於「天賦異稟」，反倒不再用心精益求精，或者設法突破現狀，設想能否在平日完成？這樣面對自我生命的態度，在「切磋琢磨」的君子身上，大概是看不見的，君子即使自知是美好材質的美玉，也將用心檢視自我生命的不足，並給予合宜的調整。所以，「切磋琢磨」雖然是簡單的四個字，卻蘊含著古人積極面對自我生命的深刻認知，也可說是人生態度的最佳範本。

繼而要說的是，自我生命的不斷調整，又即推衍出生命的「擴而充之」。「擴而充之」是借用《孟子》的話，人生風景之所以動人心弦，是因生命能夠擴充。事實上，人若無法擴充生命，人生風景將會多麼貧乏無趣。我曾經如此反問自己，人既然是有限的存在，為何要積極面對當下生命？看不破的，永遠沉淪坐困於「有限」，一旦看破，在生死兩端的有限裡，人卻是保有不斷擴充。這樣的擴充，使得生命能風情萬種；這樣的擴充，使得生命可堅定厚實；這樣的擴充，使得生命能突破局限。因此，對我來說，「切磋琢磨」的真意，並不是要消滅自我的稜稜角角，即使從「消滅」這一邊去觀照，這樣的舉動也是要達到生命的「擴充」。總之，從「切磋琢磨」體會到的擴充，充滿對「人」的正面看待，每個人的生命，都具有擴充的可能。再來，前面所說的「不斷調整」和這裡所說的「擴而充之」，其實是一體的兩面，在調整過程中，自然知所不足而有所擴充，在擴充的過程中，也要跟隨行程做適當的調整。

最後，我個人是這麼認為的，或許對現代人來說，很難體會《詩經》的重要性，但是我們透過《論語》中孔子和弟子活潑的對話，延伸去讀不同的經典，也可以清晰的看見《詩經》足以深刻烙印人心的力道。何種力道？一種形象生動，落實於人們生活中的生命樣態，這已不再只是一串文字話語，而是汩汩而出的泉源，滋潤著我們的心靈。

作者小傳

施盈佑，一九七六年生，臺灣臺南人。現為東海大學中國文學系博士班研究生，並於東海大學、靜宜大學、臺中教育大學、朝陽科技大學等校兼任授課，主要研究領域為王船山義理。

打開心內的窗

蔡雨純

每個人都是獨立的個體，同時也是社會性的動物。存在主義強調：個人、獨立自主與主觀經驗；幼稚教育學者福祿貝爾（Friedrich Froebel）則主張讓兒童參與社會活動，使其群性充分獲得發展。在「獨立」和「群性」這兩個相對的特質之間取得平衡並非易事，往往令人感受到無法協調的衝突。然而不管性格獨立或依賴，過度的寂寞都將人心敲開一個大洞，流光所有被愛被需要的感受，生命變得乾涸破裂。

有杕之杜，生於道左。彼君子兮，噬肯適我？中心好之，曷飲食之？

有杕之杜，生於道周。彼君子兮，噬肯來游？中心好之，曷飲食之？

《詩經》中的〈唐風・有杕之杜〉篇章，講述一棵孤單生長於道路旁的杜梨樹，引發詩人源源哀思，他由衷地盼望那美好的君子來訪，與自己舉杯共飲把臂而談。從這首詩的反覆吟詠中，我們彷彿能夠同理詩人內心的寂寥與落寞，而那種渴盼也確實存在於每個人心中，無論長久縈迴抑或短暫駐留。

人本主義心理學家馬斯洛（Abraham Harold Maslow）的「需求層次理論」，提出人類生存的需求，並有層級高低之分，由低而高依序為：生理、安全、社會、尊重以及自我實現。其中的社會需求又稱「愛與隸屬的需求」，例如對友誼或是愛情的歸屬感，缺乏此等需求者感受不到他人的關懷，因而懷疑自己存在於世上的價值。段義孚在〈經驗透視中的空間和地方〉裡亦寫道：「我們或可以說人在別人的力量中休息和別人的愛中居住。無論由心理學、空間理論乃至任何學說角度去凝望人性，都在在讀出世人對於被愛的渴求。」

社交能力與天生性格密切相關，熱情開朗的人喜好與人互動，陰鬱內向者卻始終難以跨出第一步；美國學者加德納（Gardner）的多元智能理論將人類的智能分為八個向度：語文、數理邏輯、空間、音樂、運動、與人交往、自我認識和自然觀察等。如何與人自然愉快地相處是種與生俱來的能力。〈唐風・有杕之杜〉篇章中的煢煢詩人恰似道路旁獨活之樹，肇因或是個性使然，或是天生缺乏社交能力，才令他畫地自限只願被動地等待。

古語有云：「桃李不言，下自成蹊。」桃樹、李樹何曾開口說過一字一語？憑著自身結出的甜美果實，便能吸引人們紛紛前來摘取，因而樹下被走出蜿蜒小徑。有德之士的風範教人景仰，慕名者滔滔而至，與其苦惱於如何向他人釋出善意，也許汲汲充實自己的學識德行，吸引他人主動伸出友誼之手，也是一途。不刻意經營的人際往來有時反而更加真切，甜如蜜的膩友也可能虛假。

為孤寂的牢龍所禁錮的人們，打開心上的枷鎖吧！那無從複製的鑰匙只握在自己手上。再不然請學著與自己和寂寞共處，在遼遠的天地之間也能得到另一種開闊和平靜。

作者小傳

蔡雨純，一九八一年出生，故鄉為現代與傳統兼容並蓄的臺南市。畢業於國立臺南師範學院（後改制為臺南大學）數學教育學系，現為國小教師，著有兒童讀物《歷代偉人故事》。

懂得，人生越走越自在融通！

陳珮怡

你真的了解自己嗎？你知道自己要的到底是什麼嗎？這樣的生活就是你一生汲汲營營所求得的歸依嗎？人生有太多的問號等待聰明的你我去解答，而每解決一個人生問題就好像拿到一把通往下個關卡的鑰匙，自幼到老，無論你是否願意面對，你都必須經歷這一切，此時你將會看到不同人生觀，將有不同的做法：有人是一路如關羽般過關斬將，雖勇猛卻也傷痕累累；而有人則是跌跌撞撞，摔了個鼻青臉腫，令人目不忍睹；更有人選擇玉石俱焚，來個你死我活。無論如何，終究你都得去面對，並捫心自問：「這真的是我所想要追求的人生嗎？」為了不讓遺憾和懊悔一再出現，我們一定要學會在每一件事情當中得到一些啟發，進而豐饒人生閱歷，相信慢慢的我們的路將會越走越順暢！

其實人生苦短，倘若你因急於追求那不屬於你的，或僅止於物欲上的滿足，終其一生都耗費在無謂的痛苦與窮忙中，最後才悟得原來這些痛苦大部分都是自己給自己的！如果能早點「懂得」，是不是就不會有那麼多的憾恨？千萬別到臨死前才大徹大悟、後悔莫及。如果人能夠懂得善待自己、善待別人，那麼一定會自然而然的學會合宜的待人處事態度，人生將會減少了很多因錯誤決定而造成的缺憾，但「懂得」兩字看似懂了，實質上卻不容易參透，禪宗有一句名言：「見山是山，見山不是山，見山還是山。」這其中的心境轉折透露出人生的厚度，著實不容易啊！而人的一生和每件事的起落，似乎也依循著這個法則在進行，常在最終才讓人有恍然大悟之感，如：人年幼時常「見山是山」看到什麼就感受到什麼，這當中的情緒是很直接的；等到青壯年時即「見山不是山」，叛逆油然而生，敢挑戰，愛冒險，但總覺得時不我與，事事不甚順遂；最後走到老年時才驚覺「見山還是山」，原來人生的一切波瀾都是源自於自己那顆不安定的心，繞了一大圈最終回到原點，但也多了份對人生的參悟與寬容！人生似乎總是重複上演相似的戲碼，但令人嘆惋的是：若非歷經了大風大浪，否則人生不會有如此深刻的感悟，我們不禁想問：難道沒別的方法了嗎？我想，我們或許可以透過閱讀別人的生命經驗來豐饒我們的人生，充實我們的智慧及判斷力，讓我們能更精確的思辨並避開那些失敗的例子，我們的人生將會因此而更自在融通，這不正是一種「懂得」的內化！

縱觀古人對生命的「懂得」也有一番獨特的看法與做法，在我們所熟知的晉田園詩人陶淵明及北宋豪放派詞人蘇軾等人身上，皆可探尋到參透人世後的豁達、圓通和大器，他們巧妙的將人生經歷與智慧幻化成敲動人心的文字，在詩文中一再闡述、分享了他們勇於擺脫時局的制約，活出自我的價值，在天地間找到一個真正屬於自己的位置，可見他們在盡力追求人生的真、善、美上是具行動力的，因此令人讀來感佩不已，古往今來不知打動了多少人心！在〈衛風・考槃〉中我們亦看到了一位歸隱者的告白，他對人生亦有他徹悟的一面：

考槃在澗，碩人之寬。獨寐寤言，永矢弗諼。
考槃在阿，碩人之薖。獨寐寤歌，永矢弗過。
考槃在陸，碩人之軸。獨寐寤宿，永矢弗告。

詩中的隱居者無往而不自得，因為他將心提升到更上層的境界，遠離了滾滾紅塵的喧囂，詩中透過「寬、薖、軸」，描繪出心境從放開到放下，最終心智得到開啟而得道，進而走入一個安逸自適的心靈樂土上安居，這是何等崇高的智慧生成與懂得？而其中「獨」字，更說明找到一個天地專屬於他的地方，雖然表面看似孤獨無依，但實際上他卻是自在快樂的，因為別人再也無權威逼利誘或左右他的人生，他將活出自在開懷的自我。我們似乎可從中感受到他歸隱的決心與樂在其中之狀，顯然他已能懂得他此生要的是什麼，並找到他快樂的依歸，這何嘗不是一種參透，我們透過他生命的轉捩與抉擇，可省思我們的人生，為自己找到此生的使命與幸福的依歸，快樂自在的活著！

雖然現今社會或許我們無法和這位隱居者一樣遠離塵囂，遠居到山澗之畔、山崗之上，但我們卻可透過「習得」與「懂得」來慢慢轉變我們的心境、拓展我們的視野，凡事試著去體會、感觸那最隱微的深意，感受老天爺的苦心安排與人情冷暖的教導，如果你能因此開始順應它、面對它、轉換它、內化它，那麼你已能處之安然，所以請試著去讀懂自己也讀懂別人，相信你一定會做出最合宜且利人利己的決定，所有的問題將在無形中迎刃而解，引領自己走出一條康莊大道，人生將無往不利。

作者小傳

陳珮怡，生於臺中后里，中興大學中國文學系畢業，目前任教於臺中市私立常春藤高中——美式住宿學校，教授中文。

慎言的智慧

王柏豫

「白圭之玷，尚可磨也。斯言之玷，不可為也。」這是出自〈大雅・抑〉的名言。意思是說白玉上的污點，尚可以琢磨乾淨，但說話出現缺失，就無法被消除了！〈抑〉這首詩據《詩序》是衛武公刺周厲王，並同時拿來自我警惕的作品，但後代對此詩的作者和所諷刺的對象仍有許多爭議，不管如何，細細讀誦這首長詩，自然浮現出一位長者語重心長對晚輩諄諄告誡的動人畫面。詩中的這四句話尤其重要，道出謹慎言語的智慧，《論語・先進第十一》：「南容三復白圭，孔子以其兄之子妻之。」南容把這四句詩讀了又讀，仔細體會詩義，在生活也必能實踐慎言，品德修養在這種小地方流露出來，孔子十分欣賞他，因此放心的把姪女兒嫁給他，可見孔子是多麼重視一個人說話的態度。

從小長輩們就常常告誡我們：「講話要實在，不要隨便亂講話！」有時甚至因為講錯話而被父母拖到房裡痛揍一頓，小心說話為什麼如此重要呢？因為很多禍事往往是由於說錯話造成的，歷史上不乏這樣的故事：

唐代宗把女兒昇平公主嫁給愛將郭子儀的兒子郭曖，有一天，郭曖和昇平公主吵了起來，二人越吵越凶，正在氣頭上的郭曖不經意說出：「妳以為妳父親是皇帝就了不起嗎？我父親只是不想做天子而已！」把公主氣回皇宮並向皇上告狀，代宗明白事情的原委之後，了解這是夫妻吵架所鬧出的氣話，安慰了女兒之後就叫她回家去，郭子儀知道這件事，便將郭曖囚禁起來，趕忙進宮向皇上請罪，代宗明白郭子儀的來意，便說：「民間有句俗話說：『不癡不聾，是做不成家翁的。』你我對於兒女小夫妻之間房中吵嘴的氣話，又何必太在意呢？」於是命郭子儀回去。郭子儀回家後，便杖打郭曖數十大板。

故事裡的郭曖幸好有一位明白事理的父親，又正巧遇見一位寬宏大量的岳父皇帝，才免於因說錯話而惹上的殺身之禍。

宋朝名士吳賀的母親謝氏，十分重視對子女的教育。吳賀和賓客說話的時候，謝氏經常在屏風後面，聽他們有沒有談論什麼違背道德的內容。有一天，吳賀和客人聊著聊著，偶然談起某人的短處，母親在後面聽了非常生氣。等客人走後，母親杖打了吳賀一百下。有親戚勸謝氏說：「談論人家的長短，這是讀書人經常有的事，這有什麼大的過失呢？你何必如此嚴厲的處罰你的兒子？」謝氏嘆息道：「我現在只有這一個獨生子，這樣做是為了讓他明白慎言的重要。他現在說話不謹慎，豈是長久的處世之道？謝氏哭泣著，並拒絕飲食，吳賀被母親的教誨深深震撼到了，從此更加嚴厲的約束自己，修養自我的德行，最後成為當時的名士。謝氏深明謹慎言語的重要，嚴格要求孩子不道人之長短，時時小心說話，真是位充滿智慧的母親！

成語「駟不及舌」、「一言既出，駟馬難追」都是警戒人要慎言。有一個女人不經意用狠毒的話傷害了她最好的朋友。話一說出口，她立刻後悔不已，朋友亦因此而和她絕交。女子想嘗試彌補這天大的過失，於是向高人求教，高人告訴她：「彌補的方法是有，但不知道你能否做得來。」女人發誓她一定照做。高人說道：「妳今晚回家把枕頭弄破一個洞，從枕頭裡取出一支支的羽毛，然後逐一放在方圓十里之內所有街坊鄰居的門口，切記一定要在日出之前完成。」女人回家後立即撕破枕頭套，卯足了勁，逐家逐戶放下一條條的羽毛。終於，在日出前，她完成了任務。滿心期待地回到高人面前，說道：「請告訴我接下來該怎麼做吧！」高人不慌不忙的指示她：「嗯！現在你要去把昨晚放在各家各戶門口的羽毛收回來，放在枕頭套內，一支也不能少。」女人呆住了：「這怎麼可能？羽毛早被風吹走了，你沒有事先告訴我要取回羽毛，否則……」高人回答她：「每一個惡毒的字、每一句傷人的話，就像風中的羽毛，一旦出口，無論你用多大的力氣、再怎麼懊悔、再怎麼自責，都無法收回。以後，請小心你的一言一語，尤其是在你的至愛面前！」

〈小雅・小弁〉：「君子無易由言，耳屬於垣……」君子不要輕易發言，小心竊聽的人隨時都在！有道是：「傷人之語，如水覆地，難以收回。」說話之前還是先在舌尖轉個三圈，思考此話一出的後果吧！慎言能避免許多不必要的衝突，用理性緩和的態度處理事情。《詩經》教導我們慎言的重要，三千年之後仍值得我們時時留意，處處警戒遵行。

作者小傳

王柏豫，臺中人，就讀東海大學中國文學系四年級，喜歡下圍棋、打網球、到郊外閒逛，最愛《詩經》、《莊子》、古典文學，做一件事不是很瘋狂，就是很懶散，正努力尋求中庸之道。

知其不可奈何而安之若命

吳佳憲

《詩經》乃是中國第一部詩歌總集，所收錄的作品年代大約在西周初期至春秋中期五百年左右的時間。周代社會各階層人民的生活、思想以及智慧無不呈現其中。

然而，在民智開化未臻一個境界之時，自然無法用理性的角度去看待每一件事情。例如古代的沙漠民族、歐洲國家乃因生活環境艱苦，若非酷熱難耐，也有嚴冬難捱，為了生存就必須耗費人生大半的精力。且以當時的科學、技術還無法與環境做抗衡，因此人們只能尋求心理的依託和安慰，於是「上帝」、「神」這類的觀念便開始在文化的靜流中逐漸漾開。

中國疆域位於北緯二十度至四十度的溫帶地區，是極其適合人類生存的環境，加上幅員廣大，得以發展大規模的農業，因而人口眾多。由於環境滋潤著每一個生命，生命也依存環境，故人類對於天地萬物具有可親之感，徜徉在大自然中，在生命與環境之間尋找共同的存在基礎，於是陰陽家的「氣化」觀念，便逐漸醞釀為中國人民的集體潛意識。

中國人民理當沒有明確的「上帝」或者是「神」的概念，但是自殷商以來，各種占卜、算命等玄幻之術盛行民間，所謂的「命」、「運」這類的思維是存在於一般人的生活中的。〈召南・小星〉：

> 嘒彼小星，三五在東。肅肅宵征，夙夜在公。寔命不同！
> 嘒彼小星，維參與昴。肅肅宵征，抱衾與裯。寔命不猶！

全詩敘寫小官吏疲於公事，為趕行程在凌晨天未亮之時便已踏上路途，所見到的唯有天上明亮的參星和昴星了！因為無法得到充分的休息，使得小官吏不由得深深地感慨與抱怨，發發牢騷一抒己懷。但是，詩中兩章的末句分別為「寔命不同」、「寔命不猶」，他將之自己的辛勞歸為「命」不如他人！然而他雖有所抱怨，但最終仍安於天命，並且克盡職守，可見其忠誠，只是感歎命運待他不公平。

再如〈邶風・北門〉：

出自北門，憂心殷殷。終窶且貧，莫知我艱。已焉哉！天實為之，謂之何哉！

王事適我，政事一埤益我。我入自外，室人交徧讁我。已焉哉！天實為之，謂之何哉！

王事敦我，政事一埤遺我。我入自外，室人交徧摧我。已焉哉！天實為之，謂之何哉！

此詩敘寫一位小吏仕宦不得志，公務繁忙、憂心苦悶，不僅官階低下、生活困苦，還遭受家人責難，逐漸消磨著心志，實是極其無可奈何哀傷憂愁。此詩大抵與〈召南・小星〉類，每章最終皆以「已焉哉！天實為之，謂之何哉！」作結，因無法做什麼改變，只能將所有的「命運」與「際會」都歸諸「天意」，人在命運操弄下的無力感，充滿悲劇性，淒涼之意不言而喻。

從《詩經》中的詩篇可以得知，命運是無法任意改變的。然而，作為人類雖然沒有太多的籌碼與命運討價還價，但我們仍可改變看待命運的「態度」，畢竟，該來的自然還是要來，當我們轉換角度面對，卻可能是「痛苦」與「快樂」的分別，生命的體驗也可能是「清淡」或者「深刻」。我想，誠如孔夫子所言：「知其不可奈何而安之若命，德之至也。」在《詩經》中的人們做了很好的詮釋，既然無法拂逆這個事實，那便接受它吧！

作者小傳

吳佳憲，臺灣高雄人，個性隨和自適。現就讀於東海大學中國文學系三年級，喜好文學，尤其是古典詩歌，平日亦練習寫詩。除文學外，兼愛一級方程式和羽球，動靜皆宜。

十　寫作藝術篇

受到祝福的周人

呂珍玉

生活中有許多值得祝福的事情，諸如生日、結婚、生子、新居落成……之類的，當我們聽到親朋好友一聲聲恭喜！恭喜！就好像電波傳入心靈，有所感應似的接收了他們的祝福，於是很神奇的所有的福氣都來了。

早在《詩經》時代，詩人用疊章複沓的寫作形式，寫下他們對親友的各種祝福，〈周南．桃夭〉寫有人結婚了，賓客高興的唱著：

桃之夭夭，灼灼其華。之子于歸，宜其室家。
桃之夭夭，有蕡其實。之子于歸，宜其家室。
桃之夭夭，其葉蓁蓁。之子于歸，宜其家人。

新娘子像春天裡一棵茂盛的桃樹，綻放著粉紅色鮮豔的花朵，她現在就要出嫁了，我們祝福她找到好婆家。
新娘子像春天裡一棵茂盛的桃樹，結著大大的果實，她現在就要出嫁了，我們祝福她是個好妻子。
新娘子像春天裡一棵茂盛的桃樹，片片綠葉又濃又密，她現在就要出嫁了，我們祝福她融入夫家。

在不斷的恭喜聲中，賓客婉轉的拿桃花開花、結果、散葉的過程，妙喻這位即將上花轎的新娘，充滿生命的活力，傳達了對她宜室宜家的祝福。

周人對於子孫滿堂，也有一番憧憬，「不孝有三，無後為大」，多子多孫多福氣是他們最希望被祝福的。〈周南・螽斯〉：

螽斯，羽詵詵兮。宜爾子孫，振振兮。
螽斯，羽薨薨兮。宜爾子孫，繩繩兮。
螽斯，羽揖揖兮。宜爾子孫，蟄蟄兮。

親友生子，賀客一遍又一遍的唱著「螽斯衍慶」之歌，以蝗蟲繁殖力強來取譬主人家子嗣興旺，熱鬧的氣氛洋溢在客廳中，受到了誠摯的祝福，寶寶健康成長，主人也樂於不斷的生孩子，瓜瓞綿綿，五世其昌。

周人對於道德的追求，開啟了儒家思想，《詩經》中出現不少對統治者有德的祈求與祝福，〈周南・麟之趾〉：

麟之趾，振振公子。于嗟麟兮！
麟之定，振振公姓。于嗟麟兮！
麟之角，振振公族。于嗟麟兮！

詩人祝福他的統治者公族之盛，而且仁厚如麒麟。從再三致意中傳達了他對施政者具有仁厚道德的期盼和禱告。在〈小雅・天保〉中他們對一位能敬天保民的國君致上最崇高的祝福之忱：

……天保定爾，以莫不興。如山如阜，如岡如陵。如川之方至，以莫不增。
……如月之恒，如日之升。如南山之壽，不騫不崩。如松柏之茂，無不爾或承。

他們用大自然中山、阜、岡、陵、川、月、日、松柏這些永恆不朽的東西來取譬，以祝福有德之君如這些東西，天子受到這樣「天保九如」的祝福，怎能不多福又長壽呢？

民以食為天，周人對於農作、畜牧的豐收祝禱之誠更不在話下了。〈小雅・無羊〉：

> 誰謂爾無羊？三百維群。誰謂爾無牛？九十其犉。……牧人乃夢：眾維魚矣，旐維旟矣。大人占之：眾維魚矣，實維豐年；旐維旟矣，室家溱溱。

牧人趕著他的牛羊去吃草，他是如此擅長管理牛羊，牛羊繁殖迅速，晚上他做了個好夢，夢到眾多魚群，還有飄颻的旗幟，他去請教占夢師，占夢師告訴他：「這是一個好兆頭，今年你將大豐收，還有你家人口將增加了。」這個牧人很高興夢境所象徵的現實意義。周人很重視宴饗禮儀，天子請朝臣或外賓吃飯，不僅準備佳餚美酒，美妙的樂器演奏，歌舞表演，還經常賞賜幣帛之類禮物。來賓受到如此禮遇，也要禮貌性的祝福主人的富足，〈小雅・魚麗〉：

魚麗于罶，鱨鯊。君子有酒，旨且多。
魚麗于罶，魴鱧。君子有酒，多且旨。
魚麗于罶，鰋鯉。君子有酒，旨且有。
物其多矣，維其嘉矣。
物其旨矣，維其偕矣。
物其有矣，維其時矣。

賓客用雙重三疊唱的歌聲，歌頌主人有魚、有酒，餚饌豐富，而且美味。這是一場氣氛和諧，賓主盡歡的宴會，大家都留下難忘的回憶。

在周人的生活中處處可聽到「福履綏之」、「萬壽無疆」、「俾爾多益」、「詒爾多福」、「萬壽無期」、「德音不已」、「遐不眉壽」、「保艾爾後」、「壽考不忘」、「令德壽豈」、「萬福有同」、「式穀以女」、「報以介福」、「受天之祜」、「壽考萬年」、「君子萬年」、「萬福來求」、「福祿宜之」、「福祿艾之」、「福祿申之」、「福祿膍之」、「福祿來成」、「無有後艱」、「保右命之」、「受福無疆」……祝福之聲不絕於耳，人際關係是如此和諧，在疊章複沓的祝頌中，產生一股強大的念力，讓被祝福的人感受到自己是被關懷的，自己的存在是有意義的，因而增強生命能量，果然有好心念，好運就跟著來了。周人的福氣表現在美德、長壽、富足、子嗣、平安，以及生活美好等各方面。今天我們對生活的期許無異於周人，記住下次祝福親友時要反覆大聲禱告，像虔誠的基督徒那樣，如此我們對他的祝福才會成真，這是我們在《詩經》中找到的密碼。

作者小傳

呂珍玉，桃園縣人，東海大學中國文學系研究所博士，現任東海大學中國文學系教授，講授詩經、訓詁學、詩選等課程。著有《高本漢詩經注釋研究》、《詩經訓詁研究》、《詩經詳析》等專書。熱愛教學研究工作，不知老之將至，最高興看到學生有傑出表現。

想像空間無限大

黃子潔

中國山水畫的意境在於「留白」，那白的是雲、是霧、是山、是雪，是無限綿延的想像，那樣朦朦朧朧、讓人捉摸不定的，逗引起多少人的好奇心，圖畫是如此，語言文字亦如是，就看看〈鄘風・牆有茨〉：

牆有茨，不可埽也。中冓之言，不可道也。所可道也，言之醜也。
牆有茨，不可襄也。中冓之言，不可詳也。所可詳也，言之長也。
牆有茨，不可束也。中冓之言，不可讀也。所可讀也，言之辱也。

以牆上的「茨」起興，用其刺手不可接近，興宮中醜聞無法啟齒；三章疊章複沓，反覆吟誦著人們對醜聞的厭惡，但又不說清楚；先說宮中的事情是不可以說的，可以說的盡是醜聞；接著說宮中之事是不可以詳細說明的，可以細說的，又是說來話長呀！最後說宮中之事是不可以深究明說的，可以說的皆是恥辱之事呀！詩人以不可道／詳／讀——所可道／詳／讀——言之醜／長／辱也，欲言又止，吞吞吐吐，吊人胃口，最後雖一事無說，卻也全說了，畢竟在過程中，人們的好奇心早已伴隨想像力無限奔馳，作者充分利用聽者心理，留予空白，增加想像，並層層加深，一字不提衛宣公、公子頑、宣姜，卻句句諷刺譴責。

又如〈衛風・河廣〉：

誰謂河廣？一葦杭之。誰謂宋遠？跂予望之。
誰謂河廣？曾不容刀。誰謂宋遠？曾不崇朝。

含蓄蘊藉的濃濃鄉愁，在雙問雙答中，作者不說為何不歸返故鄉的原因，而是顧左右而言他，說黃河很窄、不廣，一條小舟便可輕易渡河；宋國並不遠，踮起腳尖就可看見、路途不待終朝就可到達；極言其輕易就可回到宋國，用以反襯其歸之難，若距離如此之近、旅途如此之易，又為何不回去呢？叛逃者？放逐者？被休者？離鄉者？抑或……各種原因，各式揣測紛紛出爐，無一者中，也無一不中，藏匿其中的，是深深的無奈和化不開的鄉愁。

以上兩首詩，皆以不說為說，預留著想像空間，雖性質不同，但都令人不禁臆測著，被逗引起的好奇心久久無法平復，這就是《詩經》的含蓄溫婉呀！婉轉或隱晦他要說的話，在我們心中畫下一個大大的問號，使我們不斷追尋探索，而後讀者想像的遠比詩人說出來的更多，三千多年前，便娓娓訴說著那故事，那時的詩人便懂得「留白」的藝術，後來的國畫藝術，或者西方達文西的名畫〈蒙娜麗莎〉，不也是因為那朦朦朧朧，似有若無的笑，而費人猜疑嗎！

作者小傳

黃子潔，現為東海大學中國文學系三年級學生，選修詩經，因而作此文，討論詩經的智慧——留白的藝術。

大自然對周人的啓示

呂珍玉

陸機《文賦》：「遵四時以歎逝，瞻萬物而思紛。悲落葉於勁秋，喜柔條於芳春。」指出人處於一年四季歲月流轉，所見大自然景物變化，而隨之產生不同的思緒。看到秋風中片片飄零的樹葉，情不自禁生出悲傷之情；看到春天新發出的草木嫩芽，內心亦隨之欣喜。大自然的一切和人的情感是密不可分的，早在《詩經》時代周人就處處展現出這樣的物我關係。不論天地山川，風雲雷電，草木鳥獸蟲魚，都和他們的生活息息相關。

〈周南・葛覃〉：「葛之覃兮，施於中谷，維葉萋萋。黃鳥于飛，集于灌木，其鳴喈喈。」春天來了，一位少女走到野外，看到葛藤延蔓到谷中，綠葉盎然，黃鸝鳥兒天空飛翔，倦了停在林間，發出悅耳的叫聲。一派春光明媚在字裡行間展開，那位少女割葛用來製成葛布的愉悅神情可見。〈邶風・北風〉：「北風其涼，雨雪其雱。惠而好我，攜手同行。其虛其邪！既亟只且。」詩寫衛國亂政下，百姓急於逃離這個亂邦，以大自然的無情的風雪，來營造淒涼無助的背景。〈鄭風・風雨〉：「風雨淒淒，雞鳴喈喈。既見君子，云胡不夷？」詩以風雨寒涼，雞鳴不停之景，敘寫未見君子之焦恐。〈豳風・東山〉：「我徂東山，慆慆不歸。我來自東，零雨其濛。」詩以濛濛細雨不停，來敘寫征夫回鄉，不知家園家人是否還在的淒然之情。〈小雅・伐木〉：「伐木丁丁，鳥鳴嚶嚶。出自幽谷，遷于喬木。嚶其鳴矣，求其友聲。相彼鳥矣，猶求友聲；矧伊人矣，不求友生？……」林中鳥兒鳴叫，呼朋引伴，啟發詩人連鳥類都用牠悅耳的聲音交友，人自然不能冷落朋友親戚。〈小雅・鶴鳴〉：「鶴鳴于九皐，聲聞于野。魚潛在淵，或在於渚。樂彼之園，爰有樹檀，其下維蘀。他山之石，可以為錯。」詩對於賢者居處之描繪，鶴之鳴，魚之潛，樂園之樹石，簡單景象下一位隱居賢人形象呼之欲出。類似這些人物情感或形象的書寫都不離大自然。

在《詩經》中人與大自然最為密不可分的關係，表現在詩作的起興當中。賦、比、興為《詩經》三種寫作方法，三法在《詩經》中都有極為成熟可取的表現，奠定我國文學寫作的基本手法，而其中尤以興最難了解。興之所以難以了解，主要在於它是一種藝術外化的寫作方式，人有七情六慾，隱藏於內心之中，如何表達那些隱藏的思緒，如憂、苦、思、急、愛、樂、懼……，《詩經》往往採用立象以見意的興語來呈現，因為有象，所以可見、可聽、可聞、可觸，而從這些物象中，除了孔子所說的讀《詩》可以多識於草木鳥獸蟲魚之外，還可以了解周人和大自然間密切的關係。

〈召南・摽有梅〉中那位遲婚的女子，看到梅子一天天熟落，想到自己的青春猶如這棵梅樹，再不出嫁則為時已晚。〈鄘風・牆有茨〉中詩人看到牆上防盜賊的蒺藜，想到宮中醜聞難以啟齒，誰都不願渾身被刺，爬牆去窺探。〈唐風・鴇羽〉詩中一位憂苦的征夫，看到野雁被趕到栩樹上，沒有鉤爪，危懼不安的振動著翅膀，猶如自己無法在家種田奉養父母，被徵調上戰場冒死作戰。〈檜風・隰有萇楚〉中生活在政繁賦重社會，苦不堪言的詩人，如何說盡自己的苦？當他看到長在隰谷中茂盛的獼猴桃，不禁羨慕起牠無知、無家、無室之樂。〈小雅・鹿鳴〉天子燕饗群臣嘉賓，詩人用「呦呦鹿鳴，食野之苹。我有嘉賓，鼓瑟吹笙。」鹿群安適的吃著野外的苹草起興，來喻群臣安適的享用天子美食佳殽。以上這些草木鳥獸如此自然的承載著人類的喜怒哀樂情感，從中可見大自然萬物對周人的啟示，若不是周人習察這些自然萬物的特性，將很難把物性類比於人事。興除了是《詩經》中表現最為獨特傑出的寫作技巧之外，當人們將自己的情感外化為草木鳥獸時，人即是草木鳥獸，如此密不可分，形成周文化天人合一，宇宙萬物同體的高度智慧。

人生活在大自然中，受到大自然的哺育長養，情感的抒發與大自然變化息息相關，師法自然，從其中受到美學的啟發，孕育發展成為人類創造思維的寶藏，豐富人類的人文與藝術。

作者小傳

呂珍玉，桃園縣人，東海大學中國文學系研究所博士，現任東海大學中國文學系教授，講授詩經、訓詁學、詩選等課程。著有《高本漢詩經注釋研究》、《詩經訓詁研究》、《詩經詳析》等專書。熱愛教學研究工作，不知老之將至，最高興看到學生有傑出表現。

叔于田
高明的寫作技巧

林增文

《詩經》是我國第一部詩歌總集，也是儒家文學經典，《論語‧陽貨》：「子曰：『小子何莫學夫《詩》？《詩》可以興，可以觀，可以群，可以怨。邇之事父，遠之事君。多識於草木鳥獸之名。』」就是孔子提醒門人，《詩經》除可作為立身處世的典範，更能從中學習到大自然各種植物與蟲魚鳥獸的知識。儘管《詩經》如此博大精深，但說到其中所蘊含的智慧，還是得先提提它的當行本色——寫作技巧，以下就由〈鄭風‧叔于田〉這首短詩對後代各種文學的深遠影響來見證《詩經》高明的寫作技巧。

叔于田，巷無居人。豈無居人？不如叔也：洵美且仁。
叔于狩，巷無飲酒。豈無飲酒？不如叔也：洵美且好。
叔適野，巷無服馬。豈無服馬？不如叔也：洵美且武。

關於這首詩的主旨，《毛詩序》說：「〈叔于田〉，刺莊公也。叔處於京，繕甲治兵，以出于田，國人說而歸之。」清代王先謙《詩三家義集疏》附和這樣的說法，但也有人持不同看法，像宋代朱熹就認為此詩「恐其民間男女相悅之詞耳」。即使對詩旨的看法仍無定論，卻不影響這首詩寫作技巧高超的事實。

這首詩三章複沓。章節複沓據說可溯源到原始社會祭祀儀式時的應和歌唱，是《詩經》中常見用來反覆詠唱、加強重點的手法，類似現代歌曲中副歌重複演唱的方式，自然不能算是〈叔于田〉獨有的技巧。比較特殊的是這首詩用來吸引人注意的方式，也就是製造懸疑的手法：先設問再自答，且其自問自答中，有妙解，更妙的是一語道破，使人恍然大悟。首先每章的首句「叔于田」、「叔于狩」、「叔適野」，都直接表明「叔」出門是為了狩獵。「洵美且仁」、「洵美且好」、「洵美且武」則道出這位「三爺」的美好特質。每章的第二句「巷無居人」、「巷無飲酒」、「巷無服馬」則是用來反襯「叔」的美好。也就因為這一句，才使得「叔」格外引人注意。從朱熹《詩集傳》對本詩首章的解釋：「言叔出而田，則所居之巷，若無居人矣，非實無居人也，雖有而不如叔之美且仁，是以若無人耳。」就可理解。陳震《讀詩識小錄》說：「平說安能警策，突翻突折，簸弄盡致，文筆最奇。」吳闓生《詩義會通》也說：「案，故撰奇句而自解釋之，文章家之逸致也。」都表明對〈叔于田〉這項技巧的讚賞。

這種在問題中，先以特異的解答吸引注意，再以妙語一語道破、使人恍然大悟的高超技巧，自然是後代學習的典範。例如，錢鍾書《管錐編》就提到唐代韓愈〈送溫處士赴河陽軍序〉：「伯樂一過冀北之野而馬群遂空，非無馬也，無良馬也」，其句法正來自本詩。另外，《晉書・阮籍傳》（卷四十九列傳第十九）：「有司言有子殺母者，籍曰：『嘻！殺父乃可，至殺母乎！』坐者怪其失言。帝曰：『殺父，天下之極惡，而以為可乎？』籍曰：『禽獸知母而不知父，殺父，禽獸之類也。殺母，禽獸之不若。』眾乃悅服。」再如，《唐闕史》記載：「唐咸通中，優人李可及者，滑稽諧戲，獨出輩流，雖不能托諷匡正，然巧智敏捷，亦不可多得。嘗因延慶節，緇黃講論畢，次及倡優為戲。可及乃褒衣博帶，攝齊以升崇座，自稱三教論衡。其隅坐者問曰：『既言博通三教，釋迦如來是何人？』對曰：『是婦人。』問者驚曰：『何也？』對曰：『《金剛經》云：『敷座而坐』。或非婦人，何煩夫坐然後而坐也？』上為之啟齒。又問曰：『太上老君何人也？』對曰：『亦婦人也』問者益所不喻，乃曰：『《道德經》云：『吾有大患，是吾有身。及吾無身，吾復何患！』倘非婦人，何患于有娠乎？』上大悅。又曰：『文宣王何人也？』對曰：『婦人也。』問者曰：『何以知之？』對曰：『《論語》云：『沽之哉，沽之哉，我待賈者也。』向非婦人，待嫁奚為？』上意極歡，寵錫甚厚。翌日，授環衛之員外職。」這些例子，皆可見〈叔于田〉寫作技法之影響。

總之，〈叔于田〉雖然不是《詩經》中的名篇，但在後代各種文學作品中卻處處可以看見它的影響，令人不得不對它高明的寫作技巧另眼相看。

作者小傳

林增文，福建省林森縣人，出生於臺中市豐原區。東海大學中國文學研究所碩士、博士班肄業，曾任高中教師、現任東海大學與修平科大兼任講師，喜獨處、愛自由、喜好古典詩詞，著有《從當代譬喻理論解讀李清照》等專書。

《詩經》的美刺精神

李武陽

正如我們所熟知的，先秦時與南方文學代表《楚辭》相互輝映的便是北方文學之代表《詩經》，此二者堪稱中國文學史上最早，也最為璀璨的第一道曙光。然而我們將《楚辭》稱辭，《詩經》卻稱經，這當然與二者在中國人歷來思想定位上之不同息息相關。《詩經》之所以為經，正是因為它為儒家所用，受孔子所尊崇，於是我們便可以在它不可動搖之文學價值外，發現歷來說《詩》之人賦予它豐富的詮釋，含藏歷史、政治、倫理、道德、教化種種內涵於其中，已經無法推源作者創作本義。如此，這三百篇也就不只是單純的文學，更雜糅了中國傳統的儒家道統於其中，而這正是詩三百之所以為詩，又為經的必然發展過程了。

我們可以說中國文學自先秦以降，便是承襲自詩、騷兩大系統而來，《詩經》的〈國風〉、〈小雅〉為魏晉以降文人詩風所承，詩之寫作方法——賦、比、興，奠定我國詩歌創作藝術。《詩經》在文學風格上，較之於《楚辭》之唯美、浪漫、抒情，表現出更為樸實及富有現實主義精神。我們當然可以推究之所以如此之緣由，卻又不免煞了風景。我們單純就文學欣賞來說，此二者自然是難分軒輊，然而《詩經》最大的特色，卻是在文學的創作上建立了一套現實主義的優良傳統。孔子曾言「不學詩，無以言」，我們自然可以將其理解為這是由於三百篇高超的文學價值所帶來的言談技巧；但事實上歷來談詩，則無不言及「美刺」此一重要作用。漢代大儒鄭玄在《詩譜序》中提及「論功頌德所以將順其美；刺過譏失所以匡救其惡。」這說的正是三百篇有論功頌德以及刺譏過失之筆法，這正是所謂「美刺」之作用，而這也就是《詩經》在文學價值之外所富含的現實主義精神。

中國歷來諷諭文學、寓言文學之發展皆蘊含了強烈現實主義精神，廣泛地反映了當代之社會生活景況，而這樣的文學體裁正是傳承自《詩經》之美刺精神。三百篇主題甚多，內容上無論以各種角度起興，詩人作詩皆有其所感欲傾訴，仿若其欲道盡世間百態。其中或有反映統治者驕奢淫逸之醜陋面目者，或有反映征戍行役之磨難者，或有反映思婦或棄婦之悲慘生活者，此外尚有諸多寫作之題材，無不具體反映當時社會生活之真實樣貌。這些詩作在寫作技巧上，甚少用直言其事、直抒其情者，多用借物起興、借象入情之手法，這正是後代諷諭文學之典型作法。諷諭文學對於針砭時事、移風易俗之功能是不言而喻的，而《詩經》作為諷諭文學之鼻祖，它成就的不僅是一個文學類型，更影響了中國歷代文人士子對於家國之關懷，對於社會苦難之憐憫。

時空異轉，三百篇流傳至今已兩千餘載，它對於中國歷代文人之影響，甚至於對整個中國社會文化之影響是有目共睹的。歷來文人以諷諭文學之形式，試圖撼動整個社會價值觀者比比皆是，這種不苟同亂象之聲往往一鳴驚人，從而得到重視對整個家國社會產生影響。這種以文學的形式影響人，從而再由人來改變社會，正是《詩經》所謂的教化功能。然而這樣的教化功能隨著時間的流逝，對於現今工商極度發展的社會，影響力似乎不復以往。

時值二十一世紀，當今社會工商、科技發達，物質生活充裕，政治結構匹變，文化多元融合，這樣一個全球化的人類社會，自然是與幾百年，甚至兩千多年前的封建社會差異甚大。外來的學術傳入，而學術的多樣性帶來了社會的進步與繁榮，進而造成了整個社會文化的鉅變，也造成了普世價值的變化。然而這樣進步、繁榮的社會卻未因此減少了黑暗的角落，而這正是我們應該去關懷、重視的。如今讀書人讀聖賢書者已然不多，能夠文以載道者更少，《詩經》所謂「美刺精神」近乎蕩然無存。為文者為名為利多作雕琢字句、無病呻吟之舉，甚少能夠做到論功頌德、刺譏過失。我們身處一個價值觀錯亂，社會文化衝突磨合的時代，而正是這樣的時代，才更顯得《詩經》的「美刺精神」彌足珍貴。中國文化綿延兩千餘載未曾間斷，而《詩經》作為漢文學的先驅，作為現實主義精神的領導，其所帶來的影響自然不在話下，如今正是再次彰顯其價值的時候了。

作者小傳

李武陽，東海大學中國文學系碩士生，個性沉著內斂，處事嚴謹。主修中國思想史，課餘之時於補習班兼任國中中國文科教職。

傷人倫之廢，哀刑政之苛

《詩經》中的政治與諷諭

戴嘉馨

《毛詩序》在解釋詩的「六義」時，有一段話談到變風、變雅：

至於王道衰，禮義廢，政教失，國異政，家殊俗，而變風、變雅作矣。國史明乎得失之迹，傷人倫之廢，哀刑政之苛，吟詠情性，以風其上，達於事變而懷其舊俗者也。

也就是說：周王朝在王道衰微、禮義廢棄、政教失常之後，諸侯各國各行其政，於是變風、變雅的詩就產生出來了。國家的史官了解到當時政治的得失，對於人倫道德的廢棄感到傷心，對於行政法令的苛虐感到悲哀，於是吟詠詩篇，抒發情感，來諷諫君王，使人們了解當時社會的變亂，懷念太平政治的風俗。而這就是所謂變風、變雅之說。

在東周、春秋時代，由於諸侯兼併，戰火連年，人民生活在水深火熱之中，像是處於秦晉之間的魏國，地瘠民貧，征役不息，因而〈魏風〉便反映人民受到剝削、壓抑的不滿情緒。如〈伐檀〉，就是諷刺在上位者無功受祿、不勞而獲的一篇。

坎坎伐檀兮，寘之河之干兮，河水清且漣猗。不稼不穡，胡取禾三百廛兮？不狩不獵，胡瞻爾庭有縣貆兮？彼君子兮，不素餐兮！

坎坎伐輻兮，寘之河之側兮，河水清且直猗。不稼不穡，胡取禾三百億兮？不狩不獵，胡瞻爾庭有懸特兮？彼君子兮，不素食兮！

坎坎伐檀兮，寘之河之漘兮，河水清且淪猗。不稼不穡，胡取禾三百囷兮？不狩不獵，胡瞻爾庭有懸鶉兮？彼君子兮，不素飧兮！

「坎坎」是用斧砍木發出的沉重聲音。全詩首先寫出伐木、運木勞動的艱辛；接著寫他們想到自己每天都從事著沉重的勞動，卻過著缺衣少食的生活。不平之氣，便陡然而生，他們想到剝削者不種莊稼、不打獵，然而卻占有這些勞動果實，你一言我一語發出了責問的呼聲，這顯然是百姓對貴族不勞而獲的憤怒揭露。最後詩人寫道：「彼君子兮，不素餐兮！」前面說貴族不勞而獲，這裡又說他們不白吃飯，顯然說的是反話，而這是對他們的一種嘲諷和譏笑。

相同的，〈魏風・碩鼠〉一篇，諷刺他們的君王不修其政，橫徵重斂，簡直就像大鼠一般。

碩鼠碩鼠，無食我黍！三歲貫女，莫我肯顧。逝將去女，適彼樂土。樂土樂土，爰得我所！

碩鼠碩鼠，無食我麥！三歲貫女，莫我肯德。逝將去女，適彼樂國。樂國樂國，爰得我直！

碩鼠碩鼠，無食我苗！三歲貫女，莫我肯勞。逝將去女，適彼樂郊。樂郊樂郊，誰之永號？

全詩表達了勞動者對於貪婪統治者強烈的憎恨情緒，他們嚮往自由安樂的另一國度，反襯出現實生活的壓抑與無奈。而這就是《毛詩序》中所說的「哀刑政之苛」。

此外，詩人對在上位者的荒淫無恥，也「傷人倫之廢」，更加以冷嘲熱諷。如〈邶風・新臺〉，就是諷刺衛宣公的作品。

新臺有泚，河水瀰瀰。燕婉之求，籧篨不鮮。

新臺有洒，河水浼浼。燕婉之求，籧篨不殄。

魚網之設，鴻則離之。燕婉之求，得此戚施。

衛宣公一向好色，曾和後母夷姜發生關係，生了伋、黔牟等幾個兒子。後來衛國發生內亂，他即位後，立伋為太子，日後並為他娶媳婦，對象是齊僖公的長女齊姜。衛宣公在迎親時見到媳婦，驚為天人，便在新臺把她攔了下來，占為己有。這種違背倫常的事，詩人看不慣，所以把他比喻成想吃天鵝肉的癩蝦蟆和不像樣的醜八怪。

〈鄘風・牆有茨〉一詩，也與此相關。衛宣公死後，惠公年幼，他的庶兄公子頑又被迫烝於惠公的母親宣姜，先後生下齊子、戴公、文公、宋桓夫人、許穆夫人，事見《左傳閔公二年》。而此詩是諷刺宣姜與公子頑的淫穢醜事。

牆有茨，不可埽也。中冓之言，不可道也。所可道也，言之醜也。
牆有茨，不可襄也。中冓之言，不可詳也。所可詳也，言之長也。
牆有茨，不可束也。中冓之言，不可讀也。所可讀也，言之辱也。

茨為防盜賊而種在牆上之有刺植物，因為它刺手不可接近，因而聯想到宮中汙穢之事無法啟齒。反覆吟詠人們對醜事之譴責，「不可道也」（詳也、讀也），一再表明對醜事厭惡之情；「言之醜也」（長也、辱也），一再表明不願說之因，說來話長，太難為情了。詩人對宮中醜聞本有強烈義憤和激越之情，卻以欲言又止、含而不露之方式表達，不僅深知人們好奇獵艷之心，不言之言，讓讀者去想像，達到最好之揭發效果。

春秋時代諸侯國中發生宮中醜聞的，還有〈陳風・株林〉一詩，運用誇張的手法，以及不合常理的問話，來凸顯陳靈公荒淫無恥的事實。

胡為乎株林，從夏南？匪適株林，從夏南。
駕我乘馬，說于株野。乘我乘駒，朝食于株。

詩中提到的「夏南」，乃陳大夫御叔之子夏徵舒。他的母親夏姬則是名聞遐邇的美婦，由此引得陳靈公及其大臣孔寧、儀行父的饞涎。據《左傳・宣公九年》披露，陳靈公、孔、儀三人均與夏姬私通，甚至穿著她的「衵服」（內衣），在朝上互相戲謔。第二年又去株邑飲酒作樂，陳靈公還當著夏姬之子嘲弄儀行父：「他長得真像你！」儀行父也即反唇相譏：「還是更像君王您呵！」惹得夏徵舒羞怒難忍，終於設伏於廄，將陳靈公射殺，釀成了一場臭名遠揚的內亂。

上層統治者的政治腐敗，往往又是與生活上的荒淫相伴而行的。然而，當然也逃不過人民的眼睛，《詩經》中所記載的，即是有力的證明，由此可見《詩經》果真是一部具有智慧的經典！

作者小傳

戴嘉馨，一九九二年出生於臺灣桃園，個性文靜單純，做事細心負責，總是替人著想。興趣有寫作、瑜珈、登山、踏青等，可謂非常廣泛；另喜歡上詩經課。

文化生活叢書·藝文采風 1306006

詩經的智慧

主　　編　呂珍玉
責任編輯　游依玲

發 行 人　林慶彰
總 經 理　梁錦興
總 編 輯　張晏瑞
編 輯 所　萬卷樓圖書(股)公司
排　　版　周詩耘
印　　刷　百通科技(股)公司
封面設計　斐類設計工作室

發　　行　萬卷樓圖書(股)公司
臺北市羅斯福路二段 41 號 6 樓之 3
電話 (02)23216565
傳真 (02)23218698
電郵 SERVICE@WANJUAN.COM.TW
大陸經銷
廈門外圖臺灣書店有限公司
電郵 JKB188@188.COM
香港經銷
香港聯合書刊物流有限公司
電話 (852)21502100
傳真 (852)23560735

ISBN 978-957-739-831-4
2020 年 11 月初版五刷
2014 年 1 月初版
定價：新臺幣 420 元

如何購買本書：
1. 劃撥購書，請透過以下帳號
帳號：15624015
戶名：萬卷樓圖書股份有限公司
2. 轉帳購書，請透過以下帳戶
合作金庫銀行　古亭分行
戶名：萬卷樓圖書股份有限公司
帳號：0877717092596
3. 網路購書，請透過萬卷樓網站
網址　WWW.WANJUAN.COM.TW
大量購書，請直接聯繫，將有專人為您服務。(02)23216565 分機 10

如有缺頁、破損或裝訂錯誤，請寄回更換

國家圖書館出版品預行編目資料

詩經的智慧 / 呂珍玉等著.
-- 初版. -- 臺北市：萬卷樓, 2014.01
面；　公分
ISBN 978-957-739-831-4(平裝)

1.詩經 2.文集

831.107　　102023438